Bordesholmer Edition
Biographische Reihe 2016
Band 24

Cover Aquarell
„Blumenmarkt auf Kauai"

Rückseite
„Treppe unter Bäumen"

Reiseskizzen auf Seite 182 bis 185

Karin Müller-Wichards

Herstellung und Verlag:
BoD - Books on Demand, Norderstedt
ISBN 9783739234090

*Menschen
und
Märkte*

Inhalt

Jürgen Baasch

    Vorwort   7
    Ausschussware   9

Detlef Tanneberger

    Die Reise nach Bordesholm   25
    Muscheln im Gemüsesud für vier Personen   33
    Nichts geht mehr   49

Elisabeth Albert

    Die andere Hand   77
    Vineta, die Prächtige   81
    Extra-Geld   87
    Marktwirtschaft   89

Heinz Zemke

    Das Sonderangebot   93
    Die Erbschaft   97
    Die Schlange   105
    Ein Traum   111
    Statistiken im Marktgeschehen   117
    Menschenhandel   123
    Die Drehorgel   127
    Im Wartezimmer   133

Ingrid Brandenburger

    Grete Christiansen   141
    Am Markt 12   157
    Hof und Handel   165

Karin Müller-Wichards

    Aunti Maili   177
    Kunsthandwerkermärkte   185
    Kunstmarkt, selbstgemacht   189
    Fischmarkt in Hamburg   201
    Die Schweden kommen   209

Regina Gay

    Das Geld liegt auf der Straße   215
    Marktpassion   219
    Mister Frosti   223
    Sadza   227
    Schachern   233
    Der Autoverkäufer   237
    Neuanfang?   241

Thorsten Schönberg

    Außerirdische Einblicke   247
    Maria   251
    Schwarz   255
    Die Flippers und Korn   257
    Freie Marktwirtschaft   261
    Gebrauchtwagenmarkt   263
    Die passende Geschichte   265
    Indianer Jones   269

    Gedichte
        Marktschreier   24
        Der Arbeitsmarkt   75
        Der Kapitalismus   92
        Auf dem Wochenmarkt   140
        Baumarkt   175
        Flohmarkt   214
        Aktienmarkt   246
        Eine Tapeziertischlänge   270

Autorinnen und Autoren   274

Vorwort

Märkte und Literatur
Als Gisela Eichholz der Schreibgruppe das Thema „Märkte" vorschlug, sorgte sie zunächst für Erstaunen. Bei näherer Betrachtung erwies sich das Thema aber als überaus ergiebig. Seit jeher gehören Kirchen, Tavernen und Märkte zu den Erfahrungs- und Handlungsräumen der Menschen, was sich in der Literatur widerspiegelt. Sie sind sich nur bei oberflächlicher Betrachtung fremd, die Welten von Geschäft und Dichtung. Seit der Antike gibt es Geschichten von Menschen im Marktgeschehen. In literarischen Erzählungen werden Individuen und Gruppen in Wettbewerbssituationen dargestellt, ihre Gefühle reflektiert und ihre Handlungsmöglichkeiten beschrieben. Sogar Goethe nahm sich unseres Themas an. Der Dichterfürst lässt in „Faust" den dauernd klammen Kaiser klagen:
„Ich habe satt das ewige Wie und Wann. Es fehlt an Geld, nun gut, so schaff es denn!" Mephisto macht ihm ein verführerisches und zugleich bedrückend modernes Angebot:
„Ich schaffe, was ihr wollt, und schaffe mehr." Das Anwerfen der Notenpresse als Fortsetzung der Alchemie. Und Gretchen stellt die Betrachtung an:
„Nach Golde drängt, am Golde hängt doch alles!" Mit Lessings „Nathan der Weise" wird der ehrbare Kaufmann zu einem literarischen Reihenmodell. Kaufmannsromane beschreiben im 18. und 19. Jahrhundert den Händler und sein Handeln im Markt. Redlich, ordentlich, loyal, entschlossen und genügsam sind die ehrbaren Kaufleute zum Beispiel in den Romanen von Gustav Freytag und Gottfried Keller. In dem ökonomischen Bildungsroman „Soll und Haben" wird die Ent-

wicklung des Waisenkindes Anton Wohlfahrt zu einem vorbildlichen Kaufmann beschrieben. Thomas Mann thematisiert in seinen „Buddenbrooks" den Verfall einer Kaufmannsfamilie, deren Motto lautete:
„Mein Sohn, sei mit Lust bei den Geschäften am Tage, aber mache nur solche, dass wir bei Nacht ruhig schlafen können!", und sein Bruder Heinrich entlarvt in dem Roman „Im Schlaraffenland" den Menschheitstraum vom Land, in dem Milch und Honig fließen, als Schimäre. Er dreht den Traum um: Aus der Illusion von der reichen und glücklichen Menschheit wird eine Welt der Märkte, in der jeder gegen jeden agiert. Bei Bertolt Brecht kämpfen die Massen auf den Märkten um ihr Überleben, während die reichen Führungsschichten unter Einsatz aller Mittel nach mehr Gewinn gieren.

Große literarische Vorbilder in Hülle und Fülle also. Unsere Geschichten betrachten das heutige Marktgeschehen, zeigen die nahezu unvermeidbare Verstrickung aller mit den modernen Märkten auf. Zu Hause oder auf fernen Kontinenten. Im Internet oder auf dem Wochenmarkt. Ehrlichen Handel oder üble Abzocke. Natürlich ist in Nischen Platz für Gefühle, Liebe. Wir erproben uns auf den Märkten, werden von ihnen manipuliert oder wollen sie erobern – und der Markt findet gar nicht statt. So vielfältig, wie die Erfahrungen der Autorinnen und Autoren mit Märkten sind, so unterschiedlich ihre Sichten auf das Marktgeschehen, so bunt und abwechslungsreich sind die Geschichten, die in diesem Band zusammengefasst sind. Uns Hobbyautoren hat das Schreiben viel Spaß gemacht. Ihnen wünschen wir viel Vergnügen beim Lesen.

Jürgen Baasch

Jürgen Baasch

Ausschussware

Alex war ein vierschrötiger Kerl: von kräftiger, gedrungener Gestalt mit einem mächtigen Schädel. Die tiefschwarze Maske wurde von einem breiten, mächtigen Fang beherrscht. Wild war er und stürmisch in Freude wie im Leid. Plötzlich konnte er, nach wildem Spiel oder verbotener Tat, den Kopf schräg stellen mit wehmütig versonnenem Blick, den ihm niemand zugetraut hatte. Er war ein wilder Bursche, ging keiner Rauferei aus dem Weg. Und wenn eine Hündin ihn lockte, konnte keine Macht der Welt ihn halten. Immer wieder entwischte er dann, um nach einigen Tagen müde, dreckig und ausgehungert zurück zu kommen, manchmal auch von Blut besudelt und mit verkrusteten Wunden. So war er im Dorf bekannt und bei seinen Leuten. Da machten sich seine Leute zunächst keine großen Sorgen, als er wieder einmal fort war. Für Verwunderung sorgte allerdings, dass er dieses Mal aus dem verschlossenen Auto entkommen sein musste. Oder hatte sein Herr doch vergessen, die Türen zu verriegeln? Egal, Alex würde ja bald wieder vor der Tür stehen. Das war sicher! Denn wenn sich Alex auch nicht immer unbedingt unterordnete, so liebte er doch seine Leute, freute sich auf sein Fressen, genoss die Krauleinheiten, lag glücklich in seinem großen Korb und beobachtete aufmerksam alle Bewegungen. Nun blickten die Familienmitglieder immer wieder zu Alex`s leerem, aufgeräumten Platz. Aber er war nicht da. Was hätten sie ihm alles verziehen, käme er doch nur zurück. Doch Alex blieb verschwunden.

Hera war das Gegenteil: zierlich, aber dennoch kräftig, anschmiegsam und weich mit glattem, glänzendem Fell. Ihre Haltung wies auf vornehme Geburt hin, und trug sie die Nase, über der eine weiße Blesse die schwarze Maske teilte, nicht majestätisch hoch? Hera wohnte bei ihrer Familie in der Kleinstadt, etwa 50 Kilometer entfernt von dem Dorf, dessen Hundewelt Alex dominierte. Sie hing an ihren Menschen, war voller Treue und Hingabe für Ihren Herrn. Die Hündin war sehr gescheit, unterschied mit feinem Gespür. Es schien, als wolle sie Menschen, die sich Hunden gegenüber eher reserviert oder gar ängstlich zurückhaltend zeigten, davon überzeugen, dass alle Sorge unbegründet sei. Sie umschwänzelte die Hundeskeptiker, blickte sie aus ihren dunklen Augen wehmütig versonnen an, leckte vorsichtig die Hand und, wenn sich Gelegenheit bot, auch das Gesicht. Hera und ihr Herr waren im Ort ein vertrauter Anblick. Er führte die Hündin am Fahrrad, wenn er auf dem Weg zu seinen Besorgungen war. Geduldig wartete sie vor Geschäften oder Büros, bis ihr Herr wieder zurückkehrte.

Aber eines Tages, als ihr Herr aus dem Rathaus heraus kam, wartete vor dem Portal, dort, wo er sie angebunden hatte, keine Hera. Nur das Fahrrad stand dort, wie meist nicht angeschlossen und mit einigen kleinen Einkäufen im Gepäckkorb. Tausend Gedanken schossen dem Mann durch den Kopf: Hatte seine Frau Hera vom Warten erlösen wollen und sie mit nach Hause genommen? Ein kurzer Anruf, und diese Hoffnung zerplatzte. Wollte sich jemand einen Scherz mit ihm machen, hatte die Hündin an anderer Stelle angebunden? Die Kreise, die er mit dem Fahrrad um Rathaus und Marktplatz zog, wurden immer größer, die Hoffnung immer geringer, bis sie der Gewissheit wich:
Hera war gestohlen worden.

*

Max Kirchner hatte sich verspätet. Er war mit dem Bus vom Hauptbahnhof zur Slubicer Straße gefahren, hatte die träge dahinströmende Oder auf der Stadtbrücke überquert und zu viel Geld für die Taxifahrt zum Polenmarkt bezahlt. Aber er hatte versprochen, Zigaretten mitzubringen, und das wollte er einhalten. Und zu Essen würde sich auf dem Markt sicher auch noch etwas finden. Er zückte, während er nach Zigarettenhändlern und Essbarem Ausschau hielt, sein Handy, um einige Fotos vom Treiben auf dem Markt zu machen. Duft von Gebratenem stieg in seine Nase. Da sah er auf dem Display des Handys einen jungen Mann mit einem Karton unter dem Arm in die Hauptgasse einbiegen. Dass der Mann sich mehrmals umblickte, als wollte er sich absichern, machte Max Kirchner neugierig. Er drückte auf den Auslöser. Der Mann war an einen Müllbehälter herangetreten, öffnete den Deckel und ließ den Karton mit einer schnellen Bewegung in dem Container verschwinden. Aber hatte sich da nicht etwas bewegt, als der Karton über der Öffnung des Behälters schwebte? Max Kirchner war sich nicht sicher. Er fotografierte dem Mann, der sich mit schnellen Schritten entfernte, hinterher und ging zu dem Abfallcontainer. Bereits bevor er den Deckel hob hörte er leises Winseln. Schnell öffnete er die Klappe. Ein unbeschreiblicher Gestank schlug ihm entgegen. In all dem Müll, in Essensresten und verwelkten Pflanzen, in Verpackungen und Undefinierbarem, krabbelte ein Welpe und blinzelte aus großen Augen in die Helligkeit. Max Kirchner brauchte nicht lange zu überlegen. Er angelte den Karton aus dem Müll und stellte ihn neben sich auf den Boden. Weit

musste er sich herein lehnen, um das Tier ergreifen zu können. Der Welpe war federleicht. Kirchner fühlte die Rippen, als er ihn an seiner Brust barg. Beruhigend streichelte er das Tier, redete auf es ein:
„Ja, mein Kleiner, jetzt wird alles gut. Du bleibst bei mir. Wollen sehen, wie wir dich aufpäppeln. Und einen Namen brauchen wir auch noch für dich." Er hob das Tier in die Höhe.
„Einen kleinen Rüden haben wir da. Wirst wohl mal ein Boxer werden. Oder ein Pit Bull. Vielleicht eine Mischung aus beiden? Pitboxer, so etwas ist modern. Wir werden sehen. Ajax sollst du heißen. Nach einem der griechischen Helden von Troja. Wollen sehen, dass wir aus deiner traurigen Gestalt einen Helden machen."
Damit beugte er sich über den beschmutzten Karton, stieß ihn aber angewidert mit dem Fuß beiseite und bat einen Trödelhändler um eine Kiste. Großzügig polsterte der Trödler die kleine Holzkiste mit einem alten Lappen, und darauf fand Ajax erstmals in seinem Leben eine behütete Ruhestätte. Stolz spazierte Max Kirchner mit der Holzkiste unter dem Arm über den Markt. Einen Passanten, der ihn fragte, was der Hund denn kosten solle, wischte er mit einer Handbewegung fort. Kirchner erstand Halsband und Leine, einen kleinen Napf und zwei Dosen Welpenfutter. Der Taxifahrer, der ihn zurück in sein Hotel jenseits der Oder bringen sollte, schien an Hundetransporte dieser Art gewohnt:
„Der Kleine muss eine Viertelstunde in den Kofferraum. Dann ist alles gut", sagte er.
Ajax und sein neues Herrchen nahmen ihr erstes gemeinsames Mahl in der Ecke eines Gartenrestaurants am Kleistpark ein. Der Hund, durch die neue Leine am Fortlaufen gehindert, bekam seine Mahlzeit aus der auf dem Polenmarkt erworbenen Dose, verfeinert mit einem

Löffel der märkischen Pilzrahmsuppe, die zu Herrchens Menü gehörte.

*

Der Tierarzt runzelte die Stirn. Vor ihm auf dem Behandlungstisch lag ein Häuflein Elend.

„Ich fasse jetzt zusammen", sagte er mit beherrschter, aber vor Zorn bebender Stimme. „Dein Hund wurde viel zu früh von der Mutter getrennt. Der Bauch ist von Würmern aufgequollen. Wurmkuren sind diesen dubiosen Händlern viel zu teuer. Außerdem hat er Staupe und ist unterernährt. Ich gebe ihm keine große Überlebenschance. Und was du am Kaufpreis gespart hast, das werde ich dir genüsslich auf die Behandlungsrechnung schreiben."

„Aber ich habe ihn doch nicht gekauft. Man hat ihn weggeworfen, entsorgt. Ich habe ihn aus dem Müll gezogen."

„So etwas sagen viele, die mit einem solchen tierischen Wrack zu mir kommen. Und dann feilschen sie noch um die Behandlungskosten. Geiz ist geil. Aber das will ich dir gar nicht unterstellen. Du wolltest das niedliche Tier nur aus seinem Elend befreien. Aber du kannst nicht die ganze Tierwelt retten. Du förderst nur das Geschäft der Hunde..."

„Stopp!" Max Kirchners Stimme war schneidend und ernst. „Ich hätte nicht gedacht, dass du mich für einen solchen Trottel hältst. Aber bei aller Freundschaft: behandelst du das Tier oder nicht? Es gibt auch andere Tierärzte!"

Dr. Rahm bemerkte den Ernst in den Worten des Freundes.

„Gut, ich werde tun, was ich kann", antwortete er, ging zum Medikamentenschrank und zog zwei Spritzen auf.

*

Ajax's Welpenleben bestand nun aus Schlafen und Fressen. Die meiste Zeit lag er apathisch in seinem Korb.

Irgendwann aber wurden seine Augen klarer, er wedelte mit der Rute und schien am Leben teilhaben zu wollen. Max Kirchner nahm ihn mit in eine Welpenspielstunde. Sieben jungen Hunden wurden die Halsbänder abgenommen, sie sollten miteinander toben und tollen. Fünf Minuten lang saß Ajax auf den Füßen von Max Kirchner, dann wagte er einige Schritte von ihm weg, nahm schnuppernd mit den anderen Welpen Kontakt auf und wurde Teil der wogenden, raufenden Welpenbande.

Ajax entwickelte sich gut. Er scheute dunkle kleine Räume, aber sonst hatte er seine traumatische Welpenzeit hinter sich gelassen. Eines Morgens stand sein Herrchen in aller Frühe auf und bereitete das Auto für eine Reise vor.

*

„Ich will dir zeigen, woher ich dich habe. Und mal sehen, was sich dort noch so ergibt", sagte Max Kirchner, als Ajax in seine Hundebox im Kofferraum sprang. Auf dem Markt in Slubice fanden Max und Ajax einen Stand, an dem Krakauer Würstchen angeboten wurden. Von hier aus konnten die beiden sehr gut das Treiben an den Hundeständen beobachten. Herr und Hund teilten sich eine riesige Wurst. Vor den Welpen, die gegenüber in Kartons, Käfigen, Holz- oder Plastikkisten feilgeboten wurden, drängten sich die Menschen.

„Ach, sind die süß!"

„Papa, den Kleinen möchte ich haben!"

„Den wünsche ich mir zum Geburtstag!"

Diese und ähnliche Sätze hörte Max Kirchner oft. Angeboten wurde alles: Bulldoggen und Chihuahuas, Pit Bulls und Rottweiler, Cocker und Wolfshunde...

Max Kirchner konzentrierte sich auf die Verkäufer. Aber der junge Mann, der Ajax in den Müllcontainer entsorgt hatte, schien nicht dabei zu sein. Kirchner hob das Handy, um Fotos von den Hundeständen zu machen.

„Nein! Nicht fotografieren! Verboten!"

Der Mann versuchte, Kirchner das Handy zu entreißen. Aber er war dadurch gehandicapt, dass er in einer Hand zwei Welpen vor der Brust trug. Ajax war hin und her gerissen: Sollte er seinem Herrn beistehen oder die Welpen auf dem Arm des Fremden beschnuppern. Er entschied sich, zu knurren und sich gleichzeitig heftig wedelnd den Welpen zu nähern. Der Hundeverkäufer stand starr vor dem großen Hund. Jetzt hatte Kirchner Zeit, den Mann zu mustern. Ein freudiger Schrecken durchfuhr ihn: Das war der Mann, der Ajax in den Müll geworfen hatte.

„Ein schöner Hund. Ein Boxer. Willst du ihn verkaufen?" fragte der Mann.

„Nein, auf keinen Fall", platzte es aus Kirchner heraus. Geistesgegenwärtig fügte er hinzu:

„Aber ich kann mir vorstellen, einen zweiten zu kaufen. Als Spielkameraden. Leider sehe ich keinen Boxer."

„Moment!"

Der Hundehändler entfernte sich eilig, um bald zurück zu kommen – ohne Welpen im Arm.

„Tut mir leid. Boxer sind sehr beliebt. Ausverkauft. Aber es sind noch zwei zu Hause bei Mutter."

„Oh, ich habe Zeit. Urlaub", log Kirchner. „Ich komme gern mit, sehe mir ihre Zucht an."

„Nein. Das geht nicht. Ich muss noch anderes erledigen. Morgen bringe ich Boxer. Ich bin Marek. Frage morgen nach Marek, wenn du mich hier nicht siehst."

Damit verschwand er. Kirchner und Ajax folgten ihm. Der Hundehändler ging zu einem weißen Fiat Ducato auf dem Parkplatz, aus dem er zwei Welpen holte. Max Kirchner wusste genug. Er und Ajax machten einen langen Spaziergang an der Oder entlang, buchten sich in einem hundefreundlichen Hotel ein, um gegen Marek-

tende in Sichtweite des weißen Ducato ihre Beobachtungsposition einzunehmen. Ajax durfte auf den Beifahrersitz.
Gegen 17 Uhr kam Bewegung auf den Parkplatz. Händler eilten, übrig gebliebene Waren in ihren Fahrzeugen zu verstauen. Da kam auch der junge Hundehändler zu seinem Kleintransporter. Max Kirchner machte sich klein hinter seinem Lenkrad:
„Nun wollen wir mal sehen, wo du herkommst, Ajax. Der Marek wird uns hoffentlich direkt dorthin bringen."
Ajax hatte die Ohren gespitzt, den Kopf schräg gelegt und den leisen Worten seines Herrn gelauscht. Der startete und begann die Verfolgung des Hundehändlers. Zunächst ging es auf die E30 Richtung Warschau. Nach einer dreiviertel Stunde setzte Marek Blinker. Über kleine Straßen ging es weiter. Max ließ den Abstand zu Mareks Fiat größer werden. Gerade noch sah er in dem Dorf Przelazy, wie Marek in eine Hofeinfahrt bog. Er notierte sich Straße und Hausnummer. Jetzt konnte er sich nur verdächtig machen. Ebenso zufrieden wie aufgewühlt fuhr er zurück ins Hotel.
Früh machten sich Max Kirchner und sein Hund Ajax auf den Weg. Ihr Ziel war zunächst die Kreisstadt Swiebodzinski. Die Polizei hatte ihren Sitz neben der Starostei. Zunächst erntete Max Kirchner bei den Polizisten nur ein mitfühlendes Lächeln. Die Worte Deutsche Botschaft, Europäisches Recht und vor allem Presse, den Beamten prononciert immer wieder vorgetragen, taten dann ihre Wirkung.
„Gut. Sie sollen ihren Willen haben. Wir werden die Hundehaltung auf dem Hof überprüfen. Meine Mitarbeiter sagen mir, eine Zucht ist dort nicht angemeldet."
„Wann?"
Der Polizist schüttelte den Kopf. Er blickte in den Dienstplan:
„Um 14 Uhr. Wenn es ihnen gefällt?"

"Dzieknyje, vielen Dank!" Sagte Max Kirchner.
Nach einem Spaziergang mit Ajax durch die Kreisstadt machten sich die beiden auf den Weg nach Przelazy. Max Kirchner wollte vor der Polizei dort sein. Selbstbewusst fuhr er in die Auffahrt, in der Marek gestern verschwunden war. Wie selbstverständlich ließ er Ajax aus dem Auto, leinte ihn an und suchte an der Pforte nach einem Klingelknopf. Den fand er nicht. Aber das schwere Tor war nicht verschlossen. Kirchner drückte es langsam auf. Er stand auf einem parkähnlichen Gelände mit zwei großen Gebäuden. Der Weg führte direkt auf ein renoviertes Bauerhaus zu. Daneben stand eine große Scheune, aus der kläglisches Hundegebell klang. Ajax sträubten sich die Haare zur Bürste. Nachdem sie einige Schritte auf das Haus zu gegangen waren, öffnete sich die Tür. Eine alte Frau in Kittelschürze trat auf die Treppe und sprach die Besucher an. Ihr Misstrauen war unüberschaubar.
"Marek schickt mich. Ich will einen Hund kaufen. Einen Boxer", sagte Max Kirchner, formte mit beiden Händen die Größe eines Welpen und zeigte auf Ajax.
"Marek", wiederholte er und schlug, ohne auf die Reaktion der Stallwache zu achten, den Weg zur Scheune ein.
Die Alte folgte ihm zögerlich. Sie wusste nicht, was sie von der Sache halten sollte. Aber wenn Marek es so wollte! Als Max Kirchner das Scheunentor öffnete, schlug ihm bestialischer Gestank entgegen. Die große Halle war durch Drahtgitter in zahlreiche Verschläge abgeteilt. Wie Legebatterien. Aus den meisten Boxen blickten Hündinnen durch die rostigen Gitter. Aber keine Lebensfreude wedelte den Ankömmlingen entgegen.
In den verkoteten Käfigen lagen verwesende Fleischreste. Apathisch ließen einige Hündinnen den Ansturm der Welpen auf ihr Gesäuge über sich ergehen. Max Kirch-

ner presste sich ein Taschentuch vor den Mund. Der Gestank wurde unerträglich. Vor Kirchner tat sich jetzt ein großer, von Käfigen freier Raum auf. An der Wand waren Hunde angekettet. In dem Dämmerlicht erkannte Kirchner einen Schäferhund, einen Wolfshund und in einer Ecke zahlreiche kleine Rassen.

„Das sind sicher die Zuchtrüden", dachte Max Kirchner und trat so weit an die Tiere heran, wie der Boden nicht von Exkrementen und Futterresten verdreckt war. Da erblickte er ihn. Der Boxer war bis auf die Rippen abgemagert. Elend sah er aus, mit entzündeten Augen, dreckverklebtem Fell und blutig gekratzten Pfoten. Als der Hund sich aber aufrichtete, weil Max und Ajax an ihn heran traten, straffte sich der Körper der geschundenen Kreatur, die verborgene majestätische Statur deutete sich an.

„Das muss dein Vater sein, Ajax," sagte Max. Während er die Kette von der Wand löste, beschnupperten sich die beiden Hunde vorsichtig.

„Du kommst mit uns, alter Freund. Jetzt suchen wir nur noch deine Gefährtin – oder wie soll ich sie nennen?"

Mit zwei Hunden an der Hand eilte Max Kirchner durch die Gänge zwischen den Boxen. In der Mitte einer Reihe hätte er fast den schmutzig braunen Fleck in einem der Käfige übersehen. Ja, das war eine Boxerhündin. Sie mochte nicht aufstehen, als der Mann die Käfigtür öffnete. Heute Morgen hatte man ihr die letzten zwei Welpen weggenommen. Die Milch drückte. Der Fremde zog sie an ihrem viel zu engen Halsband hoch, bot ihr ein paar Leckerli an, die sie gierig verschlang, und befestigte eine dünne Leine an ihrem Halsband. Dann strebte er mit den drei Hunden dem Ausgang zu.

„Stopp!" rief die alte Frau, jetzt sehr resolut, und streckte Kirchner ein Handy entgegen.

„Marek! Stopp! Warten!"

Aber Kirchner schob sie beiseite, setzte seinen Weg zum Portal mit schnellen, aber gemessenen Schritten fort. Die Hunde knurrten. Sie hatten das Auto fast erreicht, als ein herbeieilender Mann den Deutschen ansprach:
„Sie sollten auf Marek warten!"
Der grauhaarige Herr trug einen dunklen Anzug und wirkte sehr bestimmt. Noch während Max Kirchner sich eine Antwort überlegte, näherte sich ein PKW und hinter ihm ein Traktor. Der nicht mehr ganz neue Mercedes stellte sich quer vor Kirchners Auto, und der Traktorist brachte sein blubberndes Fahrzeug hinter dem Wagen zum Stehen. Fortfahren unmöglich.
„Ich sage, Stopp bis Marek kommt!" Die alte Dame hatte jetzt ein breites Lächeln aufgesetzt. Max blickte auf seine Armbanduhr. „Schon nach halb drei", fluchte er leise vor sich hin. Polnische Wirtschaft und korrupte Bande waren noch die sanftesten Schimpfwörter. Da blinkte Blaulicht durch den gleißend hellen Nachmittag. Zwei Polizeiwagen und einige Zivilfahrzeuge rollten auf die Szene zu. Max setzte sein breitestes Grinsen auf:
„Polizei wartet jetzt auf Marek."
Aber die Beamten kümmerten sich nicht um die Gruppe an der Pforte. Geschickt umkurvten sie die Fahrzeuge vor der Einfahrt, hielten auf dem Hof und stürmten in die Gebäude. Mit rauer Stimme erteilte Befehle klangen herüber. Max hatte genug gesehen. Mit einer Handbewegung forderte er die Fahrer auf, ihm den Weg freizumachen. Er öffnete die Heckklappe, und Ajax sprang freudig in sein Reisequartier. Den beiden anderen Hunden half Kirchner auf die Rückbank. Er stieg ein, startete und fuhr unbehelligt davon.

*

„Die habe ich geklaut!" Die beiden abgemagerten Hunde bibberten im Behandlungszimmer. Aus verklebten Augen beobachteten sie misstrauisch jede Bewegung des Tierarztes und seiner Assistentin. „Ich glaube, das sind die Eltern von Ajax."

Während Dr. Rahm zunächst den Rüden untersuchte, erzählte ihm Max Kirchner die Geschichte der Befreiung der Boxer.

„Zu Hause habe ich sie mit kleinen Portionen gefüttert. Der Rüde hat alles, was ich ihm vorsetzte, gierig verschlungen. Und noch bei den anderen Hunden geklaut. Die Hündin frisst nicht. Sie liegt die ganze Zeit teilnahmslos in ihrer Ecke."

„Sie vermisst ihre Welpen, will ihre Milch los werden. Hast du beide gewogen?"

„Ja, gerade, im Wartezimmer. Er wiegt 24 Kilo. Ajax mit seinen 12 Monaten wiegt schon 33 Kilo. Und sie bringt gerade mal 18 Kilo auf die Waage."

„Beide total unterernährt. Du musst sie erst mal aufpäppeln. Ich impfe sie jetzt, spritze ihnen ein Stärkungsmittel und gebe dir Wurmkurtabletten mit." Der Tierarzt blickte auf. „Aber vielleicht musst du dich gar nicht mehr lange um sie kümmern".

Er wandte sich an seine Sprechstundenhilfe:

„Geben Sie mir bitte das Chiplesegerät."

Mit dem Gerät fuhr Dr. Rahm langsam über die linke Schulter der Tiere. Bei beiden Hunden gab das Lesegerät einen Piepton von sich.

„Das ist schon mal gut! Nun müssen wir nur noch prüfen, ob die beiden bei Tasso registriert sind."

„Wieso? Sie sind doch gechipt."

„Ja, aber nicht alle Chips sind im Zentralregister erfasst. Obwohl das kostenlos ist. Leute, die oft mit ihren Tieren ins Ausland fahren, verwenden den Chip nur zum Nachweis, dass der Hund das zum Ausweis passende Tier ist."

„Eigentlich doch Unsinn, wenn die Registrierung nichts kostet. Mir tut es jetzt schon fast ein wenig leid, dass ich die beiden abgeben soll."

„Schauen wir mal." Der Tierarzt blickte gespannt auf das Display des PC.
„Mit dem Rüden haben wir Glück. Er stammt von einem Dorf, nicht weit von hier. Aber die Hündin ist nicht registriert", sagte er.
Max sah die Hündin an:
„Dann wirst du wohl bei uns bleiben müssen. Vielleicht bringst du deinem Sohn ja etwas mehr Feingefühl bei."
„Wenn ich dir einen Rat geben darf, oder eine Bitte äußern. Ich drucke dir die Daten des Hundebesitzers aus. Aber vielleicht kannst du den Hund ja noch ein paar Tage behalten, ihn stabilisieren. Und auch mal baden!"
Der Tierarzt rümpfte lachend die Nase.
„Sonst nehmen ihn mir seine Leute gar nicht ab, meinst du?"

*

Drei Wochen später hielt ein Geländewagen vor dem Haus von Max Kirchner. Ein Ehepaar öffnete die Gartenpforte. Max Kirchner, der ahnte, wer da kam, ließ die drei Hunde aus der Haustür. Ajax sprang auf die Besucher zu, begrüßte sie nach Boxerart, sprang um sie herum und an ihnen empor. Molly, wie Kirchner die Hündin genannt hatte, weil er sie füttern wollte, bis sie ihrem neuen Namen Ehre machte, näherte sich den Fremden vorsichtig, wedelte dann aber freudig. Der alte Rüde strebte zunächst auch zu den Gästen. Dann stutzte er, hob die Nase, suchte eine Witterung zu erfassen, die ein leichter Wind herübertrug und in ihm etwas rührte, was tief verborgen, fast vergessen war. Nach langen Sekunden löste sich seine Erstarrung, er machte einige Schritte auf die Besucher zu, um wieder witternd stehen zu bleiben. Mit einigen Sätzen war er dann bei dem Paar, schnupperte an Hosenbeinen, leckte an Händen, prüfte von allen Seiten diese Menschen, diese Fremden Vertrauten, die sich, wie verabredet, zunächst nicht regten. Auch Molly und Ajax hatten wohl bemerkt, dass da

etwas Besonderes vor sich ging. Sie kehrten zu Max Kirchner zurück und beobachteten die Szene.
Der in seinen Grundfesten erschütterte Hund umkreiste die Ankömmlinge. Wer waren sie, wer waren diese Leute?
Dann legte sein alter Herr langsam eine Hand auf den Kopf des Hundes und sagte:
„Alex, unser Alex!"
Da gab es kein Halten mehr. Mit einem Satz sprang Alex an ihm hoch, fuhr ihm mit der Zunge übers Gesicht rannte dann kreuz und quer durch den Garten, um immer wieder zu seinen Leuten zurück zu kehren, sie stürmisch zu liebkosen. Dann stand er still, streckte seinen Körper und stieß ein durchdringendes, einem Weinen ähnliches Heulen aus.
Man verbrachte noch einige Zeit auf der Terrasse. Alex wuselte zwischen allen, Menschen und Hunden, hin und her. Er zeigte allen: Seht her, das sind meine Leute!

*

So blieben Max Kirchner und Ajax mit seiner Mutter Molly allein. Langsam erholte sich Molly, sie gewann an Gewicht, ihr Fell begann zu glänzen. Im folgenden Frühjahr spazierte Max Kirchner mit seinen Hunden über einen Handwerkermarkt. Molly war wieder ganz die majestätische Boxerhündin. Nur ihre Maske war früh ergraut. So schritt sie neben Ajax, ihrem Sohn und Beschützer, am Doppelhalsband vor den glänzenden Fenstern eines Cafés entlang. Drinnen saß, bei Kaffee und Torte, ein Ehepaar:
„Sieh mal, die Boxerhündin dort. Sie sieht aus wie unsere Hera!" Die Frau war ganz aufgeregt. Er blickte auf:
„Hat sie auch eine Blesse?"
„Ja, ich glaube…"
Der Mann sprang auf, aber als er aus dem Lokal gestürmt war, waren Max Kirchner und seine Hunde in

dem Besucherstrom verschwunden. Nur Molly glaubte, einen Ruf aus längst vergangener Zeit zu vernehmen: „Hera! Hera!"

Thorsten Schönberg

Marktschreier

Martin brüllt aus voller Kehle,
laut, als wären es Befehle,
und zum wiederholtem Male:
„ Aale, Aale, Aale, Aale!"

Nebenan wird auch geworben
Nudel-Uwe schreit: „ Ihr Horden!"
Stopft in eine Plastiktüte:
„ Nudeln nur von höchster Güte!"

Weiter geht's zu Taschen-Ole.
Der besticht durch Bass-Gejohle.
Ruft, krakeelt und bietet feil
manches Taschenmonsterteil.

Und nur einen Meter nach ihm
kauft man Würste ein bei Achim.
Heringshunger? Halb so schlimm…
dafür brüllt ja Matjes-Tim.

Aus dem Dezibel-Gewitter
ragt hervor ein weit'rer Ritter.
Doch statt Rüstung trägt er Schürze:
Ecki bringt uns die Gewürze!

Und so werben sie mit Worten,
Käse-Rudi und Konsorten.
Brüllen, rufen und beschwatzen…
bis selbst Trommelfelle platzen!

Detlef Tanneberger

Die Reise nach Bordesholm

Schon in meiner Jugend, selbst auf dem Lande lebend, brauchte sich keiner Gedanken über den Erwerb frischer Fische oder von Teilen dieser, zu machen. Zweimal in der Woche, immer am Dienstag und am Freitag kam der Fischmann mit seinem Verkaufsauto. Eine große bronzene Glocke schwingend, rief er laut, *frische Fische - frische Fische.*
Einmal in der Woche wurde Fisch gegessen. Bei uns war es der Freitag, an dem eine Fischmahlzeit auf den Tisch kam. Ich denke, es lag daran, dass der Fisch freitags am günstigsten zu erwerben war. Die Ware musste weg, am Montag konnte sie nicht mehr zum Verkauf angeboten werden.
Obwohl der Fischmann sein Angebot kühl auf Eis lagerte und ständig die besondere Frische seiner Ware hervorhob, konnte sich keiner so richtig sicher sein, wie lange die Schuppentiere bereits auf Tournee waren.
Das Angebot richtete sich nach der Fangsaison der einzelnen Arten und war bei weitem nicht so vielfältig wie heute. So gab es Neujahr natürlich Karpfen, bis März Kochfisch, dann Hering bis Mai. Ab Juni bis August Matjes, hin und wieder Scholle und dann bis Neujahr Kochfisch. Wobei mancher Kochfischesser nicht einmal genau wusste, um welchen Fisch es sich handelte. Kochfisch wurde schon in portionsgerechten Stücken angeboten - und das hatte auch seinen Grund.
In der heutigen Zeit kaum zu glauben - aber wahr. Arme Leute kauften und aßen sogar mehrfach in der Woche Fisch, um ihren Geldbeutel zu schonen.

Die Sache mit der Frische

Das Wichtigste beim Fischeinkauf ist und bleibt die Frische der zum Verzehr bestimmten Kreaturen. Zumindest für uns Schleswig-Holsteiner.
Wie mein Schwager Karl-Josef aus Köln darüber befinden muss, werden wir im weiteren der Geschichte noch erfahren.
Hartnäckig, seit Urväterzeiten, selbst bis in die heutigen Tage hinein, hält sich das Gerücht: Fische schmecken nur richtig gut in den Monaten des Jahres, in deren Namen ein „r" zu finden ist, oder zumindest schmecken sie wesentlich besser als in den übrigen Monaten.
Die Ursache für diese Behauptung liegt im Marketing des Fischhandels aus dem vorigen Jahrhundert. Sind es doch gerade die „r"-Monate, die in den kühleren Jahreszeiten liegen. Die leicht verderbliche Ware Fisch konnte, auf Eis gelagert, frischer an den Kunden gebracht werden und hatte somit eine bessere Qualität als im Sommer.
Aber noch ganz andere Strategien wurden angewandt, um die fischige Ware an den Mann oder an die Frau zu bringen. In heutiger Zeit sicher nicht mehr möglich - oder?
Wann ist ein Fisch am schmackhaftesten, wann ist ein Fisch wirklich frisch. Muss Fisch frisch sein?
Viele Fragen - ein paar Antworten.
In der Literatur, insbesondere in den Werken von Goscinny, hervorragend bebildert von Uderzo, ist nachzulesen und nachzuschauen, wie ein Fischhändler auf einem Markt in Frankreich gerade besonders gut abgehangene und in gewisser Weise aromatisch duftende Fische anpries. Wurde die Ware dennoch nicht gekauft, wurde der Preis nach oben gesetzt, jetzt musste es klappen. Eine so teure Essware, die sich kaum noch einer leisten konnte, musste eine echte Spezialität sein. Wenn aber dies alles nichts nützte und der Fisch drohte, sich langsam aber sicher von selbst aufzulösen, wurde

zum letzten Mittel gegriffen. Ein Gerücht wurde geschickt gestreut: Je älter und anrüchiger ein Fisch sei, desto mehr kommt seine potenzsteigernde Wirkung zum Tragen. Nun gab es kein Halten mehr.
Ob die Fische nunmehr von Männern oder von Frauen begierig gekauft wurden, bleibt zu untersuchen.

Früher und heute
Es ist noch gar nicht so lange her, sagen wir einmal so etwa zweihundertfünfzig Jahre. An den Küsten von Nord- und Ostsee lebten viele Fischer, die oft nur mit sehr kleinen Booten in Küstennähe dem Fischfang nachgingen. Mit dem Handel und Verkauf oder mit der Veredelung ihrer frischen Ware konnten sie nicht nur ihre Familien gut ernähren, sondern recht komfortabel leben und viele Arbeitsplätze sichern. Viele alte, sehr schöne ehemalige Fischerhäuser zeugen davon. Man kann sie heute noch in vielen ehemaligen Fischerorten bewundern. Allerdings war die Fischerei eine harte handwerkliche Arbeit. Netze, Reusen oder Langleinen wurden am Abend gestellt oder ausgelegt und am frühen Morgen wieder eingeholt.
Der Fang war an Land. Die frischen Fische wurden auf feuchtem Seetang gelagert und auch noch damit bedeckt. Darüber wurde gestoßenes Eis gegeben.
Jeden Winter, wenn die Eisschicht auf den Seen des Landes stark genug war, wurden große Blöcke herausgesägt und in tiefen kühlen Kellern gelagert. Das so eingelagerte Eis hielt recht gut das ganze Jahr hindurch. Die Brauereien im Lande sägten übrigens eifrig mit, um so ihr Bier gut gekühlt auch an warmen Sommertagen transportieren zu können.
Alles wurde fangfrisch auf offene, schattige Wagen verladen und gelangte, von Pferden gezogen, immerhin in weniger als zehn Stunden an jeden Ort des Landes, heute Schleswig-Holstein genannt.

Hingegen fernab der Küste, zum Beispiel in Köln, sah die Welt schon ganz anders aus. Nach tagelangem Transport der Meeresfrüchte ist in dieser, dem Meer sehr weit abgelegenen Region, der noch heutzutage gebräuchliche Ausdruck „alter Stinkfisch" geprägt worden, - denk ich mal.

Heute hingegen ist alles völlig anders, wenn wir uns ein frisches Fischfilet zubereiten möchten.
Die Gewässerbereiche in Küstennähe sind leergefischt, kleine Kutter haben kaum noch eine Chance am harten Wettbewerb teilzunehmen.
Große Fangschiffe fahren weltweit nur noch von wenigen Orten auf die Meere hinaus und Räubern alles was schwimmt und schwabbelt, bis ihre Laderäume prall gefüllt sind.
Aber lassen wir uns nicht ablenken von diesem Fischfrevel und verfolgen kurz die Reise eines frischen Seelachsfilets für zwei Personen:
Auch das für den Laien auf den ersten Blick als hochseetüchtig anzusehende riesige Schiff legt mit blitzsauber gereinigten Laderäumen und einer reichlichen Portion Stangeneis an Bord von der Fischfabrik in Lyngdal, im Süden von Norwegen, ab. Die Fanggründe liegen im nördlichen Atlantik. Sind aber schnell, nach zwei Tagen strammer Fahrt, zu erreichen.
Noch ehe unser Seelachs sich Gedanken über seine Zukunft machen kann, hat der Kapitän des Fangschiffes ihn mitsamt seiner über hundert Kameraden aus einer Entfernung von über zehn Kilometern schon lange ausgemacht. Zwar befindet sich unserer Seelachs, den wir noch gut kennenlernen werden, und ihn im Folgenden somit einfach nur Köhli nennen, in einem kleinen Schwarm von nur achthundert Kilogramm Gesamtgewicht. Aber die Entscheidung ist gefallen, die Mitnahme lohnt sich.

In diesem Moment ist Köhli's Weg in die heiße Pfanne beschlossene Sache und vorgezeichnet.
Nun gut, Köhli wird bereits am ersten Fangtag und dazu noch als erster in das Fangnetz bugsiert und landete somit ganz unten im Fangsack und kam mit der ersten Hohle an Bord. Als erster im Sack, als erster an Bord, sagt da eine alte Fischerweisheit.
Auf einmal geht alles nur noch rasend schnell. Köhli wird an Deck aus dem Netzwerk befreit. Der letzte Moment, in dem er noch apathisch etwas aufnehmen kann, es wird ihm schwarz vor Augen.
In atemberaubender Geschwindigkeit, auf bewässerten Rutschen, wird er in den großen Bauch des Schiffes befördert. Unten angekommen wird er wie viele, sehr viele anderer seiner Artgenossen schichtweise - *Fisch - Eis - Fisch - Eis* - eingelagert.
Was für ein Glück für den frischfischliebenden Endverbraucher, die Laderäume sind bereits nach sechs Tagen restlos gefüllt. Sofort und schnurstracks geht es wiederum in nur zwei Tagen nach Lyndahl zurück.
Um die Ankunftszeit braucht sich niemand zu sorgen, in der Fischfabrik ist rund um die Uhr Betrieb. Kaum hat das Schiff an der großen Kaianlage festgemacht, beginnt ein emsiges Treiben. Riesige Schnorchelarme werden ausgefahren, um die Fischladung aus den Laderäumen abzusaugen. Dieser Prozess, ich habe es selbst beobachten können, dauert nicht einmal sechs Stunden.
Zeitgleich beginnt in der Fabrik der Fischfiletierwahnsinn. Die Fische werden auf Förderbändern, ständig von großen Wassermengen umspült, transportiert und maschinell entköpft, entschwanzt, enthäutet und von den störenden Gräten befreit. Die jetzt fertigen, vom vielen Wasser ausgelaugten und somit geschmacklich kaum noch einer bestimmten Fischart zuzuordnenden Filets sind jetzt versandfertig. Köhli, mittlerweile als Filet zweigeteilt, sieht in seinen Teilen, man wundert sich,

noch prächtig und durchaus schmackhaft aus. Nur, man muss es eingestehen, sein Fleisch ist jetzt leider etwas weich geworden. Schnell werden jetzt die verbraucherfertigen Fischteile in Kunststoffkisten verpackt. Wie für Köhli schon bekannt - *eine Schicht Fisch - eine Schicht Eis*, genau zwanzig Kilogramm pro Kiste.

Die Reise für Köhli geht weiter. Vor der Fischfabrik stehen die Lastkraftwagen in Reih' und Glied. Auch diese werden wiederum schnell palettenweise mit gefüllten Fischkisten beladen. Ab geht die Post zum nächsten Fährterminal, in diesem Fall kann es nur Kristiansand sein. Es ist in zwei Stunden zu erreichen. Die Wartezeit auf die nächste Fähre dauert im ungünstigsten Fall nur acht Stunden. Die Kühlaggregate der Spezialfahrzeuge laufen durch. Bei normalem Wetter, wenn kein Sturm über dem Skagerak tobt, geht die Überfahrt schnell vonstatten. Nach bereits acht Stunden Schifffahrt ist der nördlichste Zipfel unseres Nachbarlandes Dänemark erreicht. In einer noch einigermaßen gesitteten Geschwindigkeit geht der Transport fünfhundert Kilometer durch das Königreich weiter. Dauert auch nicht so lange. Mit dem Grenzübertritt zu unserer Republik ändert sich alles, es kommt zum *Kickdown* und mit *full Speed* geht es zum Seefischmarkt nach Hamburg. Alle kennen wir diese Rennfahrten auf unseren Autobahnen. Fürchtet euch nicht, geht vom Gas und habt Verständnis für ein frisch gebratenes Fischfilet für zwei Personen.

Am frühen Morgen auf dem Fischmarkt wird das hektische Treiben für den beobachtenden Laien unübersichtlich, fast beängstigend. Eine nicht überschaubare Menge an Meerestieren, manche noch von viel weiter her angereist als unsere Köhli aus dem nahen Norwegen, werden in der riesigen Versteigerungshalle aufgebahrt und nach nicht nachvollziehbaren Preisverhandlungen fast zeitgleich wieder abtransportiert. Einige noch weiterrei-

sende Fische werden wiederum in schon bereitstehende Kühllaster verladen, andere landen in Kleintransportern.
Köhli hat Glück, in guter Gesellschaft von einigen weiteren Fischkisten voller Meeresspezialitäten geht es nun nur ein kleines Stück in Richtung seiner alten Heimat, nach Norden zurück. Zum Wochenmarkt nach Bordesholm.
Der Rest aus seinem Schwarm wird sicher auch in den nächsten zwei bis drei Tagen den Bestimmungsort erreicht haben, an dem Schwager Karl-Josef seinen Frischfisch einzukaufen pflegt.
Noch am selben Tag, nach wenigen Stunden, liegt Köhli in einem komfortablen Verkaufswagen und ist gespannt, was da noch alles auf ihn zukommt.
‚Frischer Atlantikseelachs', steht auf einem Schild vor seiner Kiste.
Würden wir Köhli jetzt fragen, wo er gefangen wurde, könnte er es uns nicht mehr sagen, es sei schon zu lange her, er wisse es leider nicht mehr.
Oh, eine Kundin naht. Köhli versucht, sich als Filet noch einmal etwas zu strecken, es gelingt ihm aber nicht.
Die Kundin ist angetan von der frischen Ware. Sie würde schon gern ein Filet mit nach Hause nehmen, ist sich aber nicht sicher, ob sie den Fisch bis zum nächsten Tag in ihrem Kühlschrank aufbewahren könne. Kein Problem, beruhigt sie die Fischfachverkäuferin, frischen Fisch kann man bedenkenlos ein bis zwei Tagen im Kühlschrank aufbewahren.
Der Kauf kommt zustande - Köhli's Reise ist zu Ende.

Detlef Tanneberger

Muscheln im Gemüsesud für vier Personen

Nun ist es wohl soweit. Endlich oder auch nicht endlich soweit! Oft, von den verschiedensten Personen zu den unterschiedlichsten Anlässen angekündigt, ist er mit mir bis jetzt noch nicht in Kontakt getreten. Bereits vor über sechzig Jahren, anlässlich meiner Einschulung, wurde er mir angekündigt, beim Eintritt in das Berufsleben noch drastischer vorhergesagt und zu Beginn meines Militärdienstes von meinem Opa quasi als Schule des Lebens angedroht. Mit der Übernahme von beruflichen Führungsaufgaben wurde er mir dann unweigerlich in Aussicht gestellt.
Dann wurde es ruhiger um ihn. Ereilt hat er mich bis jetzt allerdings noch nicht. Aber er könnte durchaus kommen, nur wann und wie, das ist hier die Frage. Vielleicht sollte ich meinen Schwager Karl-Josef zu Rate ziehen, ein Mann mit Erfahrung, wie man so schön zu sagen pflegt.
Der nächste einschneidende Schritt in meinem Leben stand an. Die Versetzung in den Ruhestand. Seinerzeit, als Schüler, über den Vorgang einer Versetzung immer sehr erfreut, kam ich bei dieser Maßnahme jetzt - ins Grübeln. Sollte er jetzt mit diesem Schritt gepaart, Besitz von mir ergreifen?

*

Wenn man aus dem Arbeitsleben in das Rentnerdasein wechselt, ist man von einer schier unglaublichen Anzahl von Klugscheißern umgeben. Es beginnt bereits zwei Jahre vor dem eigentlichen Ereignis. Die noch Jüngeren haben Befürchtungen, um steile Abstürze in irgendwelche schwarzen Löcher. Die Älteren prophezeien einem ein Leben in Stress mit argen immerwährenden Zeit-

problemen.
Die Reden, die ich über mich ergehen lassen musste, waren weiter nichts als viel gehörte und auch selbst ausgesprochene Phrasen und erzwungene Witzigkeiten, über die keiner auch nur annähernd schmunzeln konnte. Ich möchte nicht ins Einzelne gehen. Eine Pflichtveranstaltung halt.
Nun, fast ein Jahr befinde ich mich mittlerweile in dem neuen Lebensabschnitt. Allein über die Bezeichnung Abschnitt in solch einem Zusammenhang nachzudenken, kann einem schon das Grausen bereiten, viele werden sicher nicht mehr folgen.
Aber! Ich genieße die Zeit. Meine Zeit!
In schwarze Löcher bin ich bis jetzt nicht gefallen, allerdings die Prophezeiungen um die Zeit, die man tatsächlich nicht hat, sind eingetreten. Ich habe dieses Phänomen natürlich nicht so ohne weiteres hingenommen, ich habe es untersucht und bin zu einem Ergebnis gekommen.
Die Lösung ist, wie oft, ganz einfach. *Man hat keine Zeit, weil man Zeit hat!* Es hört sich im ersten Moment vielleicht etwas merkwürdig an, ist es aber nicht. Man hat halt Zeit und plant auch mit dieser, man nimmt sich dieses und jenes vor und macht vor allem Sachen, die man vorher nicht getan hat. Im Ergebnis steckt man auf einmal in einem Teufelskreis: Man hat keine Zeit mehr.

*

Wir schlafen bei offenem Fenster, im Sommer sowie im Winter. Das ist gesund, behauptet meine Frau Ruth. Das mag sein, hat aber durchaus noch andere sehr angenehme Nebenwirkungen. Man bleibt mit der Umwelt verbunden und ist in engem Kontakt mit seinem übrigen Umfeld.
Mein Nachbar zur Linken fährt einen uralten Diesel. Er ist berufstätig. Einfach nur herrlich, wenn er morgens um halb acht sein Aggregat anwirft und ich dem Ge-

räusch durch das offene Fenster lauschen kann. Nur in der zweiten Januarhälfte dieses Jahres war es noch schöner, eine Sternstunde für einen Ruheständler, sozusagen. Bereits eine viertel Stunde vor der Zeit drangen Kratzgeräusche an mein Ohr. Nachbar Klaus war dabei, eine dicke Eisschicht von seinen Scheiben zu schaben. Wunderbar solch ein Morgen im Bett, was kann es Schöneres geben? Ich stehe sodann auch auf und habe dabei jeden Morgen irgendwie das Gefühl, eine Stunde geschenkt bekommen zu haben.
Nur freitags ist alles anders. Am Freitag geht's zum Wochenmarkt!
Wenn ich erst in Rente bin, gehe ich zum Wochenmarkt, das hatte ich mir fest vorgenommen. Der Wochenmarkt ist ja eh nur für Rentner gemacht, wer hat in der Woche sonst noch Zeit. Das war allerdings ein Trugschluss.
Ursprünglich wollten mein Nachbar Jürgen, zwei Häuser weiter rechts von uns und ich gemeinsam den Markt besuchen. Wir verstanden uns gut und verabschiedeten uns zudem fast gleichzeitig aus dem Berufsleben. Am Freitag wollten wir es uns so richtig gut gehen lassen. Unsere Frauen, Ruth und Karola, freuten sich ebenfalls darauf. Sie wollten dann einen ausgiebigen Klönschnack halten. Das hat sich erledigt, Jürgen und ich haben uns ein wenig entzweit. Wir haben uns damit arrangiert, wie man so schön zu sagen pflegt. Wir grüßen uns nicht mehr. Ich wechsele die Straßenseite, wenn ich an seinem Grundstück vorbeigehe. Ist er zufällig im Vorgarten, sehe ich ihn nicht und er steckt seinen Kopf noch tiefer in die Büsche. Und das alles nur wegen eines blöden Paketes, das ich seinerzeit für ihn angenommen habe. Hatte es nur gut gemeint.
Was für ein Desaster.
Ruth bezeichnet unser Verhalten als einen wechselwirkenden Altersstarrsinn. Sie meint, wir benähmen uns wie kleine Kinder, die ganze Nachbarschaft mache sich

lustig über uns.
Na ja, mag sie so denken - aber es ist nun einmal so wie es ist.

*

Meine Wochenmarktbesuche beginnen für mich schon am Donnerstagabend. Beim Abendessen verfassen Ruth und ich den Einkaufszettel und legen damit den Speiseplan für das kommende Wochenende de facto fest. Danach stelle ich den Wecker. Ich muss früh hoch, ich nehme bereits den zweiten Bus in die Stadt. Wenn ich losmarschiere, steht das Dieselross noch verschlafen vor der Auffahrt. Immer dabei mein Rucksack, den ich seinerzeit prall gefüllt mit Schinken, Würsten und Bieren zu meiner Verabschiedung, neben den warmen Worten, erhalten habe.
Man muss früh auf dem Wochenmarkt sein. Der ganze Markt fühlt sich morgens einfach *marktiger* an als später zu Mittag. Es duftet anders, frischer, intensiver und die Menschen, Händler sowie Kunden, sind allesamt gelassener.
Ich kann mich noch gut an meine erste Fahrt erinnern, ist ja auch noch nicht lange her. An der Haltestelle am See war der Bus noch fast leer. Ich nahm in der dritten Reihe rechts Platz. Nach dem nächsten Stopp füllte sich der Bus schnell. Meist junge Leute bestiegen das Transportmittel. Entweder trugen sie bereits ihre Kopfhörer über den Ohren oder setzten sie sofort auf, nachdem sie ihren Platz eingenommen hatten. Die Nichtkopfhörertragenden versuchten mit ihren Daumen ihre Handys zu zerdrücken. Ich fühlte mich als nicht dazugehörig, fast schon wie ein Fossil. Ich überlegte, meine nächste Fahrt zum Markt mit dem Auto durchzuführen oder mir zumindest einen Pseudokopfhörer zu beschaffen.
Der nächste Halt, mein alter Feuerwehrkamerad Reiner stieg zu.
„Nanu, was machst du denn hier im Bus?"

„Ich will zum Wochenmarkt."
„Na, das ist aber ein Ding - ich doch auch. Wir sitzen da hinten. Komm mit!"
Und tatsächlich, bis zur Endstation füllten sich die hinteren Reihen mit, so würde ich sagen, schon etwas älteren Fahrgästen. Sie schienen sich alle zu kennen. Und siehe da, sie sprachen miteinander. Einige sprachen mehr, andere hörten mehr interessiert zu, das gefiel mir.
Ausgerüstet waren allesamt mit Leinenbeuteln und Tragekörben, einige hatten ihren Hackenporsche dabei. Reiner stellte mich in der Runde vor. Alle sahen mich kurz und sehr freundlich an.
Ich fühlte mich wohl - ich war der Neue.
Wir stapften los, Reiner und ich. Der Markt war erreicht.
„Ich gehe immer auf der vorderen Seite hin und zurück auf der hinteren", erklärte mir Reiner.
„Und ich mache es genau umgekehrt", antwortete ich spontan, obwohl es gar nicht stimmte. Ich hatte keine feste Route über den Platz. War mir plötzlich so raus gerutscht - komisch - aber vielleicht wollte ich auch nur allein sein.
„Aber um neun, um Punkt neun, sehen wir uns an der Bude, das ist doch wohl klar", lautete Reiner's Befehl.
„An welcher Bude?"
„An der Wurstbude bei der Marktmeisterei, kennst du doch", rief er schon aus einiger Entfernung aus der Frischblumengasse zu mir herüber.
Natürlich kannte ich die Wurstbude, was für eine aberwitzige Frage. Eine Institution auf dem Markt. Für mich gab es auch früher keinen Besuch hier, ohne Einkehr an dieser Bude. Mit Jürgen wollten wir zusammen dort unser Zweitfrühstück einnehmen, so war es geplant. Aber daraus ist ja nun nichts geworden.
Ich musste mich sputen, Punkt neun, hatte Reiner gesagt. Den Einkaufszettel noch einmal gescheckt und los

ging es. Natürlich kaufte ich meine Waren immer bei den gleichen Händlern. War sozusagen ein Stammkunde bei meinen Stammhändlern. Anders geht die Sache ja auch nicht auf.
Kartoffeln nur von Bauer Nagel aus Einfeld, Wurst und Aufschnitt nur bei Schlachter Grebin, die luftgetrocknete Salami natürlich bei dem Stand mit der kessen schwarzhaarigen Italienerin, die immer schöner Mann zu mir sagte. Und so weiter und so weiter, ich will hier nicht langweilen.
Oh je, die Zeit lief mir davon. Punkt neun hatte Reiner gesagt. Jetzt aber los, auf dem direkten Weg zur Bude.
Eijeijei auch das noch. Direkt vor mir Alvin, Alvin aus dem politischen Ausschuss. Schlimmer konnte es nicht kommen.
„Gut, dass ich dich hier treffe, in der nächsten Woche haben wir ja Sitzung und da wollte ich dich fragen, ob wir unter Umständen …"
„Alvin, ob du es glaubst oder nicht, du erwischt mich hier, so etwa, wie auf dem falschen Fuß. Es hört sich vielleicht aberwitzig an, aber ich habe just jetzt keine Zeit. Glaube es mir bitte."
„Ju Rentners ward jo jümmers bregenklüteriger. Keine Zeit - keine Zeit. Bald werdet ihr sie haben müssen und *datt op'm Freedhoff"*!
Das hatte gesessen. Ganz schön frech, dachte ich bei mir. Alvin war aber kein Schlechter, er tat mir leid. Ich werde das wieder hinbiegen.

*

Die Glocke, der großen Kirche, die am Ende des Marktes über das Geschehen wachte, schlug hell und klar neun mal und ich stand vor der Bude.
Punktlandung, hätte ich früher dazu gesagt. Reiner winkte mir auffordernd zu.
Der Bratwurstverkaufswagen sah auf den ersten Blick aus, wie jeder andere Bratwurstverkaufswagen. Ein

Verkaufsanhänger, bestückt mit mehreren Fritteusen und einer riesigen Bratpfanne in der Mitte. An der Rückwand ein Berg mit Baguette Stangen. Vorne, rechts und links am Wagen, kleine angeflanschte Bretter, auf denen die Speisen und Getränke abgestellt werden konnten. Die Bereiche an den Seiten waren mit Zeltplanen überdacht und seitlich abgeschirmt. Dazu kamen noch ein paar winzige Bistrotische.
Das eigentlich Besondere war das Leben in der Bude und um sie herum.
In der Mitte des Verkaufswagens stand der Chef. Er musste es sein, er hatte das Sagen und den Überblick, das konnte jeder erkennen. Adrett gekleidet mit einer blau weiß gestreiften Jacke, die nicht nur in der Bauchgegend, sondern auch am Hals arg strammte, stand er hinter einer riesigen, eisernen, eckigen Bratpfanne, immer alles im Blick. Er grillte seine Wurst nicht, er briet sie. Riesige Mengen mittelgroßer Würste schwammen im Fett und knispelten und knuspelten vor sich hin, dabei ständig vom Chef in Bewegung gehalten. Drei ebenfalls sehr adrett gekleidete Verkäuferinnen, bei denen es an anderen Stellen ihrer ebenfalls blau weiß gestreiften Blusen strammte, waren ständig in Bewegung um den Wünschen der Kunden nachzukommen. Alles war im Fluss, es gab keinen Stillstand.
Es gab drei Kundengruppen. Rechts und links der Unterstände, hatten sich jeweils Gruppen von sechs bis acht Personen eingefunden. Vor dem Wagen standen in Zweier-, bisweilen auch in Dreierreihen Stammkunden und Laufkunden. Bisher hatte ich auch dort gestanden.
Neun Uhr; ich stand neben Reiner. Es kam mir irgendwie wie ein Schichtwechsel vor, der nunmehr vonstatten ging. Hatte so etwas in meinem Berufsleben kennengelernt. Die rechte Gruppe löste sich auf und gleichzeitig formierte sich die nächste Schicht und besetzte den geräumten rechten Flügel neu. Es geschah lautlos

und wortlos, wie eingeübt.
Ich stand noch etwas verhalten vor dem Unterstand.
„Nun komm schon rein, willkommen in der rechten Gruppe."
„In der Neunuhrgruppe", setzte ein hagerer, der Haltung nach an einen ehemaligen Soldaten erinnernder Endsechziger mit klar vernehmbarem Stolz hinzu. Auch hier stellte mich Reiner kurz vor. Ich wurde zur Kenntnis genommen. Ich bestellte mir *zwei mit Brot* und einen warmen Kakao.
Ich betrachtete die Gruppe. Mit mir, sieben Männer und eine Frau. Alle, dem Anschein nach, der Siebzig näher als der Sechzig. Vielleicht mit Ausnahme der Dame in der Gruppe, ich war mir aber nicht sicher. Reiner war klar der Führer der Gruppe.
Der Chef hatte den Schichtwechsel selbstverständlich wahrgenommen. Er nickte und lächelte in unsere Richtung. Sah aber die Neuformation am rechten Flügel offensichtlich sodann auch als Startschuss an, um laut für alle hörbar, dem rechten Flügel, dem linken Flügel, den Gästen vor dem Verkaufsstand und sogar den Passanten auf dem Gang zwischen dem Wurstverkaufswagen und den gegenüberliegenden Fischständen, die politische und weltwirtschaftliche angespannte Lage, im Bezug auf sein Unternehmen dramatisch darzulegen. Er malte düstere Zeiten in seinen Bratennebel und prophezeite sich eine Zukunft in Armut. Dabei schaute er natürlich auch zur rechten Seite, die links von ihm stand und forderte Zustimmung ab. Wir nickten sodann mitfühlend. Das wiederum ermutigte ihn, noch lautstarker, weiter auszuführen.
Aber auch in der Gruppe selbst gab es Wortmeldungen. Die einzelnen Beiträge waren den Zuständigkeiten zugeordnet, dies erkannte ich sofort. Willi war für die Kommunalpolitik zuständig, Heinz für den Bereich Sicherheit und Ordnung, Klaus für den Sport und Lydia

hatte das Gesundheitsressort inne.
Ich bestellte mir noch einmal *zwei mit Brot*.
Um Punkt zehn wurde es unruhig, eine neue Gruppe formierte sich rechts vor der Bude. Ein erneuter Schichtwechsel stand an.

*

Die Freitagvormittage auf dem Markt, ich möchte sie nicht missen.
Wieder einmal Donnerstagabend. Die Einkaufsliste war besprochen und auch zu Papier gebracht. Zaghaft fragte ich noch bei Ruth an, ob ich denn Lydia wegen meines Problems mit der rechten Wade konsultieren sollte. Die Antwort kam wie aus der Pistole geschossen.
„Lydia, Lydia, ich höre schon nichts anderes mehr als Lydia. Deine Professorin könnte sich dann auch gleich deiner anderen Schwächen annehmen."
Ich verstand meine Frau in diesem Moment zwar nicht, aber schwieg alsdann.
Birnen, Bohnen und Speck solle es geben - und das gleich für zwei Tage. Ein norddeutsch kulinarisches Wochenende sozusagen. Herrlich und viersternegleich, wenn Ruth diese Spezialität zubereitete. Allein der Gedanke daran, ließ meinen lästigen Juckreiz an der Wade bereits merklich abklingen. Sollte ich tatsächlich wegen einer solchen Lappalie Lydia zu Rate ziehen?
Neun Uhr an der Bude. Der Chef verkündete gerade lautstark, er sähe sich bereits als Gast an der Tafel und seine Kleidung aus Altkleidercontainern stibitzen. Alle nickten mitfühlend. Er lächelte zufrieden.
„Was gibt es neues", fragte Reiner in die Runde.
Klaus führte an, dass die Tabelle der Regionalliga Nord ganz anders aussehen würde, wenn der VfR nicht sechsmal hintereinander verloren hätte. Alle pflichteten ihm zu. Sogar der Chef, fügte aber noch hinzu:
„Und was das alles kostet."
Eine kleine Pause entstand. Ich wagte es und rückte

etwas näher an Lydia heran. „Du Lydia", alle spitzten wie auf Kommando ihre Ohren, „ich habe da so ein kleines Problem", die Ohren wurden noch spitzer, „mit der rechten Wade, könntest du mal..."
„Na klar, mach dich schon mal frei."
Auch das noch, ich hätte es wissen müssen. Umständlich gelang es mir im Stehen, leicht auf Reiners Schulter gestützt, durch hochziehen eines Hosenbeines und gleichzeitiges hinunter schieben meines Strumpfes, meine Wade zu entblößen. Die gesamte rechte Gruppe schaute auf meine Wade. Sogar der Chef machte einen langen Hals. Wenn das jetzt Ruth sehen würde, schoss es mir durch den Kopf. Sie würde, und ich kannte sie genau, einen Lachanfall bekommen oder gar Schlimmeres. Aber wir waren hier ja sozusagen unter uns.
„Das sieht ja gar nicht gut aus. Da müssen wir aufpassen, dass du keinen allergischen Schock erleidest - oder so. Ganz so schlimm ist es auch noch nicht aber wir müssen dein Bein im Auge behalten."
Zustimmendes Gemurmel aus der Gruppe. Auch das noch, dachte ich bei mir.
„Pass auf mein Lieber, du gehst auf dem Rückweg gleich bei Simone vorbei. Du kennst doch Simone"?
„Nein."
„Na, Simone, die musst du doch kennen. Sie hat doch ihren Stand gleich neben dem Kartoffelbauer aus Wasbek. Simone verkauft Eier von glücklichen Hühnern, Honig von glücklichen Bienen und selbstgemachte Marmelade. Die übrigens sehr zu empfehlen ist. Aber nun das Wichtigste, sie bietet auch eine tolle Salbe an. Ein reines Naturprodukt in einer Tube mit einer großen gelben Blume darauf - oder so. Die holst du dir sofort und dann zweimal täglich nicht zu dünn auftragen. In der nächsten Woche sehen wir uns dein Bein wieder an. Und vergiss nicht Simone von mir zu grüßen."
Ich hatte verstanden, sogar mehr als das. Die Turmuhr

schlug zehn, schnell zog ich meinen Strumpf wieder hoch und die Hose ebenso wieder herunter. Es wurde auch höchste Zeit. Eine recht vornehm wirkende Dame hatte vom gegenüber liegenden Matjesstand schon recht pikiert zu mir herüber gesehen und auch leicht mit dem Kopf geschüttelt.

Nun gut, meine Einkäufe hatte ich bis auf das frische Bohnenkraut und den Blumenstrauß für Ruth, der heute etwas größer ausfallen sollte, abgeschlossen. Aber erst noch einmal wieder zurück, in die vordere Passage, zu Simone.

Der Markt hatte sich mit Kunden gefüllt, in den Gängen wurde es bereits enger. Urplötzlich geschah es, es traf mich wie der Schlag. Direkt vor mir, nur wenige Meter noch entfernt von mir. Eine Katastrophe, eine Oberkatastrophe, Jürgen kam direkt auf mich zu. Ein Ausweichen war unmöglich und auf den Hacken kehrt machen, wohl noch unmöglicher. Das Schicksal nahm seinen Lauf, fast berührten wir uns mit den Schultern.

Ich sagte: „Moin."

Jürgen sagte: „Moin."

Am liebsten hätte ich mich einen Moment hingesetzt, dabei fiel mir auf, das einzige was es auf dem Wochenmarkt nicht gab, waren tatsächlich Bänke. Hätte ich Lydia bloß nicht mein Bein gezeigt, mir wäre der Rückweg erspart geblieben und es wäre nicht zu dieser Begegnung gekommen. Im Augenblick war mir sogar der Appetit auf Birnen, Bohnen und Speck vergangen.

Karola hatte seinerzeit das Paket auf dem Küchentisch ausgepackt. Noch heute höre ich den entsetzten Schrei, der bis in unseren Garten deutlich zu vernehmen war. *Jürgen du kommst sofort rein, ich habe mit dir zu reden.* Es folgte Stille.

Es dauerte eine Weile bis Jürgen mit dem aufgerissenen Paket vor unserer Haustür erschien und wortlos den gesamten Inhalt auf unserer Auffahrt entleerte. Klaus

bekam das natürlich mit, er fragte mich süffisant, ob ich einen Großauftrag bei Beate aus Flensburg in Auftrag gegeben hätte. Ja, so war es passiert, damals.
Die restlichen Einkäufe erledigte ich einer Art Trancezustand. Simone meinte, ich sähe entsetzlich aus, und bezweifelte selbst, ob ihre Salbe mir in meinem Zustand noch helfen könne. Ich hatte gleich zwei Tuben geordert.
Daheim angekommen ging es mir schon wieder etwas besser, die frische Luft hatte mir gut getan.
„So ein großer Blumenstrauß, hast du etwa etwas gut zu machen?" Und Salbe hast du auch mitgebracht, wofür ist die denn gut? Nun sprich doch, du bist so schweigsam. Wie war es auf dem Wochenmarkt, was gibt es Neues?"
„Im Grunde war es wie immer."
„Was heißt, im Grunde war es wie immer?"
„Im Grund war es wie immer heißt, im Grunde war es wie immer!"
„Das glaube ich dir nicht, irgendetwas ist dir doch über die Leber gelaufen, ich fang schon mal an und bereite das Essen."
„Irgendetwas nicht, aber irgendwer und weißt du auch wer - dein Nachbar Jürgen."
„Ach nun weiß ich Bescheid, beruhige dich erst einmal, es gibt Schlimmeres."
Das mochte wohl so sein, ich wüsste aber nicht was.
Natürlich normalisierte sich alles wieder schnell, sogar mein Ausschlag auf meinem Unterschenkel bildete sich zusehends zurück. Selbst Ruth fragte nach, ob sie auch mal von meiner Salbe nehmen könnte.
In der Zeitung stand, sogar mit einer großen Abbildung versehen; die Muschelsaison sei eröffnet. Für uns keine Frage, am Freitag musste es Muscheln geben. Die Muscheln selbstverständlich nur von unserem Fischer aus Husum, der immer am Freitag einen großen Stand auf

dem Wochenmarkt hat.

Auf den Einkaufszettel kam alles für Miesmuscheln im Gemüsesud und einiges mehr. Ich werde morgen schwer zu tragen haben, ahnte ich bereits.

Am Morgen im Bus musste ich kurz an die Begegnung aus der Vorwoche denken. Aber nur kurz, meine Gruppe im Bus brachte mich schnell auf andere Gedanken.

Ich musste mich mehr denn je beeilen, nach dem Artikel in der Presse, könnten die Muscheln schnell ausverkauft sein. Meine Strategie stand fest, erst der Fischmann, dann die Bude und danach den ganzen Rest.

Oh je, schon eine gewaltige Menschenschlange vor dem Verkaufswagen aus Husum. Aber es ging flott wie immer, das Personal hatte alles super im Griff. Ein beobachtender Blick nach links in den Verkaufswagen, offenbarte mir eine stete Abnahme des Muschelberges. Nur keine Panik, erlegte ich mir selbst auf, nicht jeder wird Muscheln kaufen und so war es auch.

Irgendwie wurde mir kalt im Rücken. Ich drehte mich um. Der Schock. Jürgen stand direkt hinter mir. Wie konnte so etwas passieren. Lag ein Fluch auf mir? War das noch Zufall? Was sollte ich machen? Aus der Schlange ausscheren ging nicht, ich würde keine der Muscheln mehr erhaschen. Was blieb, war die Flucht nach vorn, sie hatte mir schon oft im Leben gut weitergeholfen.

„Na auch Fisch kaufen?"

„Nee, Muscheln. Soll heute Abend Muscheln in Weißwein geben."

„Bei uns auch, aber in leckerem Gemüsesud, schmeckt viel besser und meeriger."

„Kenn' ich nicht."

„Musst du kennenlernen, komm doch heute Abend vorbei und bring deine Karola mit."

„Das mach ich und die Getränke habe ich dabei."

Er war verschwunden. Wie ein Geist, hatte er sich in Luft aufgelöst.
Was hatte ich getan, war ich wahnsinnig geworden? In meiner rechten Wade begann es zu ziehen, ich fürchtete um meine Standfestigkeit und übel wurde mir auch. Traum oder Realität, ich konnte nicht mehr unterscheiden.
„Und mein Freund, was soll es denn heute sein?"
Ich hatte Glück, der Fischer bediente mich selbst und in der Kiste, jetzt vor mir stehend, lagen noch reichlich Muscheln.
„Zwei Kilo Muscheln bitte. Ach nein, alles zurück, ich brauche ja mehr. Mir ist da was dazwischen gekommen, etwas Unvorhergesehenes und das gerade eben hier. Also, noch mal von vorn. Ich hätte gern Miesmuscheln für vier Personen."
„Dann sind das ja so um die vier Kilo. Das wird reichen, denke ich. Beste Ware, alles stramme Burschen und nur dreineunzig das Kilo. Ich mach mal gleich zwei Tüten für dich fertig."
Der Fischer legte mehrere Gewichte rechts auf seine Dezimalwaage und stellte links einen verzinkten Metallbehälter gegenüber. Er schaufelte los.
„So, genau vier Kilo. Das macht nach Adam Riese genau fünfzehnsechsundneunzig. *Verköp ick di awer nich*".
Mir fehlten die Worte. Was für ein Tag. Ich wusste nicht mehr weiter.
„Wie bitte", kam es kaum hörbar über meine Lippen.
„Dann verbleiben mir nur noch drei bis vier kleine Schaufeln, wem soll ich die dann noch verkaufen, davon wird doch keiner mehr richtig satt. Du bekommst alle Muscheln und ich sechzehn Euro von dir, einverstanden."
Ich war einverstanden.

*

Auf dem Weihnachtsmarkt hatte ich einmal zwölf

Punsch getrunken, ähnlich fühlte ich mich jetzt. Meine Beine gehorchten mir, genau so wie seinerzeit. Ich taumelte, meinen Rucksack auf dem Rücken und in jeder Hand eine Tüte klappernder Muscheln, auf die Bude zu. Reiner entdeckte mich zuerst.

„O je, du siehst ja aus, als wärst du dem Leibhaftigen begegnet."

„Bin ich auch, und habe ihn und seine Frau soeben zum Abendessen eingeladen."

„Wie bitte?"

„Nein, ist nur ein kleiner Scherz. Ich muss jetzt erst einmal auf null kommen."

Nach *zwei mal zwei mit Brot* und einem warmen Kakao, ging es mir schon wieder besser.

„Meinem Bein geht es wieder richtig gut, wollt ihr es sehen?"

„Ja, zeig mal", kam es aus der Runde.

*

Zuhause angekommen:

„Meine Güte, was hast du da alles eingekauft. Bekommen wir noch Besuch?"

„Ja"

„Nanu, wer kommt denn. Deine Wochenmarktgruppe?"

„Nein, Jürgen und Karola."

„Wie bitte? Ich glaub', ich werd nicht wieder."

„Du hast doch nichts dagegen?"

„Aber nein! Wie hast du das bloß hinbekommen. Ich werd nicht wieder."

„Hat sich so auf dem Wochenmarkt ergeben."

„Ich werd nicht wieder, was sich so alles auf dem Wochenmarkt ergeben kann."

„Sie kommen heute Abend zum Muschelessen, bringen die Getränke mit. Ich helfe dir selbstverständlich beim Kochen."

*

Ich marschierte in den Garten. Es ging mir rundum richtig gut. Ich wusste, das wird ein schöner Abend.
Und der eingangs Erwähnte kann mich mal. Von mir aus soll er bleiben wo der Pfeffer wächst.
Der Ernst des Lebens.
Ich komme auch ohne ihn prächtig zurecht.

Detlef Tanneberger

Nichts geht mehr

Bei Tiefbauarbeiten in unserer Straße konnte ich einige Arbeiter dabei beobachten, wie sie in einem Erdloch, eine Art Schale über das offene Ende eines Rohres stülpten. Mein Interesse blieb nicht unbemerkt. Peinlich. Wie konnte ich die Situation entschärfen? Kontaktaufnahme und aufeinander zugehen. So hatte ich es einst gelernt und oft praktiziert in meinem Leben. Ein erneuter Blick in die Grube:
„Moin Männer, saubere Arbeit. Warum schiebt ihr denn die schöne Schale über das Rohr?"
„Das ist keine Schale, das ist eine Rohrendmuffe aus Ton. Die setzen wir hier für kurze Zeit ein, damit uns die Scheiße nicht in die Schuhe läuft."
„Aha", war meine kurze Antwort.
„Da oben bei dir liegen noch einige herum. Kannst dir eine als Andenken mitnehmen."
„Danke, ich werde sie in Ehren halten, die Tonrohrendmuffe."

Meine Frau hatte mich durch das Fenster beobachtet.
„Na, hast du wieder ein bisschen geklugscheißert und nach irgendwelchen Resten für einen armen Siedler gebettelt."
„Überhaupt nicht! Sehr nette Menschen, die Tiefbauarbeiter. Sie haben mir sogar eine Rohrendmuffe aus Ton geschenkt."
„Schön, und was willst du damit anfangen?"
„Das wirst du noch erleben. Warte nur ab."
Ich hatte keinerlei Vorstellung, etwas mit dieser tönernen Muffe anfangen zu können. In mir kam der Gedanke auf, die Muffe wieder an ihren Ort am Tiefbaugraben

niederzulegen.
Es kam aber anders.
Die Sommerbepflanzung stand an. Wie jedes Jahr Mitte Mai. Die Rollen waren fest verteilt, wie jedes Jahr. Ich mischte die Pflanzenerde an. Meine Frau bepflanzte die Kübel, das Rondell und den Streifen vor dem Grillplatz. Die Pflanzen waren frisch und kräftig. Wir hatten sie auf unserem Wochenmarkt gekauft. Es gab immer eine kleine Zugabe.
Fertig! Toll! Wir freuten uns, es sah prächtig aus. Der Sommer konnte kommen.
Die Zugabe war in diesen Jahr etwas mickrig ausgefallen, vier schmächtige Pflänzchen lagen noch auf dem Rasen.
„Darum kümmere ich mich, die werde ich aufpäppeln. Du wirst dich wundern", sagte ich zu meiner Frau.
Aber wie und wo? Erst einmal ein kühles Bierchen in der Grillecke. Das hat mir schon oft beim Nachdenken geholfen. Beim Hinsetzen in meiner Lieblingssommerecke kam mir die Erleuchtung. Sie lag quasi zu meinen Füßen. Die Tonrohrendmuffe. An eine Pause war nicht mehr zu denken. Die Muffe war schnell bepflanzt und sah am Ende mehr als dürftig aus.
Wieder zurück in meine Nachdenkecke. Ein Marienkäfer flog mir entgegen. Gerade begann ich darüber zu sinnieren, wie schön es auf der Welt als Marienkäfer wäre. Da war sie, die Idee. Wieder hoch aus meiner Ecke. Die Pflänzchen und das Substrat schnell wieder aus der Muffe entfernt. Ich hatte das Gefühl, die Pflanzen sahen mich schon traurig an. Das konnte wohl so nicht sein. Oder? Ich sah mich verstohlen in unserem Garten um und tat etwas, was ich noch nie getan hatte. Ich sprach zu den Leidenden. Das natürlich nur leise:
„Keine Angst meine Lieben, ihr werdet die Schönsten sein in unserem Garten."
„Hast du da gerade etwas gesagt?" fragte meine Frau

von der Terrasse.
„Nein, wieso", log ich. Die Wahrheit hätte mir unter Umständen den Weg in ein psychiatrisches Behandlungszentrum geebnet.
Das ganze Vorhaben musste mehr als nur ein wenig gepuscht werden. Ich hatte es schließlich meinen Pflanzen versprochen.
Farbe und Pinsel geholt und rann ans Werk. Grundierung in hellgrün - die Muffe sah auf einmal viel freundlicher aus - und dann die Wahl des Motivs. Warum auch immer, ich entschied mich für Marienkäfer. Leuchtend rote Marienkäfer, mit vier und auch fünf schwarzen Punkten. Einige sahen aus, als würden sie starten, andere befanden sich im Sinkflug. Ein paar dunkelgrüne und einige gelbe Punkte. Perfekt.
Ich schlich mich mit meiner schönen Schale, deren Anstrich in der prallen Sonne gut ausgetrocknet war, zu den fast welk gewordenen Florawaisen.
Ein praktiziertes Déjà-vu. Das Substrat wieder in die Muffe zurück und die Pflänzchen in das befeuchtete Erdreich gebettet. Ich mag es hier gar nicht niederschreiben, aber ich hatte das Gefühl, dass die blaue Kartoffelblume sich etwas gestreckt hatte, um mir ihre zahlreichen Knospen zu zeigen.
Ich bekam Besuch von meiner lieben Frau. Von mir auch hin und wieder als Kontrolle bezeichnet.
„Was treibst du hier eigentlich stundenlang Geheimnisvolles?
Oh! Was für eine schöne Schale. Die kommt vorne auf unsere Treppe. Wo kommt die denn her? Die haben wir doch gar nicht gekauft. Und die Pflanzen sehen so kräftig aus. Das ist aber eine Überraschung."
„Da kannst du mal sehen, was aus meiner *komischen* Muffe und den armen Pflänzchen geworden ist. Es freut mich, dass es dir gefällt."
„Super hast du das gemacht, ich bin richtig stolz auf

dich. Sag mal, wie bist du nur auf die schönen Motive gekommen?"
„Ach, die sind mir so zugeflogen."

Wenige Tage später, Besuch von meiner Schwägerin. Wir mögen uns.
„Was für eine schöne Schale habt ihr da auf der Treppe. Wo habt ihr die gekauft? So etwas habe ich noch nirgendwo gesehen."
„Die hat Werner gestaltet und bepflanzt, toll nicht?"
„Ja super, so eine hätte ich auch gern."
Ich hatte das Gespräch mitbekommen und war mächtig stolz auf mich.
„Du hast ja bald Geburtstag, mal sehen, was sich da so machen lässt", mischte ich mich ein.
Mir schwebte auch schon ein Motiv vor, meine Schwägerin liebte Katzen.
Wo aber nur her mit einer Tonrohrendmuffe? Die Tiefbauarbeiter waren schon lange fortgezogen. Nicht im Baumarkt, aber im Baustoffhandel wurde ich fündig. Es gab sogar drei verschiedene Größen im Angebot. Die größte sollte es sein.
Hellblauer Hintergrund. Sitzende, laufende und tanzende, schwarzweiße Katzen zierten die Muffe, die ich, mit kräftig rot blühenden Blumen bepflanzt hatte.
„So eine schöne Schale, die willst du wohl nicht fortgeben?"
„Doch. Die bekommt Hiltrud zu Geburtstag!"
Der Tag war gekommen. Ich überreichte Hiltrud die Muffe, die ich vorher noch mit einer Rolle Geschenkpapier verhüllt hatte. Mit Erde gefüllt, war sie mächtig schwer.
„Du hast es wahr gemacht! Und auch noch meine Lieblingstiere! Sie sieht wunderschön aus. Danke! Danke! Danke!"
Meine Schwägerin fiel mir um den Hals.

„Damit solltest du in Produktion gehen und die Schalen auf dem Markt verkaufen. Die Leute werden sie dir aus den Händen reißen."
„Ich werde darüber nachdenken", war meine knappe Antwort.
Aber warum eigentlich nicht. Es würde mir Spaß machen, das wusste ich.

Vier mal drei der unterschiedlichen Muffengrößen hatte ich gestaltet und bepflanzt. Eine schöner als die andere. Viel zu schade, um sie gegen schnöden Mammon einzutauschen.
Aber was sollte es, es gab kein zurück. Ich hatte mich entschieden.
Auf ging es zum Fischmarkt nach Hamburg. Ein großes Abenteuer lag vor mir. Herrlich!
Das Auto hatte ich bereits am Vortage akribisch beladen. Aufstellböcke, zwei kräftige Platten aus Holz und natürlich meine Schalen. Meine Frau hatte sogar eine alte Wachstuchtischdecke spendiert. Ich war gut aufgestellt. Der Wecker sollte um vier Uhr in der Früh klingeln.
Ein schöner Traum gesellte sich in meiner kurzen Nacht zu mir: Bei strahlendem Sonnenschein war mein Stand bereits nach einer halben Stunde ausverkauft. Einige Kunden hatten zwei meiner Muffen erworben. Eine sehr elegante ältere Dame hatte meine Schalen als Kunstwerke bezeichnet. Ich fühlte mich rundum wohl.

Der Wecker rasselte unnachgiebig. Es war noch fast dunkel. Ich hörte Regentropfen auf die Fensterbank fallen. Im Bett war es weich und warm.
„Du willst doch nicht etwa los zu deinem blöden Markt bei diesem Wetter. Du wirst dir die Schwindsucht holen. Bleib hier, wir machen uns einen schönen Vormittag."

„Kommt nicht in Frage, der Markt kapituliert nicht vor ein paar Regentropfen. Wo soll das hinführen? Meine Kunden erwarten mich. Ich werde in wenigen Minuten ausverkauft sein und dann lade ich dich zu einem schönen Mittagessen ein."

„Warten wir es ab. Gute Geschäfte und gute Nacht!"

Auf der Fahrt nach Hamburg war der leise Nieselregen in einen leichten Landregen übergegangen. Der dunkelgraue Morgenhimmel dachte nicht daran sich aufzuhellen.

Ich machte mich über meine Kalkulation her. Reich würde ich mit meiner Ladung nicht werden, das war mir klar. Aber zusetzen wollte ich auch nicht. Ein gutes Mittagessen sollte schon dabei herausspringen und vielleicht noch ein bisschen mehr.

Hin und her gerechnet, kam ich zu einem Ergebnis: Die kleinen Muffen sollten fünfzehn Euro, die mittleren zwanzig und die großen fünfundzwanzig kosten. Das machte im Mittel zwanzig mal zwölf. Zweihundertvierzig Euro. Doch ein gutes Geschäft, dachte ich bei mir. Da ist sogar noch ein wenig Verhandlungsmasse drin, wie es sich für einen Markt geziemt.

War ich zu früh oder zu spät? Den großen Fischmarkt vor Augen, fand ich keinen Parkplatz. Ich drehte meine Runden, konnte kaum noch etwas erkennen, der Scheibenwischer lief auf Hochtouren. Da, eine Lücke in den Straßenschluchten. Ich war am Ziel.

Jetzt schnell den Verkaufsstand aufgebaut und es konnte losgehen. Ich war schon ein wenig kribbelig.

Die Böcke unter dem rechten und die Platten unter dem linken Arm. Die Wachstuchtischdecke mittlerweile über meinem Kopf zusammengebunden, um nicht gänzlich durchzuweichen von dem einsetzenden Sturzregen, muss ich wohl einen skurrilen Eindruck hinterlassen haben. Wenige Menschen bewegten sich missmutig in sich zusammengekauert durch die Gassen des Marktes.

Stets bemüht, nicht in große Pfützen zu treten.
Ich wurde angesprochen. Ein kräftig wirkender Mann mittleren Alters, mit einer großen Brille auf einer ebensolchen Nase, von der das Wasser nur so tropfte, stand geduckt unter seinem mit Plastikplanen, die im Wind knatterten und jeden Moment zu zerreißen drohten, verhüllten Verkaufsstand. Prall mit Jacken vollgestopft. Vom Sakko bis zum Blouson, alle Farben - alle Größen.
„Du siehst ja aus, als wolltest du hier ein Zirkuszelt aufbauen! Dich habe ich hier noch nicht gesehen, und ich kenne fast alle hier auf unserem Markt. Wo kommst du denn her? Was willst du hier?
Komm, stell dich erst einmal unter."
„Ich komme aus Bordesholm. Ich habe wunderschöne Blumenschalen dabei, die habe ich selbst hergestellt und bepflanzt, das Ganze aus Tonrohrendmuffen. Die möchte ich hier verkaufen. Ich bin das erste Mal auf einem Markt. Ich freue mich schon auf die guten Geschäfte."
„Und wie heißt du?"
„Werner."
„Werner, du gefällst mir. Marktblut scheint in deinen Adern zu pulsieren. Aber du bist hier völlig verkehrt mit deinen Blumenschalen. Hier ist die Plünnecke. Die Blumen gehören in die zweite und dritte Reihe. Unten am Wasser, gleich nach den Grönhökern. Hier ist jeder Platz vergeben, neben mir steht normalerweise Ulli mit seinem Pulloversortiment. Pullover aus aller Welt - für wenig Geld, alles was zählt ist ein Pulli von Ulli, das ist sein Marktschrei. Er kommt aber heute nicht, er hat mich angerufen. Das Wetter ist ihm zu schlecht. So ein Weichei. Markttag ist Markttag, da gibt es keine Ausflüchte, für mich schon gar nicht. Und für dich auch nicht, wie ich sehe. Jetzt weiß ich auch, was mir an dir so gefällt. Stell dich mit deinen Dingern nur neben mich, ich werde das mit dem Marktmeister schon regeln. Wir kennen uns seit Jahren. Übrigens, ich heiße Joachim.

Auf dem Markt hier nennt man mich Jacken-Jo."
Die Böcke und die Platten waren schnell aufgebaut, alles überdeckt mit der Wachstuchtischdecke. So sah mein Stand recht passabel aus. Das Wasser vom Himmel rann an mir und der Tischdecke herunter.
„Du Jo", war meine zaghafte Anfrage, „hast du auch Regenjacken in deinem Sortiment?"
„Na klar, was denkst du denn. Bei Sonnenwetter sogar im Angebot. Heute bei Regenwetter sind sie etwas teurer. Das Marktgesetz, du verstehst."
Ich verstand.
„Ich würde gern eine deiner Regenjacken erwerben."
„Erwerben, was für ein Ausdruck. Du kannst sie bei mir kaufen. Mein Angebot gilt (eine lange Pause entstand - Jo überlegte). Weil du es bist, diese dunkelblaue echte Admiralsjacke, garantiert wasserdicht. Für dich, und nur für dich, für fünfundzwanzig Euro."
Es gab kein Überlegen in dieser Situation, eine echte Admiralsjacke zu einem Spottpreis.
„Jo, die nehme ich. Ein faires Angebot unter Marktleuten, so habe ich es mir vorgestellt unter guten Kollegen."
„Oh Mann, du bist aber ein echt knallharter Verhandler. Hätte ich gar nicht gedacht. Gib mir zwanzig, und wir reden nicht mehr darüber - mein Freund."

Ich zog meine neue Jacke über, sie passte wie angegossen. Im selben Moment gesellte sich zu dem Dauerregen, ein heftiger Wind, der mir in den Rücken blies. Ich erfreute mich meiner Anschaffung und schlug den Kragen der Jacke hoch.
Und nun?
Alles schien sich zum Guten zu wenden, nur meine Pflanzen befanden sich noch im Kofferraum, zirka zweihundert Meter von der Verkaufsstätte entfernt.
Hin und wieder huschte ein Kunde vorbei und sah auf

meinen noch leeren Tisch.
Ein gutes Zeichen, dachte ich bei mir.
„Du Jo, kannst du einen Moment auf meinen Stand achten. Ich gehe schnell ein paarmal zum Parkplatz dort oben und hole meine Ware."
„Das darf doch wohl nicht wahr sein. Schau mir in die Augen! Werner! Kennst du das Marktehrenwort? Das Marktehrenwort ist das Gesetz des Marktes. Gib mir dein Marktehrenwort und ich leihe dir meine Karre, dann musst du nur einmal laufen."
„Jo, du hast mein Marktehrenwort!"
Ich gehöre dazu, ich war einer von ihnen! Das wusste ich in diesem Augenblick. Ich fühlte mich gut, obwohl hin und wieder ein Regentropfen seinen Weg zwischen dem fest geschlossenen Kragen meiner neuen Jacke und meinem Nacken gefunden hatte und mir langsam den Rücken herunter rann.
Schnell war mein Stand nun aufgebaut, nachdem ich einige Male gestaltet und wieder umgestaltet hatte. Ich sah mir mein Werk von vorne an, aus der Kundenperspektive sozusagen. Ich war begeistert. Jo gesellte sich zu mir.
„Toll, einfach toll, was du da anbietest. Schick. Das würden sich sicher viele Kunden gern mit nach Hause nehmen. Nur das Wetter, das Wetter, grauenhaft. Ich glaube nicht, dass heute viele potentielle Kunden für dein Angebot den Weg auf den Markt finden werden. Aber warten wir es ab. Ich habe auch erst achtzehn Jacken verkauft. Deine nicht mitgerechnet, war quasi ein Geschenk."
„Ich danke dir noch einmal recht herzlich dafür. Damit hast du mir das Leben gerettet. Oder mich zumindest vor einer doppelseitigen Lungenentzündung bewahrt - denk ich mal."
Ich war bereit, es konnte losgehen. Da, eine Störung, Von der linken Seite hatte er sich herangeschlichen, an-

ders konnte es nicht sein, sonst hätte ich ihn bemerkt.
„Und wer bist du hier?"
„Und wer bist du da?" war meine patzige Antwort.
Er baute sich vor meinem Stand auf und nahm eine Art Grundstellung ein. Nur seine offensichtlich schwere Umhängetasche hinderte ihn an einer korrekten Ausführung, er schwankte etwas. Ich fühlte mich an meine Bundeswehrzeit erinnert. Dem Mann fehlten nur eine Uniform und der Dienstgrad eines Hauptfeldwebels auf den Schulterstücken. Und Recht hatte ich.
Er holte langsam tief Luft. Es zischte bedrohlich in seinen Nasenflügeln.
„Ich bin hier der Marktmeister! Das bin ich schon seit fast dreißig Jahren. Ich bitte mir Respekt aus!"
Ein Stillgestanden auszusprechen konnte er sich wohl gerade noch verkneifen. Oh ha, ich war in ein riesiges Fettnäpfchen getreten. Das war mir klar. Was nun?
Jo hatte unser unglückliches Zusammentreffen mitbekommen. Er eilte mir zur Hilfe.
„Heinrich, um Gottes Willen, reg` dich doch nicht so auf, auf deine letzten Marktmeistertage. Ein neuer Marktkollege, unsere Zukunft sozusagen. Ich habe ihn bereits aufgeklärt über unsere Statuten. Gib ihm eine Chance, das Leben geht doch weiter. Pulli-Ulli hat heute gekniffen, Platz ist genug da. Nun drück doch mal ein Auge zu."
Es entstand eine lange Pause. Heinrich dachte nach, das konnte man erkennen. Wir standen gemeinsam vor meinem Stand. Der Regen war wieder kräftiger geworden. Man hätte auch sagen können: Trostlos die Situation.
„Aber nur weil du es bist, Jo, aber nur weil du es bist, mein lieber Jo. Ist ja auch fast meine letzte Amtshandlung. Leider – oje, oje. Ich mag gar nicht daran denken. Vier Markttage noch, dann gehöre ich zum alten Eisen. Apropos, meine Verabschiedung findet im Bezirksamt

Mitte statt. Bin mächtig stolz darauf. Eine neue Jacke würde mir zu diesem Anlass gut zu Gesicht stehen, was meinst du, Jo?"
„Mach dir darüber keine Sorgen, Heinrich, und ein neues Hemd spendiere ich dir noch dazu, wie es sich gehört unter alten Marktfreunden."
Heinrich wirkte wesentlich entspannter.
Urplötzlich machte Heinrich eine rasante Bauchbewegung, die mich an einen Hula-Hula Tanz erinnerte. Und siehe da, seine alte sehr gepflegte, lederne Umhängetasche hatte ihren angestammten Platz auf seinem mächtigen Bauchansatz wie von selbst gefunden. Sie waren ein Team über Jahre, das konnte man erkennen.
„Und nun zu dir, Neucommer. Wie war noch mal dein Name. Walter?"
Ich korrigierte nicht. Wozu auch? Werner oder Walter, was spielt das für eine Rolle im großen Marktgeschäft.
„Na, schau`n wir mal. Das sind so bummelig zwei Meter. Das macht dann so bummelig sechzehn Euro. Und das sofort und in bar!"
Ich hatte das Gefühl, bei seinem letzten Satz hatte Heinrich mit seinem rechten Fuß kräftig auf den Boden gestampft. Aber vielleicht hatte ich mich auch getäuscht.
Ich kramte einen Zwanziger aus meinem Portemonnaie hervor und überreichte den Schein dem Marktmeister.
„Stimmt so."
Die Antwort, war ein kaum zu vernehmendes Knurren.
Meine Kalkulation war nunmehr im Eimer. Aber immerhin hatte ich jetzt einen offiziellen Standplatz auf einem der größten Märkte Norddeutschlands. Tolle Sache, von Null auf Hundert, sozusagen. Jetzt nur nicht die Nerven verlieren, rann an die Geschäfte.
Wenige Menschen bewegten sich schleichend, andere hastend, an meinem Stand vorbei. Einige probierten bei Jo verschiedene Jacken an. Für meine Muffen interessierte sich keine Sau. Mir wurde kalt und ich bekam

Hunger, einen Augenblick dachte ich über eine Aufgabe nach.

Da - die Wende!

Eine ältere Dame, mühevoll auf ihren Rollator gestützt, steuerte direkt auf meinen Stand zu.

Ein bisher noch nicht gekannter Marktinstinkt erwachte in mir. Ich war erregt.

Eine Kundin! Meine erste Kundin! Nur nicht nervös werden, nur nicht die Nerven verlieren.

„Wunderschöne Schalen haben sie da, junger Mann. Und die Motive. Nein, so etwas Schönes, das habe ich hier in der Hansestadt noch nicht gesehen. Am liebsten würde ich gleich alle mitnehmen."

„Kein Problem, darüber ließe sich verhandeln, gnädige Frau."

Ich erstarre innerlich. Ich hatte gnädige Frau gesagt. - Noch nie in meinem Leben hatte ich gnädige Frau gesagt. Was war mit mir passiert? Warum sollte ausgerechnet diese Frau mir gnädig sein? Ich kannte sie ja nicht einmal.

„Entschuldigen sie bitte, gnädige Frau, ich war just etwas abgelenkt. Und nun zum Geschäft. Welche Schalen hätten sie denn gern?"

„Alle, das habe ich doch schon gesagt. Aber ich wohne im dritten Stock und habe nur einen sehr kleinen Balkon. Die mittlere Schale mit den weißen Segelschiffen auf blauem Grund würde mir schon sehr gefallen. Mein verstorbener Mann war Admiral, müssen sie wissen."

Ich rückte meine neue Jacke zurecht und stellte mich gerade auf. Nichts mehr konnte schiefgehen, das wusste ich. Das Geschäft war so gut wie gelaufen.

„Liefern sie auch?"

„Wie bitte?"

„Ich wollte nur wissen, ob sie die Schalen auch ausliefern. Wie gesagt, ich wohne im dritten Stock. In der Elbchaussee Nummer eins. Leider gibt es dort keinen Aufzug. Mit der großen Blumenschale schaffe ich das nicht alleine. Ich könnte auch eine Anzahlung leisten und über ein kleines Trinkgeld für ihr Personal brauchen sie sich nicht zu sorgen."

Nicht oft in meinem Leben war ich um Worte verlegen, nunmehr fehlten sie mir gänzlich. Einen Stuhl hätte ich brauchen können.

Ich schaute nach oben in den grauen Regen und stellte mir einen strahlend blauen Himmel vor. Ich sah in die missmutigen Gesichter der Passanten und stellte mir fröhlich lachende Menschen vor. Ich war wieder Herr der Lage.

„Leider nicht, gnädige Frau. Unser Lieferservice ist erst im Aufbau, und sie wissen sicherlich, wie schwierig es ist, in der heutigen Zeit geeignetes Personal zu finden."

„Ohne Frage, junger Mann. Ich selbst verschiffe jährlich mehrere Antriebsaggregate für Containerschiffe nach China. Das Problem ist und bleibt der Transport. Aber vielleicht kommen wir doch noch irgendwann ins Geschäft. Deine Schalen gefallen mir."

*

Jo kam zu mir herübergeeilt.

„Altes Schlitzohr, da hast du dir aber einen dicken Fisch an Land gezogen. Das hätte ich nicht von dir gedacht, jedenfalls nicht so schnell. Respekt! Die Admiralswitwe. Seit Jahren ist sie Stammkundin bei mir. Zweimal im Jahr ist Neueinkleidung angesagt für ihren Mann. Zwei Jacken, vier Hosen und sechs Hemden. Alles in bester Qualität und hundertprozentig britisch, wenn du weißt was ich meine. Geld spielt keine Rolle, schließlich ist sie die Aufsichtsratsvorsitzende bei Bloom. Ich liefere die Ware auch selbst aus. Für das Trinkgeld kann ich dann dreimal gut mit meiner ganzen Familie Essen gehen. Solche Kunden wünscht man sich, du bist auf dem richtigen Weg. Ein echter Markthai, sozusagen."

„Aber ihr Mann ist doch schon seit Jahren tot."

„Ja, ich weiß. Aber es gibt Dinge, die sind nun einmal so wie sie sind. Der Markt gibt vieles her."

*

Die Admiralswitwe war meine erste und zugleich auch letzte Kundin für diesen Tag. Von einer Klugscheißerin einmal abgesehen, die ein Zertifikat über die Frostsicherheit meiner Schalen abforderte.
Ein lautes Tuten. Marktende.
Jo kam zu mir herüber.
„Kein guter Tag heute, habe nicht sehr viel verkauft bei dem Sauwetter. Aber du bist ja noch ärmer dran. Gar nichts, wie ich sehe. Ich kann es nicht verstehen, bei deinem schönen Angebot. Gib nur nicht auf jetzt, der Markt braucht solche Leute wie dich. Es kommen auch wieder bessere Zeiten.
Ich würde schon gern eine Schale bei dir handeln, wenn du mir ein faires Angebot machst. Ich habe dann ein schönes Geschenk für meine Frau."
„Ich mache dir überhaupt kein Angebot! Du hast mich unterstützt auf dem Markt, wie einen guten Freund. Zum Dank schenke ich dir eine Muffe. Suche dir eine aus."
Jo entschied sich für eine Mittlere, mit Sand, Meer und einem Leuchtturm als Motiv, mit blauen Blumen bepflanzt.

„Nichts verkauft von meiner Ware, schade. Im Grunde hätte ich auch gleich nichts anbieten können, das wäre mir sogar noch günstiger gekommen. Keine Investitionskosten und für nichts hätte ich doch wohl nicht auch noch eine Marktgebühr entrichten müssen. Oder?"
„Darüber habe ich mir noch nie Gedanken gemacht. Geht denn so etwas überhaupt?"
„Warum denn nicht. Der Markt gibt vieles her. Das waren deine Worte. Ich werde es ausprobieren am nächsten Sonntag. Hier!"

„Das ist nicht dein Ernst."
„Doch! Großes Marktehrenwort."

Ich war wieder zu Hause. Es hatte aufgehört zu regnen. Mir taten alle Knochen weh. Meine Frau kam auf die Auffahrt geeilt.
„Hattest du einen schönen Tag? Wie war es? Hast du alle Muffen verkauft? Wie viel hast du eingenommen? Nun erzähl schon!"
„Nun, wie man`s nimmt. Ich habe Jacken-Jo kennengelernt. Ich habe mir bei ihm eine Admiralsjacke für nur zwanzig Euro gekauft. Ich habe den Marktmeister kennengelernt. Er wollte von mir sechzehn Euro Standgeld, ich habe ihm zwanzig gegeben. Eine Schale bin ich losgeworden, ich habe sie verschenkt."
Meine Frau sah mich an, als wäre ich der Sensenmann.
„Du Armer, komm doch erst einmal rein. Ich mache uns einen guten Kaffee."
„Ein Grog wäre mir lieber, oder zwei."
„Nun bist du sicher ein für alle Male kuriert von deinem Marktfimmel."
„Im Gegenteil. Nächsten Sonntag bin ich wieder dabei. Allerdings mit einem stark abgespeckten Angebot."
„Das glaube ich ja wohl nicht."
„Doch, ich muss."
„Wieso musst du? Wer kann dich dazu zwingen?"
„Keiner, aber ich habe mein großes Marktehrenwort gegeben, ich stehe in der Pflicht."
Abrupt stellte meine Frau ihre Kaffeetasse ab.
„Ich muss meine Schwester anrufen!"

*

In der folgenden Woche sprachen wir nicht ein einziges Wort über mein Markterlebnis. Warum auch immer.
Frühstück am Freitag. Die Wochenendplanung stand an.
„Denke bitte daran, am Sonntagmorgen habe ich mei-

nen Markttag. Ich stehe in der Pflicht."
„In der Pflicht - was für ein übler Ausdruck! Ein dubioses Ehrenwort, an einen elenden Marktschreier, in Verzweiflung abgelegt, um den Nichtverkauf deiner Ware. Denke bitte daran, du bist der Sechzig näher als der Dreißig. Da sollte man so langsam vernünftig werden, den Realitäten ins Auge schauen und nicht einen solchen Blödsinn machen, nichts verkaufen zu wollen. Das sagt übrigens meine Schwester auch. Aber bitte, wie du willst. Mach nur. Mach dich nur lächerlich! Man wird dich festnehmen und wegsperren. Glaube ja nicht, dass ich dich da raushole aus dem Gewahrsam. Am Sonntagabend jedenfalls, möchte ich von dir zum Essen ausgeführt werden. So richtig schick! Die Finanzierung wird für dich sicher kein Problem darstellen, du ziehst ja auf den Markt. Da wirst du eine Menge Geld einnehmen, mit deiner neuen Geschäftsidee."
„Aber meine Liebe... ."
Weiter kam ich nicht mit einer Antwort, die Küchentür war ins Schloss gefallen.

Sonntagmorgen, was für ein Tag. Sonnenschein schon um fünf Uhr in der Früh. Ich sprang aus dem Bett.
Ich vernahm eine verschlafene Stimme.
„Werner, bitte, bleib doch hier. Was soll der ganze Unsinn, wir machen uns einen schönen Tag und vergessen alles um deinen Markt, du machst dich zum Gespött der Leute."
„Nie und nimmer! Jacken-Jo erwartet mich."
Bei dem demonstrativ trotzigen Umdrehen meiner Frau im Bett flog die Zudecke auf und senkte sich fast im gleichen Moment wieder. Ich hatte den Eindruck, Vollmond und Neumond im gleichen Augenblick erlebt zu haben.
Sollte ich doch bleiben? Die Einladung war klar und deutlich ausgesprochen. Nein, ich konnte nicht, nur

einmal in der Woche ist Fischmarkt in Altona.

Die Anfahrt war eine Freude, trockene Straße, kaum Verkehr und als i-Tüpfelchen: Mein Parkplatz war wieder frei.
Ich machte mich auf den Weg, nur wenig Gepäck. Hatte nur den kleinen Beistelltisch aus unserer Grillecke dabei. Was für ein herrlicher Tag, die Menschen drängten durch die Gassen zwischen den Verkaufsständen. „Der richtige Tag um bemalte und bepflanzte Tonrohrendmuffen zu verkaufen", dachte ich bei mir. Aber das war heute nicht angesagt, und damit frisch ans Werk.
Ich hatte die Plünngasse erreicht.

„Ah, da bist du ja, mein Freund", begrüßte mich Jo. „Ich habe es gewusst, du hältst dein Versprechen. Bin schon irrsinnig gespannt auf den heutigen Tag. Aber erst einmal mache ich euch miteinander bekannt. Das ist Pulli-Ulli und das ist Tonrohrendmuffen-Werner. Pulli-Ulli ist mitunter ein wenig gnaddelg und grummelig, aber im Grunde ein feiner Kerl."
„Das bin ich überhaupt nicht, du Moors. Lass dir bloß von Jacken-Jo nich son Tünkram vertelln. Ich habe von eurer Wette gehört und stehe natürlich immer zu einem Marktehrenwort, obwohl ich der Angelegenheit nicht so recht traue. Aber mehr als einen halben Meter gebe ich dir nicht ab. Das Wetter ist gut, das Geschäft wird nur so brummen, ich habe das im Urin."
„Danke euch beiden, das reicht mir. Einen halben Meter von dir und einen halben von Jo genügen vollkommen. Ich will ja nichts verkaufen."
„So en Bleudsinn, datt kick ick mi an", hörte ich Ulli grummeln.
Schnell war mein Tischlein aufgestellt. Auf die Wachstuchtischdecke hatte ich verzichtet. Nichts sollte vom nichts ablenken.

Wie schon bei meiner ersten Begegnung, urplötzlich stand er vor uns: Der Marktmeister.
„Na, alle wieder da! Schön euch wiederzusehen, das gilt auch für den wasserscheuen Ulli. Aber auch der Blumentyp, wie war noch mal dein Name?"
„Werner."
„Mein lieber Werner, du gehörst hier nicht her, bei allem Wohlwollen nicht. Nur weil ich am letzten Sonntag ein Auge zugedrückt habe, gilt, was hier auf dem Markt seit ewigen Zeiten so ist: Blumen und Gemüse, nach den Fischen in die zweite Reihe. Das ist so, weil es so ist. Punkt! Und ich bin hier immerhin noch der Marktmeister."
„Ja ich weiß, aber heute verkaufe ich nichts. Ulli und Jo haben nichts dagegen, wenn ich meinen Stand hier aufbaue."
„Wie nichts? Wie Stand? Das geht nicht, hier kann keiner nichts verkaufen. Das ist hier ein Markt. Ein alteingesessener Fischmarkt, seit Urväter Zeiten. Es muss eine Ware feilgeboten werden, so steht es in den Statuten - oder so. Und was soll dieser Blödsinn, wes doch vernünftig, min Jung, pack dien Tisch in und frei di över den schönen Markt. Nachher gebe ich dann einen steifen Eiergrog für dich aus, Walter."
„Das geht nicht, ich habe es Jo versprochen, heute nichts zu verkaufen. Ich stehe im Marktehrenwort."
„Mein lieber Walter, du willst mich doch nicht verarschen, auf meine letzten Tage hier. Kein Mensch, keine Institution hat bisher nichts verkauft. Das widerspricht allen marktpolitischen Grundsätzen. Es ist unmöglich, es ist sittenwidrig, Geld für nichts einzufordern."
Der Marktmeister wurde laut:
„Herr Walter, wenn sie hier nichts verkaufen, rufe ich die Polizei, das ist mein letztes Wort."
„Aber Herr Heinrich, es ist doch gar nicht so unge-

wöhnlich, nichts zu verkaufen. Meine Bank hat mir vor Jahren einige Papiere verkauft, die sind mittlerweile nichts wert. Hätten die Berater mir seinerzeit gleich nichts angeboten, es wäre wesentlich fairer gewesen und mit Sicherheit auch günstiger. Ich bleibe dabei, hier nichts anzubieten."

Der Marktmeister musste sich um einen festen Stand bemühen. Sein Kopf hatte die Farbe der Auslagen der Grönhöker aus der zweiten Reihe angenommen, die dort Tomaten aus hiesigem Anbau anboten.

Wahre Menschenmassen hielten uns gefangen, sie lauschten hellwach der Diskussion - um nichts.

Pullis und Jacken wechselten im Minutentakt gegen Euroscheine ihre Besitzer.

Jo zwinkerte mir zu, und hob beide Daumen.

Mühevoll bahnten sie sich den Weg in Richtung Pulli-Ulli. Sie, in einem hochgeschlossenen schwarzen Kleid, das fast bis zum Boden reichte, aber keine Körperrundung verbarg. Mit langen blonden Haaren und einer gewaltigen Sonnenbrille ausgestattet. Eine Riesenuhr am linken Handgelenk und eine mehrfach um den Hals gewundenen bunte Kette.

Er im dunkelblauen Smoking, den Kurzbinder aufgezogen. Das Gesicht wirkte leicht gelblich, seine spärlichen Haare standen in alle Richtungen von seinem Kopf ab.

Das eigentlich Auffällige war ihre Behinderung. Die junge Dame, oder besser ausgedrückt, die fast noch junge Dame, hatte den linken hohen Hacken ihres Pumps verloren. Da sie auch noch eine riesige Umhängetasche über ihrer rechten Schulter balancierte, hatte es zur Folge, dass sie bei jedem Schritt links arg einknickte. Das wurde dann von ihrem Begleiter, der sie fest am rechten Arm eingehakt hatte, einigermaßen ausgeglichen.

Im Grunde sah es so aus, als kämen sie auf einem Kamel daher geritten.

Sie hatten meinen Tisch erreicht.
„Hochinteressant was ich da höre, sie bieten hier also nichts an."
„So ist es."
„Besser kann es nicht kommen. Wir kommen gerade vom Geburtstag meines Bruders. Er wohnt in Pöseldorf. Heute hat meine Schwester Geburtstag, wir sind natürlich eingeladen. Sie bekundet seit Tagen, mehr als beharrlich, ihr um Himmels Willen nichts zu schenken. Sie drohte sogar damit, in solch einem Fall böse zu werden. Das muss man sehr Ernst nehmen. Wenn meine Schwester auch nicht sehr viel kann, aber böse werden, hervorragend." Er griff mit der linken Hand in die linke Innentasche seiner Jacke. Es bereitete ihm Schwierigkeiten, aber mit der rechten musste er seine Begleiterin stützen.
Er fieselte einen Fünfzig-Euroschein aus seiner Brieftasche.
„Bitteschön, einmal nichts für Fünfzig."
Seine Begleiterin stieß ihm mit den linken Ellenbogen, das konnte man erkennen, kräftig in die Rippen.
„Albert, ich bitte dich. Wie peinlich! Es ist schließlich deine eigene Schwester", hauchte sie.
„Recht hast du meine Liebe."
Er transportierte, in der schon gewohnten umständlichen Weise, einen Hunderter aus seiner Jackentasche, und legte diesen zu dem Fünfzigern.
„So jetzt haben wir es. Für einhundertfünfzig nichts bitte. Ich brauche aber einen Beleg. Vor allem für meine Schwester, damit sie auch sehen kann, dass ich ihr wirklich nichts mitgebracht habe."
Jo hatte die Verhandlung mitbekommen und reichte mir seinen Quittungsblock.
Pulli-Ulli schüttelte mit dem Kopf.

Mein Schwager Karl-Josef besitzt einen Hahn, der wacht über eine vierköpfige Hühnerschar. Ein bildschönes Tier, ich durfte ihn mehrfach anschauen und beobachten.
Bevor er seinen markerschütternden Schrei ausstößt, bereitet er sich akribisch in einzelnen Phasen vor. Er wippt leicht in den Knien, stellt sich auf die Zehenspitzen, richtet sich gerade auf, streckt die Brust heraus und legt seinen Kopf in den Nacken.

Was hatte mich abgelenkt? Warum musste ich just jetzt daran denken?

Ich sah zum Marktmeister herüber, und es fiel mir wie Schuppen von den Augen. Heinrich befand sich bereits in Phase fünf. Seine Stimme überschlug sich:
„Was hier abläuft, ist ein Fall für den Senat. Ich werde Meldung machen."
„Das trifft sich gut", lispelte die Blondine, „mein Herr Vater ist Senator der Freien- und Hansestadt Hamburg. Soll ich sie miteinander bekannt machen?"
Heinrich antwortete nicht, er ließ Kopf und Schultern hängen. Seine Gesichtsfarbe war mittlerweile so grau, wie der Himmel am Sonntag zuvor. Er atmete schwer.

Die Blondine begann in ihrer gewaltigen Umhängetasche zu kramen. Ein kleines silbernes Döschen, eine kleine Bürste, eine große Bürste, ein runder Spiegel, ein Feuerzeug, eine Packung Papiertaschentücher und vieles mehr beförderte sie hervor. Ein Päckchen Kondome verschwand genauso schnell wieder in der Tasche, wie sie es hervorgezaubert hatte.
Endlich, sie war fündig geworden. Ein zerknüllter Zwanziger kam zum Vorschein.
„Ich wusste doch, dass sich Geld in meiner Tasche befindet. Obwohl ich gar nicht so recht weiß warum.

Wenn ich mir am Montag einen Zwanziger einstecke, habe ich ihn am Sonntag immer noch in der Tasche. Was machen die Menschen nur mit ihrem Geld?
Für mich auch nichts für zwanzig. Einen Beleg brauche ich nicht, meine Schwägerin vertraut mir."
Der Marktmeister kniete mittlerweile auf dem Boden. Er streckte beide Arme gen Himmel
„Vater, Sohn und Heiliger Geist, lasst es nicht zu, was hier geschieht. Ich komme in Teufels Küche."

Meine ersten beiden Kunden zogen zufrieden weiter.
Eine Gruppe von sieben quirligen Mädchen, alle so im Alter um die Vierzehn, kamen herangeflogen. Ausgerüstet mit Camcordern und Mikrophonen. Die Anführerin schritt vorweg. Sie blieb vor mir stehen.
„Wir sind von der 8 B der Lutherschule aus Barmbek. Wir arbeiten an dem Projekt Märkte. Heute machen wir Aufnahmen und Befragungen vor Ort."
Sie machte einen Schritt zurück und stolperte über den am Boden knienden Marktmeister. Sofort sprach sie ihn an.
„Und wer sind Sie, und was machen Sie hier? Meditieren Sie hier?"
Er schaute nach oben. Mit schwacher, zittriger Stimme antwortete er.
„Ich bin hier der Marktmeister."
„Das ist ja interessant. Schnell, schnell eine Sequenz. Marktmeister die Erste, Klappe bitte!"
Es knallte, Heinrich zuckte zusammen. Mehrere Kameras und Mikrophone waren auf ihn gerichtet. Die Mädchen hatten den Knienden umringt.
„Und jetzt bitte noch einmal. Wer sind Sie und was machen Sie hier?"
Heinrich bewegte zwar seinen Mund, es kam aber kein Laut über seine Lippen.
Die Gruppe wendete sich wieder mir zu.

„Sie verkaufen hier also nichts, ist ja ne dolle Sache. Dürfen wir einen Geschäftsabschluss mit Ihnen filmen? Unser Spesenkonto ist allerdings sehr knapp bemessen. Bieten sie auch für nur fünf Euro nichts an?"
„Alles kein Problem, nichts in allen Preisklassen. Na dann man los Deerns!"
Das Geschäft ging reibungslos von Statten, eine Quittung verlangten die jungen Damen allerdings.
So schnell wie an einem Hochsommertag eine kleine schneeweiße Wolke im hellen Sonnenlicht verdampft, so schnell war die Truppe weiter gezogen.

Der Marktmeister weinte. Er tat mir leid. Die Ereignisse hatten sich überschlagen.

Ein kurzer Blickkontakt mit Jo. Wir eilten zu Heinrich. Jo hatte ihn links und ich rechts unter den Armen eingehakt. Wir halfen ihm vom Boden auf, geleiteten ihn fürsorglich zu Jo`s Stand und setzten ihn auf einen Stapel großkarierter Sakkos. Sein Blick war leer, Tränen rannen über seine Wangen. Ich setzte mich neben Heinrich auf einen Stapel heller Windjacken.
„Kannst du mich verstehen, Heinrich?"
Er nickte kaum erkennbar.
„Heinrich, nimm dir die Sache doch nicht so zu Herzen. Ich baue jetzt sofort meinen Stand ab."
„Das ist aber schade", hörte ich, nicht wahrnehmbar für Heinrich, Jo flüstern.
Ein leichtes Lächeln huschte über Heinrichs Gesicht. Ulli kam mit einem Flachmann herbeigeeilt.
Ein hagerer junger Mann löste sich aus dem Käuferstrom. Er kam auf uns zu.
„Mein Name ist Knobel, ich bin Student der Medizin. Ein Notfall, wie ich sehe. Darf ich den Patienten untersuchen?"
Was sollten wir dagegen haben, jede Hilfe war will-

kommen.
Der Mediziner untersuchte Heinrich. Er tastete seinen Puls, sah ihm in die Augen und in den Rachen. Er drückte auf Heinrichs mächtigen Bauch. Heinrich stöhnte auf.
Der Student Knobel wand sich uns zu.
„Die Diagnose steht fest. Der Mann ist total überarbeitet. Er steht nur einen winzigen Schritt vor dem Abgrund in den burn out. Aber wie ich sehe, ist er in guter Obhut. Gute Besserung Herr... ."
„Danke", entfuhr es Heinrich laut und deutlich.
Wir waren glücklich, er hatte seine Sprache wiedergefunden. Der Doktor hatte ihn geheilt. Dem Markt sei Dank.
Heinrich winkte mich zaghaft zu sich. Er hatte einen kräftigen Schluck aus der Pulle genommen.
„War das eben dein Ernst?"
„Na klar, großes Marktehrenwort."
Ein weiterer, noch zarter ausgesprochener Satz folgte:
„Kommst du am nächsten Sonntag wieder?"
„Nein, das war einmalig."
„Ich danke dir Walter, du bist ein feiner Kerl."
Heinrich wollte sich aller Last befreit, entspannt zurücklehnen und wäre um ein Haar vom Sakkostapel gefallen. Jo konnte ihn gerade noch auffangen.

Ich hatte meinen Klapptisch unter dem linken Arm.
„So Männer, Marktehrenwort eingelöst; ich möchte mich verabschieden. Es hat mir gefallen, mit und bei euch. Ich werde euch nie vergessen. Ich komme euch auf jeden Fall besuchen und bringe dann auch meine Frau mit. Tschüss."
„Moment mal, so geht das nun wirklich nicht." Jo hatte das Wort ergriffen.
„Auch wir werden dich nicht vergessen."
Ulli und Heinrich nickten heftig, ob das Nicken von

Heinrich ehrlich war, wagte ich nicht zu deuten.
„Du hast unser Geschäft kräftig angekurbelt, dafür ein Marktdankeschön. Von mir bekommst du diesen schönen dunkelblauen Blazer, und ein weißes Hemd dazu."
Ulli meldete sich.
„Und von mir diesen Spitzenpullover in dunkelweinrot. Den bekommst du in dieser Qualität nicht mal bei Almani, oder so."

Ich war gerührt. Ich hatte neue Freude.
Schwer bepackt marschierte ich in Richtung Parkplatz. Oben angekommen, drehte ich mich noch einmal um, stellte meinen Tisch ab, und winkte in die Plünngasse.
Alle drei winkten zurück. Heinrich sogar mit beiden Armen.
Das war schön.

Früh zu Hause, natürlich nicht unbemerkt.
„Nun bin ich aber gespannt auf deine Einladung. Oder soll ich lieber Armer Ritter für heute Abend vorbereiten?"
„Das wird nicht nötig sein, mach dich ruhig schick. Ich werde auch meinen neuen Blazer anziehen. Ich denke, wir gehen in unser Lieblingsrestaurant für besondere Anlässe."
„Wie, ich verstehe nicht."
„Nun ja, ich hatte halt einen erfolgreichen Markttag. Ich habe von meiner Kundschaft einhundertfünfundsiebzig Euro für nichts eingenommen, von meinem Freund Jo habe ich einen modernen Blazer und ein weißes Hemd geschenkt bekommen und von Ulli einen dunkelweinroten Pullover in britischer Qualität. Ach, tu mir doch bitte einen kleinen Gefallen, bestelle du doch den Tisch, aber einen mit Blick auf das Wasser, du weißt schon. Ich habe derweil noch eine Kleinigkeit zu erledigen und zum Abschluss zu bringen."

Es dauerte sehr lange, bis ich eine Antwort erhielt. Recht ungewöhnlich!
„Ja, aber ich verstehe nicht."

Schnell war ein großes Schild beschriftet: Wegen Geschäftsaufgabe! Bepflanzte Tonrohrendmuffen zu halben Preis! Die Kleinen fünfzehn, die Mittleren zwanzig und die Großen fünfundzwanzig Euro!
Ich hatte Übung, schnell war das Auto beladen. Ich wollte mit meiner Ladung zum großen Parkplatz am See.
Kaum hatte ich den Kofferraum geöffnet und mein Schild aufgestellt, standen bereits einige Interessenten um mein Auto herum. Eine Pflanzschale nach der anderen wechselte den Besitzer.
Ich hatte nur noch den Rest von zwei Schalen. Bremsen quietschten neben mir. Meine Schwägerin hatte ihre Seitenscheibe heruntergekurbelt und sah mich mit weit aufgerissenen Augen an. Sie sprach kein Wort. Mit einem ebensolchen Quietschen brauste sie davon.

Hiltrud war vor unserem Haus angekommen. Im Laufschritt bewegte sie sich auf die Haustür zu und klingelte Sturm.
„Weißt du eigentlich was dein Mann veranstaltet?"
„Ja. Er bringt eine Kleinigkeit zum Abschluss."

Thorsten Schönberg

Der Arbeitsmarkt

Wer Arbeit für sich kategorisch verweigert,
der hat zwar die Freizeit erheblich gesteigert,
entkommt so gezielt jedem Stress, jeder Hetze
…doch Leben bedeutet Hartz-IV-Regelsätze.

Elisabeth Albert

Die andere Hand

CINDY:

In dem Zelt war es schummerig. Es roch streng nach Räucherstäbchen. Die Wahrsagerin saß hinter einem kleinen Tischchen, an der Seite hing eine bunte Lampe. Als der Teppich vor dem Eingang geschlossen war, wurde es still im Zelt. Ich setzte mich auf das breite Kissen und hatte eine dicken Kloß im Hals. Ich wollte die Antwort auf eine Frage, die mich immer wieder quälte, über die ich aber noch mit keinem gesprochen hatte.
Die Wahrsagerin sah mich eine Zeit lang schweigend an. „Deine Hand!" sagte sie schließlich. Ihr Blick wanderte über meine Handfläche, endlos lange. „Sie ist sehr alt und sie sorgt nicht mehr gut für dich. Sie trinkt zu viel Alkohol und redet immer von dem gleichen Lied!"
Mir stockte der Atem: Woher wusste diese Fremde von meiner Großmutter, die mich aufgezogen hatte? Die in letzter Zeit dauernd betrunken war und immer von dem alten Schlager mit Cindy, deren Herz traurig war, redete? Von diesem dämlichen Lied, nach dem sie mir den Namen gegeben hatte?
„Das ist meine Oma!" sagte ich völlig entgeistert.
Die Wahrsagerin schloss die Augen, murmelte etwas vor sich hin und sagte dann:
„Die andere Hand!"
„Du willst also wissen, warum sich noch immer kein Mann für dich interessiert!" stellte sie fest. Ich merkte, wie mir ganz heiß war und wahrscheinlich wurde ich auch rot.
Es entstand eine lange Pause, bis die Frau sagte:
„Ich sehe zwei Männer. Einer von ihnen ist schlecht. Sei auf der Hut! Und nun geh!" Sie steckte meinen Geld-

schein ein, hielt den Zelteingang auf und schickte mich raus.
Und da stand Bennet und sah mich an. Er machte einen Schritt auf mich zu und kriegte mal wieder kein Wort heraus. „Sei auf der Hut!", das war mir noch im Ohr und ich hörte mich sagen: „Hau ab!"

BENNET:

Ich wusste, Cindy war mit ihren beiden Freundinnen verabredet. Zum Mittelaltermarkt, wo alle hingingen, um sich zu amüsieren. Ich zog alleine los, ich wollte mich ganz auf meinen Plan konzentrieren und sie endlich ansprechen. Ich entdeckte die drei und ging mit etwas Abstand hinterher, vorbei an den Buden mit Schmuck und Holzschwertern, mit Fellmützen und getrockneten Kräutern bis zu der Musikgruppe. Die wollten gerade etwas Neues spielen, als zwei Jungens aus meiner Berufsschulklasse auftauchten. Und die waren schneller als ich. Sie hielten den Mädchen ihre Handyfotos vor, lachten mit ihnen und schon war es passiert: Ich kam, wie immer, zu spät. Gerade wollte ich nach Hause gehen, als sie anfingen, sich zu streiten. Am Ende zogen Jessica und Nina mit den Jungens weiter und Cindy blieb zurück. Jetzt musste ich es schaffen! Und da ging wieder gar nichts mehr. Dies verfluchte Stottern! Immer wenn ich etwas Wichtiges sagen will, verkrampft sich meine Zunge, ich bekomme keine Luft mehr und mein Kopf ist plötzlich leer. Meine Füße waren wie angenagelt. Ich musste zusehen, wie Cindy alleine weiterging. Vor dem Zelt mit der Wahrsagerin zögerte sie, sah sich nach allen Seiten um, und ging dann rein.

DER KUMPEL:

Mein Kumpel und ich blieben am Bierausschank hängen. Es war ziemlich viel los auf dem Mittelaltermarkt, aber wir kannten hier niemanden. Wie auch? Wir waren erst seit ein paar Tagen auf Montage hier in der Gegend. Mein Kumpel war mies drauf, lästerte dauernd über „die Weiber" und wurde immer lauter. Ich sagte gerade: „Komm. Lass uns abhauen!", da hatte er das Mädchen entdeckt und rief zu ihr rüber:
„Na Kleine, so alleine? Haste Zoff mit deinem Macker?" Sie beachtete ihn nicht und ging vorbei. Er murmelte so was wie: „Die ist dran!", drückte mir seine Bierflasche in die Hand und ging ihr nach. „Wenn der bloß keinen Blödsinn macht!" dachte ich noch, aber da war er schon weg.

BENNET:

Das war zu viel! „Hau ab!" hatte sie gesagt. Ich drehte mich weg, bloß niemand mehr sehen! Wie lange ich so stand, weiß ich nicht, ich war wie betäubt. Mir war kalt. Nur schnell weg von hier! Der kürzeste Weg ins Dorf ist hinter den Gärten. Da sieht mich keiner. Da ist es dunkel, aber ich kenne mich aus. Plötzlich kam mir jemand entgegen, ein Mann, aber er ging ganz schnell an mir vorbei. Ich glaube, es war ein Fremder. Was hatte der hier zu suchen? Zu Hause war es dunkel, alle schon im Bett.

SANNA:

Natürlich habe ich ihn gehört, als er nach Hause kam. Es war viel zu früh am Abend! Das wird wohl nichts gewesen sein mit Cindy. Armes Bruderherz, ich weiß ja, dass du schon lange in sie verliebt bist. Aber man kommt auch schwer an sie ran. Sie ist eben so.

DER NACHRICHTENSPRECHER:

Und hier noch eine Suchmeldung: Seit gestern Abend wird die 17jährige Cindy L. aus Heinkenborstel vermisst. Sie wurde zuletzt gegen 21 Uhr auf dem Mittelaltermarkt in Hohenwestedt gesehen. Sie ist zirka einen Meter siebzig groß, hat kurze blonde Haare und gekleidet mit einer dunklen Jacke und Jeanshosen. Wer sie gesehen hat, oder weiß, wo sie sich aufhält, verständige bitte die nächste Polizeidienststelle.

Elisabeth Albert

Vineta, die Prächtige

In den ersten Jahrhunderten unserer christlichen Zeitrechnung kam es bei den Germanen zu großen Wanderungsbewegungen, wodurch der Raum zwischen südlicher Ostsee und den Mittelgebirgen nahezu entvölkert wurde. Ein anderes Volk wanderte ein, um das Land neu zu besiedeln. Diese Menschen kamen aus dem Gebiet der Weichsel. Sie sahen anders aus, sprachen eine andere Sprache, hatten andere Gewohnheiten und beteten zu anderen Göttern. Wir nennen sie „die Slawen". Sie rodeten Wald, legten Dörfer und Wasserburgen an und trieben Handel mit ihren Nachbarvölkern.
Über die Jahrhunderte entstanden große Handelsplätze, immer an Flüssen, Seen oder der Ostsee, denn Gewässer waren die Straßen des Mittelalters. Wir hier kennen alle die Geschichte von Haithabu. Ein slawisches Handelszentrum war genauso bedeutend, es wurde „Vineta", genannt, „die Prächtige". Man weiß, dass Vineta an einer Flussmündung an der Ostseeküste lag, wahrscheinlich auf der heutigen Insel Wollin. Um diese Stadt, - ihr Name variiert von Jumne bis Wollin zu eben Uineta-, ranken sich vielerlei Legenden, die, wie es bei Legenden ist, alle einen wahren Kern in sich bergen.
Zeitzeugen berichten uns über Vineta. So Ibrahim Ibn Jacub, ein hochgebildeter und weitgereister Mann. Er war Gesandter des Kalifen von Cordoba und suchte, etwa um 960 n. Chr., ausgestattet mit wertvollen Gastgeschenken, die Herrscher der Nachbarländer auf. Sein Reisetagebuch ist in Teilen erhalten und berichtet von einer blühenden Handelsstadt am Weltmeer (damalige Bezeichnung für die Ostsee). Die Stadt selbst sei einer der schönsten, größten und reichsten Europas. Sie habe

12 Tore und einen Hafen, die Häuser seien in Reihen gebaut und die Wege dazwischen mit Holzbohlen befestigt. Sie sei angefüllt mit Waren aller Völker des Nordens, nichts Begehrenswertes oder Seltenes habe gefehlt. Die Bewohner der Stadt seien unermesslich reich, würden sich in wertvolle Stoffe (Seide und Brokat) kleiden und Wein aus silbernen Bechern trinken.

Sie hätten dort keinen König, und ließen sich von keinem Einzelnen regieren, sondern die Machthaber unter ihnen seien die Ältesten. Obwohl im „heidnischen Irrglauben" befangen (Ibn Jacub war Moslem), könne man kaum ein Volk finden, das in Lebensart und Gastfreiheit ehrenhafter und freundlicher sei. In Vineta hätten sich Kaufleute aller Länder, auch Barbaren und Griechen, zum Handel getroffen. Menschen aller Religionen seien willkommen gewesen und würden friedlich nebeneinander leben. Sogar die Christen aus Sachsen hätten ein Niederlassungsrecht, solange sie ihre Religion nicht öffentlich ausübten.

Diese Worte des fremden Reisenden noch im Ohr, versuche ich, mir Vineta vorzustellen: Vor dem bewaldeten Hinterland, aus welchem der Fluss heraustritt, liegt, umgeben von einer gewaltigen Palisade, eine beachtliche Ansammlung von Häusern. Ihre Wände bestehen, wie zu der Zeit bei den Slawen üblich, aus Flechtwänden oder Baumstämmen. Die Dächer sind mit Schilf gedeckt. Zwischen den Hausreihen ist der sumpfige Untergrund mit Wegen aus Holzbohlen begehbar gemacht. Es herrscht ein buntes Treiben: Hier treffen sich Händler, Handwerker und Reisende. Hier werden Neuigkeiten ausgetauscht, und man lauscht den Fremden, die vom Leben in ihrer fernen Heimat erzählen.

Gerade hat ein Schiff an dem hölzernen Landungssteg angelegt. Kommandos ertönen. Sklaven eilen herbei und nehmen die Lastbündel auf ihre Schultern, um sie zu einem der Lagerschuppen zu tragen, während das

Schiff sicher vertäut wird. Frauen und Kinder eilen den Heimgekehrten entgegen und die Handwerker aus den benachbarten Hütten treten neugierig näher. Sie betrachten interessiert die Fracht: viele Bündel mit gegerbten Fellen, sorgsam in Tücher eingeschlagen. Jeder hier weiß, dass schon seit Wochen Händler aus dem fernen Konstantinopel auf das Schiff warten. Sie kaufen Felle. Zobel und Eichhörnchen sind besonders gefragt. Die Winter im fernen Hochland ihrer Heimat seien sehr kalt, berichten sie. Auch nach dem begehrten Bernstein, dem Gold der Ostsee, haben die Fremden gefragt. Man weiß, dass dieser zu Schmuck und Würfeln für Brettspiele verarbeitet wird, und dass er als Perlen für die Gebetsketten der Moslems dient. Natürlich haben sie auch stets Interesse an den vielen Sklaven, die als Kriegsbeute hierher verschleppt worden sind. Falls die Angehörigen sie nicht auslösen können, werden sie weiterverkauft. Die Slawen fordern hohe Preise und die Fremden wählen sorgsam aus. Die kostbare Fracht muss die beschwerliche Reise in das ferne Land überstehen, das fremde Klima ertragen und darf nicht an Heimweh sterben. Der dortige Verkaufspreis ist dann sehr hoch, aber er muss eben auch das Verlustrisiko abdecken. Am Ende ist es für beide Seiten ein lohnendes Geschäft.
Und die Fremden zahlen mit den begehrten Silbermünzen. Ihrerseits haben sie kostbaren Schmuck, seltene Gewürze, duftende Öle und edle Stoffe im Angebot. Frauen drängen sich um die Tische, auf denen die Ware ausgebreitet liegt. Sie bewundern den Glanz der Seide, sie vergleichen und feilschen. Auch sie haben Kaufmannstalent.
Die Slawen verstehen sich auf die Bienenhaltung. Sie bieten Honig und Wachs feil, beides begehrte Handelsgüter. Ein großer Teil des Honigs wird im eigenen Land verbraucht: Zu Met vergoren ist er das Lieblingsgetränk der Slawen und fließt bei jedem Fest reichlich. Der

Wachs wird exportiert und für Kerzen verwendet. Salz ist ein gefragtes Handelsgut. Es ist unverzichtbar für die Haltbarmachung von Fisch und zum Gerben von Fellen. Auch getrockneter Fisch ist als Nahrung für die langen Reisen sehr begehrt.
Im Hintergrund sind zwei Männer in eine Unterhaltung vertieft, sie sprechen die Sprache der Sachsen und verhalten sich ganz ungezwungen. Sie scheinen nichts zu befürchten, obwohl die Menschen hier allen Grund hätten, sie zu verjagen. Ihr Landesherr, der Sachsenherzog, führt schon seit langem einen brutalen Krieg gegen die Slawen. Er raubt ihr Land, zwingt sie, das Christentum anzunehmen und hat ein strenges Exportverbot für Waffen in die Slawenregion verhängt. Natürlich wird dies umgangen. Vielleicht sind die Beiden ja Waffenhändler.
Vor einem Haus sitzt ein Handwerker und bearbeitet Speckstein. Diese Steine werden aus dem fernen Skandinavien importiert und sind sehr beliebt: leicht zu bearbeiten, feuerfest und vielseitig verwendbar. Sie werden gerne als Kochgeschirr benutzt. Etwas weiter liegt ein Stapel dunkelgrauer Schieferplatten. Sie werden aus Norwegen geholt und zu Wetzsteinen verarbeitet. Allerbeste Qualität.
Gegen Abend wird ein Fest vorbereitet. Auf den Feuern kochen Gerichte in großen Töpfen, alle sind emsig und gut gelaunt bei den Vorbereitungen. Slawen feiern gerne und ausgiebig. Ihre Gastfreundschaft ist legendär, ihr Lieblingsgetränk ist Honigwein, der berühmte Met.
Es scheint, als blickten die Götter mit Wohlwollen auf Vineta und seine Bewohner. Für eine lange Zeit. Niemand ahnt Böses.
Doch dann beginnen sie, zu zürnen, ob der Prunksucht und des unmoralischen Lebenswandels der Veneter. Sie schicken ein Zeichen: Eines Tages ist die Stadt als farbige Luftspiegelung mit allen Einzelheiten über dem Meer

zu sehen. Die Ältesten sind besorgt und sagen kommendes Unheil voraus. Keiner will auf sie hören.
Schließlich senden die Götter eine letzte Warnung: Eine Wasserfrau taucht auf und sagt das Ende der Stadt voraus. Wieder will keiner das drohende Unheil wahrhaben, die Menschen bleiben in der Stadt. Drei Monate, drei Wochen und drei Tage danach setzt eine gewaltige Sturmflut ein. Sie zerstört die Stadt, keiner überlebt. Alle ertrinken.
So die Legende.
Dass dies "Atlantis des Nordens" ein furchtbares Ende hatte, ist sicher. Reichtum weckt immer Begehrlichkeiten! Angelockt von der Aussicht auf reiche Beute überfielen die Dänen und Schweden Vineta. Sie plünderten die Stadt und zerstörten sie bis auf den Grund.
So die Historiker.

Elisabeth Albert

Extra-Geld

Wenn es um einen Markt geht, sind immer die Ware, ihr Besitzer, der Kaufinteressierte und Geld im Spiel. Im Bereich Geld gibt es dabei seit alters her einen inoffiziellen Bereich, der den Handel um eine zusätzliche Dimension erweitert und in vielfältiger Weise fördert: Informationen, die nicht zur Weitergabe bestimmt waren, werden nun doch weitergegeben, Begehrlichkeiten werden bedient, jemandem wird aus der Klemme geholfen, eine Person wird bei Laune gehalten, und das Gras über einer misslungenen Aktion wird schneller und dichter als üblich wachsen.

Dieser inoffizielle Bereich wird meist mit Bargeld, dem „Extra-Geld", bedient, welches dabei einen passenden Namen trägt. Hier eine kleine Auswahl: Schweigegeld, Lösegeld, Amüsiergeld, Trinkgeld, Kopfgeld, Schwarzgeld, Eier- und Milchgeld auf dem Lande und natürlich, bestens bekannt, Schmiergeld. Schmiergeld ist übrigens frei konvertierbar in Zigaretten, Alkohol, Waffen und gut dotierte Posten in der Wirtschaft. Taschengeld, Wechselgeld und Fersengeld zählen ausdrücklich nicht zum „Extra-Geld".

Zur Illustration eine Geschichte, wie sie früher auf dem Lande Gang und Gäbe war. In diesem Fall wird mit „Extra-Geld" ein besonderer körperlicher Einsatz gewürdigt:

Eine Kuh soll verkauft werden. Der Bauer hat gefordert, der Viehhändler hat sein Gebot genannt, man hat eine Einigung gefunden. Per Handschlag wird das Geschäft besiegelt. Der Stallhelfer zieht das Tier am Halfter aus dem Stall. Natürlich ist die Kuh misstrauisch und will nicht so ganz alleine ohne ihre Genossen in den Trans-

porter steigen. Sie bleibt stehen und stemmt alle vier Beine abwehrend in den Boden. Der Händler zückt seinen Handstock. Es wird ernst:
Eine lange Peitsche wird besorgt. Die Zuschauer machen Lärm, die Peitschenschnur fliegt dem Tier um die Beine und der Stallhelfer vorne am Kopf zieht aus Leibeskräften. Endlich gibt das Tier auf und poltert die Rampe hinauf, wobei es den Mann fast umrennt. Er bindet die Kuh hastig fest und während er aus dem Transporter klettert, schlägt sie ihm auch noch den Schwanz ins Gesicht. Die Rampe wird hoch geklappt. Alle atmen auf.
Der Viehhändler greift in seine Kitteltasche und fördert ein Bündel lose Scheine zu Tage. Er zählt sorgsam die vereinbarte Summe ab und übergibt sie feierlich und mit großer Geste dem Bauern, alles offiziell und regulär. Doch dann greift der Händler noch einmal in seine Kitteltasche, fingert einen Schein heraus und schiebt ihn unauffällig dem Helfer zu, welcher ihn genauso unauffällig in seiner Hosentasche versenkt. „Extra-Geld". Natürlich hat es auch einen Namen, der, wenn man den oben geschilderten Zusammenhang nicht kennt, ein wenig frivol klingt: Es heißt:

„Schwanzgeld"

Elisabeth Albert

Marktwirtschaft

Er eilte über den Flur und wollte gerade sein Dienstzimmer betreten, als eine Stimme rief:
„Herr Doktor, warten sie mal." Die Chefsekretärin hatte ein Anliegen: Er müsse heute Mittag seinen Vorgesetzten in der Besprechung mit der Klinikverwaltung vertreten. Er runzelte unwillig die Stirn. In letzter Zeit war geradezu der Teufel los. Heute mussten noch mehrere neue Patienten aufgenommen werden, das alleine sprengte jeden Zeitplan. Und jetzt auch noch dies!
Die Anfragen häuften sich, seit sie das neue Medikament anwandten. Kein Wunder, es wirkte einfach um Längen besser bei dieser verfluchten Krankheit, der man bisher oft so hilflos gegenüber stand. Diese neue Substanz konnte offensichtlich ein Fortschreiten verhindern, wo sonst der Weg mit absoluter Sicherheit zum Siechtum in einem Rollstuhl führte.
Der Chef war wohl noch nicht von dem Kongress zurück, als Oberarzt war er nun mal sein Vertreter. Um was mochte es gehen? Es schien ein Termin außerhalb der Reihe zu sein und er war nicht darauf vorbereitet.
Dr. Sörensen hatte sorgfältig die Knöpfe seines Arztkittels geschlossen und den Pieper vor sich auf den Tisch gelegt. Er war im Dienst immer erreichbar - aus Prinzip. Drei Herren von der Verwaltung saßen ihm gegenüber an dem ovalen Tisch. Kaffee wurde eingeschenkt und draußen war das Schild auf „Bitte nicht stören" geschoben.
„Wie läuft es in letzter Zeit in Ihrer Abteilung?", eröffnete einer der Herren das Gespräch.
„Wir haben extrem große Nachfrage, wir könnten mindestens fünf Betten mehr gebrauchen."

„Ja, das ist natürlich außerordentlich erfreulich", lobte der Verwaltungsdirektor mit routiniert desinteressierter Stimme. Nach einer kleinen Pause fuhr er fort:
„Dennoch muss ich Sie auf etwas hinweisen. Ich habe die neueste statistische Auswertung erhalten: Sie haben mit der neurologischen Abteilung ihr Medikamentenbudget bei Weitem überzogen. Gegenüber dem Vorjahr eine Steigerung von 87% bei gleichbleibender Patientenzahl. Wie erklärt sich das?"
Das also war es!
„Wir verwenden seit einigen Monaten Interferon beta, die Neuentwicklung von Heron-medicals."
Der Arzt lehnte sich in seinem Stuhl zurück.
„Es ist der Durchbruch und um Längen besser als die alte Methode mit Kortison oder Synacthen. Die Patienten sind wesentlich schneller aus dem Schub und die Progression wird eindeutig aufgehalten."
„Dieses... Betaron, - oder wie immer das auch heißt, ... ist ja schön und gut. Vorher ging es doch auch ohne. Sie sind nun mal verpflichtet, das Gebot der Wirtschaftlichkeit zu beachten!"
Hier entstand eine Pause, der Leiter der Verwaltung schenkte sich Kaffee nach.
„Natürlich", sagte er und lächelte, nicht ohne einen Hauch von Leutseligkeit, „wollen wir Ihnen keinesfalls in ihre ärztliche Behandlung dreinreden. Aber eins steht fest", und hier zog er die Augenbrauen hoch und klopfte hörbar mit dem Zeigefinger auf den Tisch, „die Vorschriften müssen nun mal eingehalten werden!"
Wieder entstand eine Pause.
„Wollen Sie damit sagen, dass wir das Interferon beta nicht mehr verwenden sollen?" Dr. Sörensens Tonfall veränderte sich als er kühl fortfuhr: „Das Medikament ist ein entscheidender Fortschritt. Es ist seit einem halben Jahr zugelassen und unsere Patienten sind gut informiert."

„Die ärztlichen Entscheidungen sind Ihre Sache..."
Der Pieper sendete einen schrillen Pfeifton in die gespannte Pause:
„Ja?" Er hörte aufmerksam, während die Herren der Verwaltung sich bemühten, unbeteiligt dreinzuschauen.
„Ich komme, bereiten Sie alles vor." Er schaltete das Gerät aus und schob es in die Tasche seines Kittels.
„Sie sollten sich Gedanken machen, wie die Öffentlichkeit reagieren würde", bemerkte er reserviert.
„Was wollen sie damit sagen?", fragte der Verwaltungschef. In seiner Stimme schwang eine Drohung mit.
„Ich werde zu einem Notfall gerufen", bemerkte der Arzt höflich, nickte den Herren zu und verließ den Raum.
Auf seiner Station klopfte er an das Zimmer der Chefsekretärin und steckte den Kopf durch den Türspalt:
„Danke, dass Sie mich da rausgeholt haben. Sehr unerfreulich die Herren. Da kommt eine üble Sache auf uns zu."

Thorsten Schönberg

Der Kapitalismus, wie ich ihn verstehe

Im Kapitalismus, da gilt es als Fakt,
um Armut von sich abzuwenden,
dass immer nur der es dann letztlich auch packt,
der pflügt mit den eigenen Händen.

So muss dann wohl jener, dem dies nicht genügt,
der Reichtum will vor allen Dingen,
für sich fremde Menschen, weil selbst er nicht pflügt,
stattdessen zum Pflügen zu bringen.

So mehrt er den Wohlstand auf clevere Art
für sich und gewiss für die Seinen,
und hat sich vor allem das Pflügen erspart
und kämpft nicht mehr selbst mit den Steinen.

Heinz Zemke

Das Sonderangebot

Kürzlich machten Herr Kurt Faltenbach und seine Frau Elsa einen Bummel in unserer Landeshauptstadt und trauten in einer Einkaufspassage ihren Augen nicht.
Beide befinden sich im letzten Drittel ihrer wahrscheinlichen Lebenszeit.
An einem Stand, offensichtlich hatte er etwas mit Kosmetik zu tun, prangte ein größeres Plakat mit folgendem Werbespruch:

„Gönnen Sie sich eine Schönheits- und Verjüngungskur! Ab sofort zu einem Sonderpreis von 20 Euro statt sonst 59 Euro pro Behandlung. Sie werden schon nach einer Behandlung um mindestens 10 Jahre jünger aussehen."

Herrn Faltenbach ging es nicht um die Schönheit – Männer sind ja von Natur aus auch im Alter immer schön – aber das mit der Verjüngungskur machte ihn doch äußerst neugierig und so plauderte er mit der jungen Dame hinter dem Ladentisch, die Frau Schöngeist hieß, über die Einzelheiten.

Aufgeregt wendete er sich an seine Frau:

„Elsa, stell dir vor, nach einer Behandlung 10 Jahre jünger! Ich werde mich bestimmt für mindestens sechs Behandlungen entscheiden. Frau Schöngeist hat mich wachgerüttelt und mir aufgezeigt, welche Möglichkeiten sich für mich ergeben.
Unglaublich, nicht auszudenken, pro Behandlung 10 Jahre jünger, das wären ja 60 Jahre!

Ich würde umsonst oder für den halben Preis ins Kino gehen können, bräuchte für meinen Jugendhaarschnitt nur fünf Euro bezahlen und könnte mal wieder in die Jugenddisco gehen und mir meinen größten Wunsch erfüllen, nämlich in der Jungmannelf im TSV Bordesholm zusammen mit meinen Enkeln Fußball spielen.
Mit einigen zusätzlichen Kosten muss ich wohl rechnen, die Passbilder in meinen Ausweisen müssen ausgewechselt werden usw.
Was die Leute auf dem Amt wohl sagen, wenn ich mit meinen Anliegen komme.
Und die Ersparnis bei der speziellen Kur, statt 59 Euro nur 20 Euro, bei sechs Sitzungen also glatte 234 Euro gespart, da muss man doch einfach zugreifen."

Frau Elsa Faltenbach war zum Leidwesen ihres Mannes überhaupt nicht von seiner Idee begeistert, aber sie kannte die Marotten ihres Mannes. Daher stellte sie ihm ein Ultimatum:

„Entweder du lässt den Quatsch oder ich haue ab. Ich mache mich doch nicht lächerlich. Was sollen die Leute denken, wenn ich mich in der Öffentlichkeit mit so einem jungen Spund zeige. Und was sollen die Kinder und Enkelkinder denken, wenn ihr Vater und Opa mit schrägen Klamotten und Hippiefrisur durch die Gegend düst. Ganz zu schweigen von dem Gelächter, wenn du in der Jugenddisco erscheinst."

Die Argumente, die Elsa vorbrachte, waren stichhaltig und so ergab sich Kurt seinem Schicksal und hakte die Idee mit der Verjüngungskur ab.

Der Einkaufsbummel ging nun weiter durch den Sophienhof, die Treppe herunter zur Holstenstraße. Dort

kam das große Erstaunen. Überall in den Schaufenstern hieß es:
„Sale, Sale, Sale"
Das Ehepaar, mit der englischen Sprache nicht so vertraut, wurde neugierig. Kurt sprach kurzerhand eine Verkäuferin an:
„Ich möchte gerne ‚Sale' kaufen. Sie machen damit so viel Werbung, es muss ja etwas Tolles sein. Was kostet ein Kilo?"

Die Verkäuferin, eine Frau Sorgenfrei, konnte vor Schreck keine Antwort geben und Elsa und Kurt verließen frustriert das Geschäft.

Irgendwann verspürte das Paar Hunger und Durst und so war es nicht verwunderlich, dass sie in ein Lokal gerieten, welches auf seinem Werbeschild verkündete:
„Fisch satt, so viel Sie mögen und Getränke 12 Euro."
Sie wollten eigentlich nur eine Kleinigkeit zu sich nehmen, erfreuten sich aber doch über das tolle Angebot und hauten sich den Magen brechend voll.

Elsa hatte mittlerweile genug von dem ganzen Trubel, doch Kurt nörgelte:
„Sieh doch das Schild bei den Anzügen, wo drauf steht: ‚Nimm zwei, bezahle nur für einen'!"

Lautstark wurde nun fast ein Ehestreit mitten auf der Straße ausgetragen.
Elsa: „Du hast 15 Anzüge im Schrank. Du brauchst keinen neuen Anzug!"
Kurt: „Aber wir sparen doch Geld. Stell dir vor, wir sparen 198 Euro, wenn wir das Angebot annehmen, und ich habe zwei neue Anzüge!"
Elsa: „Na gut, das nächste Mal werde *ich* aber zuschlagen."

Der Laden, der jetzt angesteuert wurde, versprach den günstigen Erwerb von Autoteilezubehör. Die Werbung war auch hier vielversprechend:
„Sale, Sale, Sale"

Diesmal drängte Elsa:
„Wir gehen da jetzt rein und machen ein Schnäppchen."
Kurt: „Aber wir haben doch gar kein Auto!"
Elsa: „Hast du nicht das Schild gesehen ‚Kauf drei Reifen, bezahle nur für zwei'?"
Kurt: „Für ein Auto brauchen wir aber vier Reifen. Aber was soll überhaupt der Unsinn?"
Elsa: „So ist das, lieber Kurt, mit der Werbung, wenn wir alles so machen wie angekündigt, haben wir, obwohl kein Auto, drei neue Reifen und deinen 17. Anzug."
Glücklich und zufrieden machten die Eheleute sich irgendwann auf den Heimweg mit dem Gedanken:

„Heute haben wir viel Geld gespart. Keine Bank kann uns so viel bieten. Übermorgen machen wir wieder einen Bummeltag."

Eigentlich wollten Elsa und Kurt am Abend Halma spielen. Doch dann entschieden sie sich, den Sender RTL einzuschalten. Da waren nämlich äußerst spannende Werbepausen zu sehen.

Heinz Zemke

Die Erbschaft

Susanna, auch Susi genannt, war nicht mehr ganz jung an Jahren, saß missmutig mutterseelenallein zu Hause und schaut sich im Spiegel an. Sie hat wirklich viel Pech im Leben gehabt. Es fing damit an, dass sie, als der liebe Gott die Schönheit verteilte, ihren Finger nicht hoch genug gehoben hatte.
Eigentlich war sie ja ein liebes, charmantes Wesen, mit Sommersprossen und Grübchen ausgestattet und mit einem spitzbübischen Lächeln versehen, welches sie allerdings zu selten benutzte, um bei der Partnersuche erfolgreich zu sein.

Susi trauert seit vielen Jahren ihrer Jugendliebe nach, sie konnte ihren Eugen einfach nicht vergessen.
Fast drei Jahre war sie mit Eugen fest zusammen, fast verlobt, und im stillen Kämmerlein schmiedete sie im Geheimen sogar schon Heiratspläne, eine Schar Kinder, Haus und Garten im „Grünen" inbegriffen.
Ihr Eugi, wie sie ihn liebevoll nannte, fühlte sich wohl noch zu jung für eine dauerhafte Verbindung und so war es nicht verwunderlich, dass er eines Tages mit ihrer besten Freundin Adele eine Liebelei begann und mit ihr über alle Berge ging.
Adele war hübsch, fesch, unbekümmert und wollte nur eins: Party, Party, Party.

Viele Dinge gingen Susi durch den Kopf, als sie nun vor dem Spiegel saß und über ihre verpassten Chancen nachdachte.
Schlaflose Nächte, schlimme Träume und eine Mordswut hatte Susi seitdem und nicht selten dachte sie:

„Adele hat mein Glück zerstört und mir meine große Liebe weggenommen, in der Hölle soll sie braten! Ach, ich gehe jetzt schlafen, morgen werde ich die Angelegenheit endgültig abhaken und weitersehen, vielleicht winkt mir nun doch noch das große Los", dachte Susi und macht sich bettfertig.

Und tatsächlich, am nächsten Tag geschah etwas Unglaubliches:
Die Türklingel schellt, und der Briefträger überreicht ihr ein Einschreiben. Susi überflog den Absender, ein Notar aus Massachusetts aus dem fernen Amerika machte sie neugierig, und noch im Flur riss sie den Umschlag auf.
Sie las den in Englisch geschriebenen Brief:

„Dear Miss Susanne Unverzagt, It's my pleasure to inform you that you have inherited 1 Million Dollars."

Susi stockte der Atem, sie soll 1 Million Dollar erben. Sie muss sich hinsetzen und den weiteren Wortlaut des Briefes verarbeiten.
Da ging aus dem Brief hervor, dass ein Onkel, an den sie sich beim besten Willen nicht mehr erinnern konnte, in jungen Jahren nach Amerika ausgewandert war. Er hatte als Tellerwäscher seine ersten Dollar verdient, sich dann der Goldgräberei zugewandt und ist später ins Immobiliengeschäft eingestiegen, womit er dann zum vielfachen Millionär wurde.
Durch seinen lockeren Lebenswandel kam es nie zu einer Heirat, Kinder konnte der Notar bei seinen Recherchen auch nicht ermitteln und so blieben diverse Nichten und Neffen übrig, da der Onkel sechs Geschwister hatte.

Susi konnte nicht an sich halten! Nachbarn und einige Freunde wurden herbeigerufen und eine Kiste vom bes-

ten Champagner geordert. Nun wollte sie auch mal richtig Party machen. So ein Glück, nach all den Jahren des unglücklich Seins! Sie konnte es einfach nicht fassen!
Schnell hatte sich die Nachricht von ihrem plötzlichen Reichtum herumgesprochen und der Freundeskreis nahm rapide zu. Susi behielt aber den Überblick und dachte vernünftigerweise oftmals:
„Ihr könnt mich alle mal, früher war ich ein Nichts für euch, jetzt brauch ich euch auch nicht!"

Susi hatte fortan schlaflose Nächte – was sollte sie bloß mit all dem Geld anfangen? Weltreise, teure Klamotten, Ballermann auf Mallorca, nein, das war nichts für sie. Da kam ihr plötzlich eine Blitzidee! Die Idee war für Susi so aufregend, dass sie sich gedanklich verhaspelte:
„Warum soll ich denn jetzt den Sand in den Kopf stecken?"
Sie meinte natürlich:
„Warum soll ich denn jetzt den Kopf in den Sand stecken?"
Susi ordnete ihre Gedanken und dachte weiter:
„Mit dem Haufen Geld kann ich doch sicherlich bei Männern punkten und mir einen geeigneten Ehemann angeln."

Sie kaufte sich also einige Zeitungen, die bekannt dafür waren, mit einem riesigen Heiratsmarkt zu werben.
Eine Anzeige in der Spalte „Partnersuche" erregte ihr Interesse, es kam zu einem Treffen, aber der Auserwählte war alles andere als ihr Typ, und so verlief die Angelegenheit im Sande.
„Mit so einem Millionenguthaben bin ich schließlich eine gute Partie und kann Ansprüche stellen",
dachte Susi fortan und entschied sich, selbst eine Anzeige in der Bordesholmer Rundschau aufzugeben.

Und so erschien einige Tage später folgende Annonce:
„Gibt es einen lieben Mann, der noch nicht den Glauben an die große Liebe verloren hat? Wünsche mir einen flotten älteren Herren, Aussehen egal, eventuelle Behinderung kein Problem, da Krankenschwester. Bin selbst keine Schönheitskönigin, gehöre auch nicht mehr zum jungen Gemüse, bin ledig, wohlgeformt und habe das Alleinsein satt. Keine finanziellen Interessen, da selbst nicht unvermögend."

Wie sich später herausstellte, hätte sie die Bemerkung „nicht unvermögend" lieber lassen sollen.
Gespannt wartete Susi an den nächsten Tagen auf Antworten. Sie konnte es kaum erwarten und ging jeden Tag dem Postboten schon entgegen, der sich beim besten Willen keinen Reim darauf machen konnte, wieso Frau Unverzagt plötzlich so viel Post erhielt.

Die Auswahl unter all den Zuschriften fiel Susi sichtlich schwer, schließlich entschied sie sich für einen Herrn, so um die Mitte 60, der aufgrund des beigefügten Fotos aber kaum älter als 40 Jahre sein konnte.
Alles in dem Schreiben von Herrn Fabian von der Lohe passte zu ihrem Wunschpartner, nämlich Alter, Größe etc. und so kam es bald zu einem ersten Treffen im Café „Zum einsamen Herzen."
Vor allen Dingen die adelige Abstammung imponierte Susi dermaßen, dass sie jedes Mal errötete, wenn sie ihre Errungenschaft ihren engsten Freundinnen vorstellte.
Der Name mit der blaublütigen Abstammung raubte ihr fast den Verstand und bei dem Gedanken, eventuell bald selbst diesen Namen tragen zu können, wurde sie blind vor Liebe.

Ihr sonst einigermaßen guter Menschenverstand funktionierte plötzlich nicht mehr.
Es folgten zwei schöne Wochen mit ihrem Schatz und es fiel ihr nicht auf, dass der adelige Freund immer knapp bei Kasse war.
Sie bezahlte gern die Zeche in vornehmen Restaurants und Cafés und half großzügig aus, wenn es darum ging, die Taxifahrt in ein verschwiegenes Liebesnest zu finanzieren.

Es waren schon abenteuerliche Vorwände, wenn ihr Fabian ihr vorschwatzte, in welcher finanziellen, unverschuldeten Situation er sich befand.
Die leichte Behinderung, mit der Susi ja in der Anzeige geworben hatte, nutzte Fabian, ohne dass sie es merkte, schamlos aus.
Immer, wenn er seine Stimme verstellte und lispelte
„Ach Susi, mein Susileinchen, wenn ich Dir so ansehe, wird mir immer ganz schwach ums Herz"
schaltete Susis Verstand auf Pause und sie merkte nicht, dass es mit seiner Schulbildung auch nicht weit her war.
Susi hatte ja auch nicht immer die Sonnenseiten des Lebens erfahren und so glaubte sie ihm jedes Wort, vor allen Dingen dann, wenn er ihr die Worte „Susileinchen" und „Susimaus" ins Ohr flüsterte.

Mal waren es die Zahnschmerzen, die eine teure Behandlung erforderten. Tausende von Euro wurden plötzlich erforderlich, um die Reparatur seines Porsches, den es in Wirklichkeit gar nicht gab, zu begleichen.
Da kam auch noch die Nachricht, dass eine enge Verwandte im Ausland teure Medikamente benötigt und sein bester Freund im Knast saß und eine Riesensumme an Kaution zwecks Freilassung brauchte.

Zum Schluss sollte ihr Fang mit der aristokratischen Abstammung, um eine Erbschaft antreten zu können, eine Honorar-Vorauszahlung in Höhe von 15.000 Euro leisten.

Susi beglich die angeblichen Verbindlichkeiten ohne mit der Wimper zu zucken, zumal ihr Prinz ihr hoch und heilig, natürlich nur mündlich, versicherte, alles auf Heller und Pfennig plus Zinsen bei Erhalt der Erbschaft zurückzuzahlen.

Die treuen Augen versprachen nur Gutes und wenn er dann vor ihr kniete und lispelte:

„Ach Susi, du bist die Beste, Susilein, du bist süß", konnte sie keinen klaren Gedanken mehr fassen und so landete sie in seinen Armen und dort, wohin gewöhnlich frisch vermählte Hochzeitspaare in der Hochzeitsnacht sich zurückziehen.

Eines Morgens, so gegen vier Uhr in der Frühe war es wohl gewesen, als schellte plötzlich die Türklingel. Schlaftrunken ging Fabian zur Tür, um zu sehen, wer da zu nachtschlafenden Zeit bimmelte.

Er wurde kreidebleich, als er den Ruhestörer erkannte, der ihm eröffnete:

„Mein Name ist Kommissar Meiser. Sind Sie Herr Kurt Mommsen aus Bremen?"

„Ja, das bin ich", erwiderte Kurt M. Er wusste, dass er keine Chance hatte.

„Ich verhafte Sie wegen erneuten Heiratsschwindels", flötete der Kripomann Meiser,

„kommen Sie bitte mit."

Und Frau Susi Unverzagt, die durch den Lärm aufgeschreckt an der Tür erschien, erhielt die freundliche Einladung, doch am nächsten Tag zwecks Zeugenaussage auf dem zuständigen Revier zu erscheinen.

Susi war völlig ratlos und verstört! Ihr Glauben an das Gute auf dieser Welt war restlos dahin, als sie erfuhr, dass ihr verehrter Fabian in Wirklichkeit ein übler Verbrecher war, der wegen Heiratsschwindels und sonstiger Betrügereien bereits acht Jahre im Knast gesessen hatte und jetzt wieder für längere Zeit hinter Gitter kommen würde.

Auf dem Heimweg vom Revier murmelte Susi fortlaufend vor sich hin:
„Du hast mich ausgenommen wie eine Weihnachtsgans. Was hätte ich alles mit dem verlorenen Geld machen können. Hätte ich doch bloß den Onkel aus Massachusetts nicht gehabt. Mir wäre vieles erspart geblieben. Viele Leute sagen ja: Geld macht nicht glücklich, aber jetzt glaube ich an das Sprichwort."

Später fiel Susi ein, dass sie noch einen großen Blumenstrauß besorgen musste. Den sollte eine Sparkassenmitarbeiterin bekommen. Die Dame hatte bemerkt, dass mit Herrn Fabian etwas nicht stimmte und die Kripo informiert.

„So ein Heiratsmarkt in der Zeitung kann mir in Zukunft gestohlen bleiben, ich überlasse meine Partnersuche jetzt dem Zufall oder versuche es im Internet. Und jetzt gehe ich ins Café „Zum einsamen Herzen", wo heute Tanztee stattfindet. Vielleicht läuft mir ja dort ein netter Herr über den Weg."

Heinz Zemke

Die Schlange

Da wir ja in der Nähe diverser Lebensmittelmärkte wohnen, kommt es häufig vor, dass irgendetwas auf die Schnelle besorgt werden soll.
Mir fiel neulich ein, dass meine Tube Zahnpasta nur noch laue Luft enthielt. Eine Neue musste also her: Alles kein Problem!

In zirka acht Minuten war ich mit meinem schnellen E-Bike beim nächsten Geschäft.
Aus Wettbewerbsgründen wird von mir der Name des Betriebes nicht genannt, ich will schließlich keinen Ärger haben.
Aber so wie hier geschildert sind die Erlebnisse in einer Warteschlange in Lebensmittelmärkten in ganz Deutschland wohl identisch.

Zurück zu meinem Einkauf. Wenn alles gut läuft, bin ich also in zirka 20 Minuten wieder zu Hause. Aber, verdammt noch mal, an diesem Tag war ich, wie so oft bei Kleineinkäufen, fast eine Stunde unterwegs und mein geliebter Nachmittagskaffee war nur noch lauwarm.

Wenn ich den Laden betrete, scheint er mir oft leer zu sein. Ich glaube, dass es jeden Tag einige Augenblicke geben muss, an dem ich nach dem Einkauf direkt an die Kasse gehen könnte und sofort dran käme.
Leider erwische ich diese Augenblicke nie!

Wenn ich also meinen kleinen Einkauf bezahlen will, befinden sich oft vier bis sechs Kunden vor mir, die ihr

Wägelchen vollgeladen haben. Ich will mich aber nicht beklagen! Oft habe ich schon erlebt, bloß heute nicht, dass vorstehende Kunden, zumeist sind es Damen, mit freundlichen Worten sagen:
„Ach, Sie haben nur eine Kleinigkeit, gehen Sie bitte vor!"
Mein Dankeschön ist den freundlichen Mitmenschen immer gewiss und ich verspreche jedes Mal, mich bei Gelegenheit zu revanchieren.
Ich kann mir dabei oft nicht verkneifen zu sagen:
„Wenn Sie die Freundlichkeit immer walten lassen, stehen Sie heute Abend noch hier."

Ich stehe also in der Schlange und da ich kein besonders ungeduldiger Mensch bin, betreibe ich Charakterstudien.
Da ist vor mir der ältere Herr, der an der Kasse erschreckt feststellt, seine EC-Karte vergessen zu haben. Bargeld hat er natürlich auch nicht dabei. Zu allem Überfluss muss er dann mit seinem Gemüseeinkauf zurück in die entsprechende Abteilung, da er versäumt hat, die Ware abzuwiegen. Wie der Kunde es schließlich geschafft hat, die Waren ohne Bezahlung mitzunehmen, konnte ich leider nicht genau feststellen. Hat er eventuell seinen Ehering als Pfand hinterlassen?

Eine junge Dame, wohl etwas angeheitert, versucht zum fünften Mal ihre PIN-Nummer einzugeben. Jedes Mal vertippt sie sich und die hinter ihr Wartenden fangen an zu lästern: ob die Dame wohl aus Grevenkrug stammt? Meines Wissens soll es ja dort so etwas wie ein Haus der Glückseligkeit geben. Auf jeden Fall sehe ich einige männliche Wesen, die der aufreizend angezogenen, wohlgeformten Weiblichkeit sehnsüchtige Blicke hinterherwerfen.

Plötzlich der Aufruf einer genervten Kassiererin:
„Bitte Kasse drei besetzen!"
Ich flitze also los, um an der noch leeren Kasse drei der erste Kunde zu sein. Doch die Idee haben andere Wartende auch gehabt, und so lande ich trotz äußerst sportlicher Fitness wieder an vierter Stelle in der neuen Warteschlange.
Man sagt mir nach, ich sei in meiner fußballerischen Glanzzeit der schnellste Rechtsaußen des Bordesholmer Umlandes gewesen, aber die ältere Dame vor mir hängt mich doch tatsächlich ab! Sie muss wohl mal mit Weltklasseläufern wie Armin Harry bzw. Heinz Fütterer trainiert haben.

Da, ein komisches Geräusch aus der Jackentasche eines Herrn vor mir. Es könnte etwas mit Musik zu tun haben. Jetzt bin ich aufs Äußerste gespannt, was wohl passiert. Es gibt ja Leute, die beim Klingeln des Handys nach draußen gehen, hier war es aber nicht der Fall. Der Herr holt also sein Gerät aus der Tasche und spricht ruhig und behutsam mit dem kleinen schwarzen Minitelefon:

„Ja, hier ist der Papilein. Ja, mein Püppchen, dem Papi geht's gut. Ja, der Muttilein geht es auch gut."
Es entsteht eine Pause, der Mann atmet tief durch, dann geht das Gespräch mit seiner Püppilein weiter:
„Ja, dem Papilein geht es sogar sehr gut… Ja, du bist ganz lieb. Papilein auch ganz lieb und Muttilein auch ganz lieb… Ja, dem Papilein geht es sehr, sehr gut… Ja, ganz toll, dem Papilein geht es wirklich ganz gut. So, Püppilein, jetzt leg mal das Handy schön beiseite… Ja, dem Papilein geht es sehr, sehr gut!"
Jetzt entsteht eine kleine Pause, der Herr holt tief Luft und schreit:
„Ja, zum Donnerwetter, dem Papa geht es gut!"

Anscheinend hat der Herr vor mir mit seiner kleinen Tochter gesprochen, die schon, kaum, dass sie die Windeln nicht mehr benötigt, ein Handy oder etwas Ähnliches besitzt, um alle möglichen Leute zu nerven.

Ein elegant gekleideter Herr wird gerade an der Kasse abgefertigt und macht ein Heidenspektakel. Er regt sich fürchterlich auf und macht die Kassiererin an:
„Was fällt Ihnen ein, immer neugierig in meinen Wagen zu schauen, ob ich eventuell etwas nicht auf das Laufband gelegt habe? Sie behandeln mich wie einen Betrüger. Bitte holen Sie sofort Ihren Chef, ich will mich beschweren!"
Zufällig kenne ich den Herrn und schalte mich ein:
„Fritz, nun halte dich mal zurück. Die Dame will dich nicht bloßstellen. Sie ist von der Betriebsleitung dazu angehalten worden, diese Prüfung vorzunehmen. Sie will schließlich ihren Job behalten und nicht riskieren, eine Abmahnung zu bekommen."
Ich kann Fritz beruhigen, und er entschuldigte sich bei der Kassiererin.

Gedanklich sehe ich schon schwarz für meinen Nachmittagskaffee und die Telenovela „Tierärztin Dr. Mertens" kann ich wohl auch abschreiben. Dabei hätte ich doch zu gern gewusst, warum sich die Elefantenkuh nicht mit dem Zebrahengst verträgt.
Plötzlich entsteht vor mir ein fürchterliches Gezeter.
Eine junge, anscheinend überforderte Mutter, schimpft in rabiater Form mit ihrem vierjährigen Sohn, der unbedingt noch eine Tüte Bonbons haben will. Wortlaut:
„Du hast schon beim Schlachter eine Wurst bekommen, das reicht für heute!"
Missbilligend schütteln die wartenden Kunden über das Verhalten von Mutter und Kind den Kopf.

Sie haben ganz vergessen, dass sie auch einmal klein gewesen sind.

Mittlerweile hat sich der Pulk vor mir aufgelöst. Ich bin jetzt dran und die Kassiererin sagt zu mir:
„Tut mir Leid, dass Sie so lange warten mussten!"
„Macht gar nichts, bis zum nächsten Mal", sage ich und packe ein. Als ich das Geschäft verlasse, sehe ich einen freundlichen jungen Mann mit der Zeitung „Hempels" am Türeingang stehen. Jeden Tag eine gute Tat, denke ich, und ein nettes „Vielen Dank" ruft er mir hinterher, nachdem ich ihm ein Exemplar des Straßenmagazins abgekauft und noch ein Trinkgeld gegeben habe.
Jetzt aber ab nach Hause! Da fällt mir ein, dass ich noch etwas in die Box der „Tafel" legen wollte. Morgen werde ich das nicht vergessen, wenn ich Mehl, Zucker und sonstige haltbare Lebensmittel besorge.

Viel habe ich erlebt an diesem Nachtmittag. Der Verzicht auf Kaffee und Telenovela war gut zu verschmerzen.
Ich freue mich schon auf meine nächste leere Tube Zahnpasta!

Heinz Zemke

Ein Traum

Wir schreiben das Jahr 2035.

Herr Willi Frohgemut und seine Frau Hermine werden morgens um sechs Uhr geweckt. Nein, nicht durch einen gewöhnlichen Wecker, das war einmal und ist 20 Jahre her.
Man muss schließlich mit der Technik Schritt halten und so hat das Ehepaar sich einen Roboter, liebevoll von beiden „Sausewind" genannt, angeschafft, der erkennt, wann die beiden ausgeschlafen haben und es Zeit zum Aufstehen ist.
Der Hilfsmann „Sausewind" flitzt also zur vorbestimmten Zeit wie irre durch alle Räume und staubsaugt, auch dort, wo eigentlich nichts sauber zu machen ist.

Willi hat das Gerät so einstellen lassen, dass zur Weckzeit der Reinigungsapparat im Schlafgemach lauthals ruft:
„Aufstehen, raus aus den Federn!"
Der Weckruf ist natürlich mit anheimelnder Musik, zur Zeit von Andrea Berg, verbunden, und so fällt es dem Paar leicht, die kuschelige Lagerstätte zu verlassen.
Willi denkt vor sich hin:
„Unglaublich, die Andrea Berg war vor 20 Jahren meine Lieblingssängerin, und jetzt ist sie immer noch ein Star, wie macht sie das bloß?"
Die Antwort darauf liefert Andrea Berg mit ihrem neuesten Hit, nämlich:
„Wer rastet der rostet, darum tralali, tralala, wir sind alle fröhlich und singen Bumsfallera."

Der Text ist zwar nicht sehr geistreich, die Musik geht aber ins Ohr. Wird bestimmt ein Partyknaller.

Willi hat zwar, trotz eifriger Bemühungen, die technischen Raffinessen des Weckgerätes nie verstanden, und wird sie auch in Zukunft wohl nie verstehen, aber ein Verzicht auf die modernen Errungenschaften kommt auch nicht in Frage.

Alle paar Monate wird übrigens das Weckgeräusch geändert: Mal ein lautes Vogelgezwitscher, dann der tolle Klang eines Motorrades der Marke Harley Davidson und falls man noch etwas länger im Bett bleiben will ertönt nach Knopfdruck die Einschlafmelodie „Ade, nun zur guten Nacht".

Nach der Morgentoilette begeben sich Willi und Hermine an den Frühstückstisch und müssen zu ihrem Schrecken feststellen, dass sie vergessen haben, am Vortag Eier, Kaffee, Marmelade und Brötchen zu besorgen.
Seit geraumer Zeit wird nämlich das ‚Denken' einem speziellen Gerät überlassen, welches sich automatisch hörbar meldet, wenn Essensvorräte bzw. Getränke zur Neige gehen. Die Technik muss dieses Mal versagt haben und so beschließt der auf Fortschritt bedachte Willi, noch am gleichen Tag ein neues Modell zu bestellen.
Er hatte vor einigen Tagen erfahren, dass der neue Typ in der Lage ist, den Inhalt von Kühl- und Küchenschrank zu überprüfen, und die fehlenden Waren selbst beim nächsten Kaufmann bestellt.
Auch der Bringedienst der Ware erfolgt auf Wunsch, was am Ende zur Folge hat, dass Hermine und der Hausherr tagsüber kaum noch aus dem Sessel hochkommen und die BMI-Werte ungeahnte Höhen erreichen.

Früher hat das Ehepaar von seiner Krankenkasse, die mit dem Slogan wirbt: „Fit noch mit 120 Jahren", jährlich eine Prämie für gesundheitsbewusstes Verhalten bekommen.
Jetzt müssen die zwei befürchten, infolge der fehlenden Bewegung – Sport ist für sie Mord – bald zu einer Strafprämie verdonnert zu werden.

Nachdem man sich also am Frühstücksmorgen mit Essensresten vom Vortag gestärkt hat, macht sich gegen Mittag Hunger bemerkbar. Eigentlich hat das Paar noch keinen Appetit, aber die neue Automatik hat mit ihren Hunger- und Durstsensoren genau errechnet, wann Hunger- und Durstgefühle aufzukommen haben.

Willi und seine Gattin sind richtig verliebt in die neue Errungenschaft und posaunen in die Welt hinaus: „Was haben wir alles versäumt in den letzten 20 Jahren, schade, dass wir jetzt alt sind und nicht mehr alle Neuheiten nutzen können."

Ganz gegen ihre Gewohnheit gesteht Hermine ihrem Mann, dass sie heute keine Lust hat, Mittagessen zu kochen. Das Horoskop in den Kieler Nachrichten war für sie ein gefundenes Fressen, ihrem Willi zu sagen: „Willi, hier steht, für heute sollte jede Anstrengung vermieden werden. Keine Wäsche waschen, Baden verschieben, nicht kochen und keine außereheliche Liebelei beginnen."
Willi startet also sein Auto und fährt mit seiner besseren Hälfte in den nächsten Ort, nämlich Techelsdorf, um dort zu speisen.
In Höhe Reesdorf wird er plötzlich von einer Polizeistreife gebremst, da die Fahrweise etwas ungewöhnlich war.

Willi war eingeschlafen, hatte vorher seine Pilotenkanzel, wie er liebevoll das Innerste seines Autos nannte, auf Automatik gestellt, die Beine aufs Armaturenbrett gelegt und Zeitung gelesen.
Die Polizei reagiert entsetzt, als der Fahrer verkündet: „Was wollen Sie denn, ich hab doch mein Navi angestellt?"

Nach langem Gezeter mit der Polizei kommen Willi und Hermine endlich bei der ‚Gastwirtschaft Jöns' an. Ein Schild vor dem Lokal verkündet: ‚Eisbein satt, so viel Sie mögen'.
Das ist das richtige für die hungrigen Mäuler, aber das Erstaunen der zwei ist groß, als der Kellner zwei Kinderteller bringt, gefüllt nur mit Sauerkraut.
Auf die Frage, was das solle, bekommt das Ehepaar die Antwort:
„Unser Computer ist derart mit Sensoren ausgestattet, dass er genau weiß a) was die Kunden essen/trinken dürfen und b) wieviel sie essen/trinken dürfen. Sie, Herr Frohgemut, und ihre Frau haben heute bereits jeweils 1800 Kalorien zu sich genommen. Es war Ihr Wunsch, alle Kellner/innen zu informieren und „Stopp" zu sagen, wenn die Kalorienanzahl erreicht ist."

Missmutig tritt das Ehepaar mit leerem Magen den Heimweg an. Willi ist außer sich: „Wir fahren jetzt nach Westensee, ins ‚Café Zeit', trinken dort Kaffee und gönnen uns ein großes Tortenstück. Die haben nämlich dort noch keinen Computer, der uns vorschreibt, was und wie viel wir essen dürfen. Ich pfeife auf den BMI-Wert, die schlanke Linie und bezahle lieber Strafgeld an meine Krankenkasse. Was soll's!"

Als das Ehepaar am Abend vor dem Fernseher sitzt, sagt Hermine:
„Willi, weißt du was? Früher war alles viel schöner…"

Plötzlich rasselt der Wecker. Es ist 6 Uhr 15 in der Frühe und Willi wacht schweißgebadet auf. Er weckt seine bessere Hälfte und erzählt ihr, was er geträumt hatte. Beide sind froh, dass alles nur ein Traum gewesen ist.

Heinz Zemke

Statistiken im Marktgeschehen

Herr Kurt Trinkfuß und Gattin Elke kommen gerade von einer Feier.
Anlass war der Geburtstag eines Kollegen, und da ging es richtig rund. Häppchen, Schnaps, Bier, Wein, Selter und alles was sonst das Herz begehrt, wurde anlässlich des Festtages aufgetischt.
Bevor es zum Ausnüchterungsschlaf geht, wirft Kurt noch einen Blick in die Tageszeitung. Das, was er dort liest, erzeugt pures Erstaunen und sein schlechtes Gewissen schlägt.
Es ist zu lesen:

„Nach Angaben des statistischen Bundesamtes konsumiert jeder Einwohner in Deutschland pro Jahr durchschnittlich 100 Liter Bier, 20 Liter Wein, 4 Liter Sekt und mehr als 5 Liter Schnaps."
Herr Trinkfuß ist von den Zeilen deutlich frustriert, da der Hinweis nicht fehlt, dass somit - statistisch gesehen - alle Deutschen Alkoholiker sind. Doch dann, nach reiflicher Überlegungen, lehnt sich Kurt gemütlich in seinen Schlafsessel zurück und denkt:

„Na, da kann ich ja mal richtig zuschlagen! Mit dem Bier könnten die Statistikfritzen noch Recht haben, aber die übrigen Laster habe ich nicht. Auch meine Leber macht mir ja noch keinen Kummer."
Als er seiner Elke von seinen Erkenntnissen berichtet, ist sie voller Stolz mit dem Wissen, dass ihr Kurt, statistisch gesehen, kein Durchschnittstrinker ist.
Frau Trinkfuß schnappt sich jetzt die KN und zuckt zusammen. Gerade am Vortag hatte sie gelesen, dass laut

Statistik über 70% der Bevölkerung mit mehr als 30 Tausend Euro verschuldet ist.

„Mit mir und meinem Mann hat kein Mensch darüber gesprochen, woher wollen die Schlauberger das überhaupt wissen" denkt sie sich, „und heute entnehme ich der Presse, dass jeder Bundesbürger mindestens 40 Tausend Euro an Barvermögen besitzt. Da stimmt doch etwas nicht!

Ich muss unbedingt jetzt zu meinen Kindern Fiete und Lena und sie fragen, wo sie ihr Geld versteckt haben. Beide leben nämlich von Hartz IV und kommen gerade mal so über die Runden. Haben die zwei im Lotto gewonnen und das Gelder heimlich unter dem Kopfkissen versteckt?"

Der Nachbar von Herrn Trinkfuß arbeitet übrigens beim Statistischen Landesamt. Peter Schlauberger, so sein Name, hat nach seiner Ansicht dort einen tollen Job. Gerade hat der Landesbedienstete, immerhin in der Stellung eines Abteilungsleiters mit einem Supergehalt, ermittelt, dass Beamte nur 6 Stunden und 48 Minuten pro Nacht schlafen. Arbeitslose schlafen danach 7,02 Stunden und Lehrlinge 7,04 Stunden. Die längste Nachtruhe haben aber – wen wundert´s – Rentner mit durchschnittlich 7,12 Stunden. Der Nachbar hat mit seinem Team bei seinen Untersuchungen übrigens ermittelt, dass eine Stunde mehr Schlaf nötig wäre, um sich wohlzufühlen.

Stolz hat er dem Ehepaar Kurt und Elke erzählt, dass er kürzlich wieder eine Gehaltserhöhung erhalten hat, da er tolle wissenschaftliche Arbeiten abliefert.

Kurt und Elke Trinkfuß vermissen bei den vorstehenden Ausführungen die statistisch ermittelten Werte der Dauer des Büroschlafes einiger Berufsgruppen.

Der Nachbar hat versprochen auch darüber beim nächsten Rechenschaftsbericht einige Ausführungen zu machen. Das Ehepaar Trinkfuß fragt sich an diesem Tag, welchen Effekt und Sinn bzw. Unsinn die vorgenannten Erkenntnisse haben. Auswirkungen auf das Marktgeschehen sind für die zwei jedenfalls nicht ersichtlich.

Kurt und Elke, immerhin Dauerkunden bei öffentlichen Verkehrsmitteln, können sich auch nicht erklären, warum laut Umfragen und Statistiken den städtischen Busunternehmen die Gesamtnote 2,07 gegeben wird, da sie oft sehr lange an den Haltestellen stehen und vergebens auf den Bus warten, der dann auch noch von der vorgegebenen Route abweicht und an jeder Milchkanne hält. Einen freundlichen Busfahrer haben sie ebenfalls kaum mal erlebt; von den unsauberen Fahrzeugen ganz abgesehen.
Aber eines muss man Kurt lassen! Obwohl er selbst nie Fußball gespielt hat, ist er ein Fan des runden Leders und schaut sich jedes Bundesligaspiel im Fernsehen an. Stolz erzählt er dann am nächsten Vormittag in seiner Stammkneipe, dass sein Verein, nämlich der HSV, gegen den SVB wieder mal zu Unrecht verloren hat, aber laut Statistik die besseren Chancen hatte und eigentlich haushoch hätte gewinnen müssen. Seine hektischen Ausführungen nerven regelmäßig seine Sportsfreunde, wenn er verkündet:

Hintertupfinger SV (HSV) gegen SV Blaulicht

Tore	0	3
Freistöße	15	2
Ecken	18	5
Vergebene Elfer	3	1
Lattentreffer	4	0
Gespielte Pässe	45	15

So ergeht es dem Lieblingsverein von Kurt seit Wochen und das Schlimmste dabei ist, dass der Hauptsponsor des Hintertupfinger SV, ein Fähnchenhersteller mit

Namen Neureich, seinen Millionensponsorenvertrag wegen der Tormisere zurückgezogen hat. Herr Neureich ist nämlich der Ansicht, dass Tore zum Sieg führen und nicht die laut Statistik vergebenen Chancen.
Herr Trinkfuß fragt sich nun, wer in Zukunft die Millionengehälter der Stars bezahlen soll.

Die Eheleute Trinkfuß haben sich übrigens aufgrund ihrer zunehmenden Gebrechlichkeit seit einiger Zeit entschieden, etwas für ihre Gesundheit zu tun, da sie gerne noch die Hochzeit ihrer Enkelkinder erleben möchten. Außerdem wollen sie ihren Enkeln umweltfreundliches Verhalten beibringen, indem sie z.B. Plastiktüten in Geschäften ablehnen und eine Tasche zum Einkauf mitnehmen. Laut Statistik sind 85 % der Verbraucher bereits für eine Abgabe auf Plastiktüten. Das ergab eine Befragung der Gesellschaft für Konsumforschung.

Kurt und Elke haben gerade vor einigen Tagen gelesen, dass fast 24.000 landwirtschaftliche Betriebe, das sind 8,4% aller deutschen Höfe, ökologisch wirtschaften. Ein Großteil dieser Betriebe hat inzwischen auch total auf Bio umgestellt. So ist es nicht verwunderlich, dass sich in letzter Zeit auch in kleineren Orten immer mehr Geschäfte ansiedeln, die ausschließlich Bio-Produkte anbieten.
Seit 10 Jahren befindet sich in Bordesholm ein Naturkostgeschäft, welches von einem Ökotrophologen (Ernährungswissenschaftler) geleitet wird und erfolgreich läuft.
Durch seine kompetente Beratung, die auch seine Angestellten auszeichnet, ist das Geschäft zu einer Bereicherung des Ortes und der Umgebung geworden. Durch seine Ausbildung und Erfahrung kann der Inhaber sämtliche Fragen rund um den Bio-Markt klar und ver-

ständlich beantworten und unterscheidet sich insofern positiv von den umliegenden Lebensmittelmärkten, die auch Bio-Ware anbieten. Ein großer Unterschied zu den übrigen Märkten besteht auch darin, dass Demeter - Lebensmittel angeboten werden. Die Erzeuger der Demeterware müssen strengste Auflagen erfüllen, was den Bio-Handel betrifft.
Auch beim Landbau gibt es wichtige Unterschiede. Öko-Bauern nutzen etwa Dünger und Pflanzenschutz ohne Gift, sie verzichten auf Gentechnik und setzen Pflanzen ein, die sich noch selbst vermehren können. Zu dem vorgenannten Thema hat ein Experte mal die Frage gestellt: „Welches ist das wichtigste Tier in der Landwirtschaft?"
Die Antworten verteilten sich auf Rinder, Schweine und Hühner. Alles falsch! Es ist der Regenwurm! Er durchlüftet den Boden und macht ihn so erst zu fruchtbarem Ackerland. Eine weitere Statistik sagt aus, dass Legehennen jährlich zweihundertdreiundneunzig Eier zu legen haben. Insofern hat ein Huhn nur 72 eierfreie Tage (inklusive Urlaub).

Die Eheleute überlegen in letzter Zeit, nach Baden-Württemberg zu ziehen. Denn dort gilt, statistisch gesehen, die höchste Lebenserwartung. Elke darf dort mit einem Alter von 83 Jahren und 8 Monaten rechnen, während ihr Kurt genau 79 Jahre erreicht.
Man sollte insofern nicht nach Sachsen-Anhalt umziehen, denn dort wird ein Mann nur 75 und das weibliche Geschlecht 79 Jahre jung.

Es war ein aufregender Tag für Elke und Kurt. Erst die schöne Geburtstagsfeier und dann die tollen aufschlussreichen statistischen Erkenntnisse…

Heinz Zemke

Menschenhandel

Ein ganz normaler Samstagnachmittag.

Alfred Möller geht mit seiner Frau Gunda durch die menschenleere Einkaufszone in Bordesholm.
Man könnte meinen, es ist der 24.12., also "Heiliger Abend", so still ist es geworden. Es ist 15.45 Uhr und Gunda möchte noch etwas Luft schnappen. Alfred ist nervös, blickt dauernd auf seine Uhr und ärgert sich, dass sich die Balken biegen.
„Warum habe ich mich bloß wieder breitschlagen lassen, nichts los auf der Straße, alle meine Kumpels sitzen vor der Glotze, und ich muss mir unnütz die Beine vertreten", denkt Alfred und ist sauer auf seine Frau.

Er will nämlich unbedingt seinem Lieblings-Club, dem TSV Wadenbein, vor dem Fernseher die Daumen drücken und mitfiebern, damit endlich mal wieder 3 Punkte eingesackt werden, die unbedingt nötig sind, um nicht aus der zweiten Bundesliga abzusteigen. Zu Beginn der Serie war ja nur vom Aufstieg in die 1. Liga die Rede. Aber jetzt dümpelt Alfreds Traumelf im unteren Drittel der Tabelle herum.

Er wird regelrecht böse, wenn Bekannte und seine Frau lästern und ihn mit dem Spruch ärgern wollen: "Willst Du Deinen TSV oben sehn`, musst Du nur die Tabelle dreh`n!" Dabei fing die Serie so gut an!
Ein Sponsor, der aus unerfindlichen Gründen seinen Namen nicht preisgeben möchte, von Insidern jedoch als ‚Großkotz' beschrieben wird, hatte diverse Millionen aus seiner Westentasche locker gemacht und auf dem Spielermarkt zugeschlagen.

Da wurden Spieler für horrende Summen aufgekauft, die nicht mehr wissen, als dass der Ball rund und der Rasen schön grün ist, und dass das Spiel mindestens 90 Minuten dauert. Demzufolge sitzen viele angebliche Stars mit Millionenbezügen auf der Reservebank.

Es ist wie bei den Hunden: wenn ein Hund einen Knochen nicht haben kann, soll ihn auch kein anderer bekommen. Mit einem normalem Menschenverstand ist es nicht zu erklären, dass für einige Spieler 80 bis 150 Mio. Euro gezahlt werden und einzelne Kicker Monatsgehälter in Höhe von 1 Million beziehen, von zusätzlichen Werbeeinnahmen ganz zu schweigen.

Die Masse der Fußballfans, die an jedem Samstag die Stadien bevölkert, lehnt eigentlich diese Unsummen mit Entsetzen ab; strömt aber trotzdem regelmäßig in die Arenen. Sie unterstützen, ob sie es wollen oder nicht, den legalen Menschenhandel. Es gab Zeiten, da wurde Menschenhandel, man kann auch Sklaverei dazu sagen, streng bestraft. Heutzutage ist der Menschenhandel, zumindest im Fußballgeschäft, legal und die Betroffenen werden auch noch fürstlich entlohnt.

Für den Verfasser dieser Zeilen war der Fußballsport ehemals eines seiner größten Hobbys. Aufgrund der seiner Ansicht nach stattfindenden erlaubten Sklaverei ist sein Interesse an dieser Sportart jedoch enorm gesunken. Keinen Cent würde ich opfern, um mir ein Bundesliga-Spiel in Hamburg anzusehen. Auch kann ich mich nicht erinnern, in den letzten Jahren mal eine Sportschau im Fernsehen gesehen zu haben; allenfalls gelegentlich kurze Ausschnitte. Ich will damit meinen Protest gegen diesen Wahnsinn ausdrücken, weiß aber, dass ich mit meiner Meinung und Handlung im Bekanntenkreis ziemlich allein dastehe.

Wenn ich während des sonntäglichen Frühschoppens im Sportheim des hiesigen TSV frage:
„Wie hat eigentlich die Bundesliga gespielt?", ernte ich meistens ungläubiges Kopfschütteln.
Die Uwe Seeler-Zeiten, als man noch Ehrgefühl und Heimatverbundenheit besaß, sind leider vorbei.

Oft frage ich mich auch, wie es ein Trainer schafft, ein vernünftiges Spielsystem zu erklären, wenn in seiner Wunsch-Elf überwiegend ausländische Profis mitwirken.

Wenn man bedenkt, dass sich die Bundesliga-Schiedsrichter mit einem kleinen Obulus im Verhältnis zu den Sklaven-Gehältern zufriedengeben, ist es nicht verwunderlich, wenn sich gelegentlich, von anonymer Stelle natürlich, im Briefkasten des Schieris ein Reisegutschein befindet bzw. die Ehefrau sich über eine neue Küche freut.

Ich habe selbst fast 20 Jahre lang am Wochenende mit der Pfeife auf dem Spielfeld gestanden. Insgesamt hat es Spaß gemacht, trotz der geringen Entlohnung von damals fünf bis sieben DM für etwa vier Stunden Zeitaufwand inklusive der Anfahrt zu den jeweiligen Plätzen.

Erinnerungen holen einen immer wieder ein! Stellvertretend für die Idole von früher, wie ‚uns Uwe Seeler', Sepp Meier, Manni Kaltz (Bananen-Flanker genannt), ‚Kaiser' Franz Beckenbauer und Co., soll ein kleiner Rückblick auf einen Star von damals, nämlich Willi Lippens, erfolgen.

Er war einer der schillerndsten Persönlichkeiten des deutschen Fußballs, ein Muhammed Ali des runden

Leders, der seine Gegenspieler zur Verzweiflung brachte und die Zuschauer in Begeisterung versetzen konnte, indem er den grünen Rasen in eine Bühne verwandelte.
Der gebürtige Holländer mit dem Watschelgang, der ihm den Beinamen ‚Ente' einbrachte, spielte in den 70er Jahren bei Rot-Weiß-Essen und Borussia-Dortmund.
Der Paradiesvogel hat für einen Hungerlohn den Fans von damals viel Freude bereitet.
Eine kleine Kostprobe soll dies verdeutlichen: Schlitzohr ‚Ente' zu einem Gegner, der hingefallen ist: „Na, Jung, hast Du wat verlor`n?"

Einmal hatte ‚Ente' Ärger mit einem Gegenspieler. Der Schiedsrichter hatte Willi als Übeltäter ausgemacht, eilte zu ihm und sagte: „Ich verwarne Ihnen."
‚Ente' antwortete darauf: „Ich danke Sie."
Der Schieri war aufgrund der Antwort derart frustriert, fühlte sich beleidigt, und ein Feldverweis war die Folge.
Diesen Vorfall hat Willi Lippens später zu Geld gemacht.
Nach seiner aktiven Laufbahn eröffnete er im Kohlenpott eine Gaststätte. Unübersehbar prangt noch heute über der Eingangstür ein Schild mit dem Spruch: ‚Ich danke Sie'.

Nach seinem Spaziergang will Alfred Möller noch mal ins Sportheim, um die Bundesliga-Sportschau zu sehen.
„Bin um 18 Uhr zurück!", ruft er seiner Gunda zu. Als er erst gegen 22 Uhr, also doch etwas verspätet, etwas schwankend, wieder das traute Heim betritt, hat er eine passende Entschuldigung parat: „Schatz, die Spielregeln haben sich geändert. Neuerdings wird solange gespielt, bis einer gewinnt."
Gunda hat ihm die Ausrede geglaubt…

Heinz Zemke

Die Drehorgel

Am letzten Wochenende im April 2015 fand wieder ein Drehorgel-Treffen anlässlich des Mittelalterlichen Bartholomäusmarktes in Neumünster statt. Ich schwärme bereits seit meiner Kindheit für diese Art von Musikklängen, da sie eine unvergleichlich schöne Stimmung verbreiten.
So war es dann auch nicht verwunderlich, dass der sonntägliche Kaffeenachmittagsausflug mit meiner Frau Ute uns nach Neumünster führte, um den Hauch von Dreh-Orgelromantik vergangener Tage zu spüren.

Schon immer, wenn ich auf Jahrmärkten bzw. besonderen Festlichkeiten oder belebten Fußgängerzonen bin, freue ich mich auf die urig gekleideten Damen und Herren, die meist mit Hütchen, Melone, weißem Hemd, rotem Schal und Weste hinter ihrem Leierkasten an der Kurbel stehen und die Passanten mit ihrer Musik erfreuen.

Gelegentlich hat auch schon mal ein kleines Äffchen auf der Orgel Platz gefunden, was der Verfasser dieser Zeilen allerdings überhaupt <u>nicht</u> gut findet. Von artgerechter Tierhaltung kann man dabei wirklich nicht reden, da das angebundene Tier nur dem Vergnügen der Zuhörer dient.

Da es all die Jahre immer mein Wunsch war, in meiner Freizeit als Leierkasten-Spieler durch die Lande zu ziehen, aber aus irgendwelchen Gründen es nicht dazu gekommen ist, durfte ich am vergangenen Wochenende

auf Wunsch bei einer Berlinerin die Kurbel an ihrer Drehorgel bedienen. War das ein Spaß!
Was ich dabei heruntergeleiert habe, waren natürlich Berliner Evergreens, und zwar ‚Das ist die Berliner Luft' und ‚Lieber Leierkastenmann'.
Passanten blieben stehen und haben sich über mein Gedudel köstlich amüsiert. Es ist nämlich gar nicht so einfach, eine gleichmäßige Kurbelbewegung über längere Zeit durchzuführen. Beim dritten Lied: ‚Wo Nordseewellen trecken an den Strand', ging es dann schon besser, aber mein Arm mochte die ungewohnte Bewegung überhaupt nicht.

Vielleicht hat mein angeborener Sparsamkeitssinn mich davon abgehalten, mir selbst eine Orgel anzuschaffen, denn für ein gutes historisches Gerät können sich die Anschaffungskosten auf die Höhe eines Kleinwagens belaufen.

Da wir nach dem Café-Besuch längere Zeit über den Groß- und Kleinflecken bummelten, den Gauklern auf dem mittelalterlichen Markt zusahen, hatten wir auch ausreichend Zeit und Gelegenheit, den etwa 30 anwesenden Drehorgelspielern/Spielerinnen zuzusehen und zuzuhören. Viele kamen von weit her, sogar aus der Schweiz und den Niederlanden waren einige angereist. Interessante Dinge konnten wir in den Spielpausen erfahren.

Herr Klaus Bracker aus Neumünster hat das Drehorgeltreffen 1994 erstmalig organisiert und legt großen Wert auf die Teilnahme von historischen Instrumenten. Die älteste Orgel, die man auf dem Markt bestaunen konnte, stammt aus dem Jahr 1875. Seit 1979 sammelt Herr Bracker dank seiner Begeisterung für das Drehorgelspiel für die Fröbelschule, eine der ältesten Behinderten-

Einrichtung in Schleswig-Holstein. Dafür wurde ihm Anfang des Jahres 2014 der Verdienstorden der Bundesrepublik Deutschland verliehen. Bei Herrn Klaus B. handelt es sich übrigens um den Bruder des hier in Bordesholm ansässigen Schlachtermeisters Franz Bracker.
Neugierig wie ich nun mal bin, konnte man mir an diesem Nachmittag viele Fragen beantworten.
Seit zirka 1700 beginnt die Geschichte der Drehorgelspieler, und damals galt dieses Instrument als Bettelgerät. Die Kleidung der damaligen Leierkastenspieler waren kaum als bürgerlich zu bezeichnen, eher ärmlich und spiegelte das soziale Umfeld, in dem die Drehorgel gespielt wurde, wider.

Die heutigen Musikanten achten sehr auf einen guten Klang ihrer Instrumente und auch auf ihr Äußeres. Sie sind keine mittellosen Bettler mehr, sondern Liebhaber der tollen, von ihnen gespielten Musik. Natürlich wird großer Wert auf Originalität in der Kleidung gelegt. Beliebt ist bei den Damen ein Federhütchen und bei den Herren die Melone.

Eines ist auch sehr bemerkenswert: Da die meisten der Drehorgelschar, es sind Direktoren, Manager, Akademiker und Beamte dabei, von den Einnahmen der Leierkastenmusik nicht leben müssen und auch nicht könnten, sind die Spenden für ihre Darbietungen lediglich eine Bestätigung und ein Erfolgserlebnis.

Die Drehorgel war früher die Musik der armen Leute. Dennoch, laut Überlieferung, war man immer bestrebt, korrekt gekleidet zu sein. Die Leierkastenspieler waren als Nachrichtenbüro sehr geschätzt. Ohne Rundfunk, Fernsehen und Zeitung erfuhr man von den durch die Lande ziehenden Drehorgelspielern etwas von fernen Ländern und Ereignissen.

Ob es alles stimmte, was sie so erzählten, entzieht sich meiner Kenntnis. Tatsache ist jedoch, dass sich Neuigkeiten, von Drehorgelspielern dargeboten, größter Beliebtheit erfreuen. Daran hat sich bis heute nichts geändert.

Bei unserem Rundgang auf dem Kleinflecken kam uns plötzlich ein Drehorgelgefolge entgegen, das wir niemals vergessen werden. Eine ältere Dame, wie wir später erfuhren, mit Namen Margot Schulz, marschierte drehorgelspielend vorneweg. Wir waren neugierig und konnten erfahren, dass die Dame bereits 100 Jahre alt war und erst spät zum Drehorgelspiel gekommen ist. Wir erfuhren, dass ihr 1985 verstorbener Mann ein begeisterter Drehorgelspieler gewesen war, was ihr früher allerdings sehr peinlich gewesen ist.
Sie hielt sich auf den gemeinsamen Fahrten im In- und Ausland immer im respektablen Abstand auf, da ihr die Bettelei unangenehme Gefühle bereitete. Nach seinem Tod jedoch wagt Frau Scholz den Sprung ins kalte Wasser und nahm bisher an allen Drehorgeltreffen in Neumünster teil.

Nun muss man sich noch folgendes vorstellen: Frau Scholz wurde 1987 als Schatzmeisterin der ‚Internationalen Drehorgelfreunde Berlin e.V.' gewählt; und diesen Posten bestreitet die rüstige Dame mit ihren 100 Jahren bis heute!!
Angeblich soll sie einen liebenswerten Humor und viel Charme besitzen, so dass es ihr gelingt, alle um den Finger zu wickeln, um etwas durchzusetzen.
Wenn im nächsten Jahr wieder ein Treffen dieser Art stattfindet und Frau Scholz dabei ist, werde ich ihr einen Blumenstrauß überreichen und das Lied spielen lassen:

"Ich möchte noch mal zwanzig sein" oder " Freut euch des Lebens"
Ich bin gespannt wie sie reagieren wird.

Heinz Zemke

Im Wartezimmer

Es ist wohl in den meisten Wartezimmern der Ärzte das gleiche Bild. Wie auf einem Basar mit unterschiedlichsten Leuten komme ich mir vor, wenn ich den Warteraum betrete.

Da ich heute viel Zeit mitgebracht habe, kann ich Charakterstudien betreiben, die mehr als interessant sind. Die Brille, die ich mir vorsichtshalber eingesteckt habe, kommt zunächst nicht zum Einsatz, da es viel spannender ist, den Gesprächen der anderen Patienten zuzuhören, als in Illustrierten zu lesen.

Da ist der junge Mann, der sich humpelnd mit einer Krücke den letzten freien Stuhl ergattert. Offensichtlich hat er sich beim letzten Punktspiel seiner Fußballmannschaft das Schienbein gebrochen. Stolz zeigt er auf Nachfrage seines Stuhlnachbarn sein Gipsbein, auf dem sich bereits eine Menge Leute – sicherlich Sportskollegen – handschriftlich verewigt haben.

Heute warten hier zumeist sehr alte Leute, so dass ich mir mit meinen 75 Jahren und noch einigermaßen fit – ohne Stock und Hackenporsche – wie ein junger Mann vorkomme.

Da die Gespräche der Mitwartenden nicht gerade leise geführt werden, muss ich – wohl oder übel – alles mitanhören und werde doch tatsächlich von dem neben mir sitzenden Herrn gefragt, wie es denn um meine Prostata bestellt ist. Er wartet bis heute noch auf eine Antwort!

Mein älterer Bruder, ein richtiges Schlitzohr, hat auf so eine Frage einmal geantwortet: „Die habe ich verkauft."

Gerade sind zwei Stühle frei geworden, die aber sofort von drei quengelnden Kindern in Beschlag genommen werden. Die drei Kids haben es anscheinend nicht nötig, die Stühle freizugeben, als eine Dame mit ihrem Rollator das Wartezimmer betritt. Sie wirkt verstört und erzählt den Mitwartenden unaufgefordert, nachdem die Mutter der drei Kinder ihren eigenen Stuhl angeboten hat, dass ihr Mann erst vor 14 Tagen verstorben ist. Stolz erzählt sie uns ihren gesamten Lebenslauf und bringt die Hoffnung zum Ausdruck, dass sich jetzt wohl ihre fünfköpfige Enkelschar um sie kümmern werde.

Gedanklich kann ich das gut nachvollziehen und hoffe für sie, dass sie nicht enttäuscht wird. Bei meiner bescheidenen Nachfrage, welcher Anlass sie denn zum Arztbesuch nötigt, musste die Dame erst einige Zeit überlegen, und schließlich kam heraus, dass sie eigentlich gar keinen bestimmten Grund angeben könne. Sie wolle nur ihrer Einsamkeit entfliehen und unter Menschen sein.

Durch die zwischen Wartezimmer und Anmeldung nicht immer geschlossene Tür, konnte ich ein Gespräch mitverfolgen, welches mich sehr erschütterte.

Ein älterer Herr mit Schlips und frisch gebügelter Hose verkündete lautstark, dass er einen festen Termin hätte und keineswegs Lust verspüre, mit dem gewöhnlichem Volk im Wartezimmer zu sitzen.

Zwischendurch verkündet eine Mitarbeiterin des Ärzteteams, dass der Arzt zu einem dringendem Notfall ge-

rufen worden ist. Es sei mit einer einstündigen Wartezeit zurechnen. Geduld ist also angesagt!
Alle Anwesenden haben sichtlich Verständnis; nur der Herr mit Schlips und Bügelfalte poltert los und möchte auf der Stelle seinen Hausarzt wechseln…

Ich überlege, und bin aufgrund meiner angeborenen Neugier geneigt ihn zu fragen, welchen Beruf er wohl ausgeübt hat.
Ich verkneife mir aber die Frage und erfahre später durch Zufall, dass der Herr einer Beamten-Familie entstammt, als selbstständiger Jurist tätig war und derzeit nebenbei noch ehemalige Mandanten betreut. Eines ist mir klar: von ihm werde ich niemals eine juristische Beratung erbitten…

Eine etwas ärmlich aussehende ältere Dame kommt ins Wartezimmer; im Schlepptau hinter sich einen Herrn, der scheinbar ihr Mann ist und nur noch wie ein Wrack wirkt.
Er sitzt im Rollstuhl, hat beide Beine verloren, und sein Gesicht ist sehr entstellt. Beide sind Ausländer, kommen aus einem kriegsführenden Staat und vermitteln den Anwesenden in kaum verständlicher Sprache, dass dieses Unglück durch die Kriegs-wirren entstanden ist. Zur Zeit wohnen sie in einer gemeindlichen Einrichtung und hoffen, nicht abgeschoben zu werden.
Bedrückte Stimmung kommt auf; selbst das Kindergeschrei verstummt.

Mir gegenüber sitzen derzeit zwei Damen, die sich hier wohl verabredet haben, um über ihre Kochkünste zu reden. Mir läuft es kalt den Rücken runter als ich höre, was die zwei sich an neuen Rezepten ausgedacht haben:
„Brennesselsuppe mit Giersch und gedörrtem und ge-

dämpftem Löwenzahn. Dazu als Nachtisch gehackte Zwiebeln mit Rotwein übergossen."

Verwunderlich ist die Feststellung dabei für mich, dass bei derlei Rezepten die beiden Damen nicht gerade schlank sind. Flunkern sie vielleicht und essen heimlich hier und da mal eine Bratwurst oder ähnliche Fettmacher?

Ich hatte mir zu dem Besuch beim Arzt meine Brille mitgenommen, um mir mit Lesen die Wartezeit zu verkürzen und Zeitschriften durchzusehen: Revue, Bild der Frau, Lisa, Die Post, Automarkt und ähnlichen Schund. Man muss ja heutzutage wissen, was in den Adelsfamilien, bei den Filmgrößen und sonstigen Prominenten los ist. Überraschenderweise steht in allen Zeitschriften das gleiche drin, selbst die Bilder sind identisch.

Es ist ja auch wirklich zu spannend zu erfahren, dass Prinz Eugen der VIII und Isabell, Fürstin von Hohenheim, am Strand von Agadir in Marokko händchenhaltend spazieren gegangen sind…

Es ist schon erstaunlich zu erfahren, mit welchen Methoden sich die Paparazzi den ‚Größen dieser Welt' an die Fersen heften, um sie in heiklen Situationen abzulichten.

Eine junge Mutter betritt inzwischen den Raum, und ich biete ihr meinen Stuhl an, da sie ein Baby auf dem Arm trägt. Sie bedankt sich und beginnt dann in aller Ruhe und ohne Schamgefühl an ihrer Bluse herum zu nesteln. Ehe die Mitwartenden es richtig mitbekommen, fängt sie vor aller Augen an, ihr Baby zu stillen. Die meisten schauen weg, nur einige Patienten murmeln unfreundlich Worte vor sich hin; dabei ist das Verhalten der jungen Frau überhaupt nicht zu beanstanden.

Nie wieder werde ich das Alter einer Dame schätzen!
Da beginnt ein recht fülliges weibliches Wesen mit mir eine nervige Unterhaltung;
Fragt mich unter anderem nach meinem Sternbild und möchte plötzlich von mir wissen wie alt ich sie schätze.
Ich schlage ihr diese Bitte nicht ab und mustere noch einmal ihre Gesichtszüge. Da sie von Enkeln und Urenkeln erzählt hat, beginne ich zu rechnen und meine dann, dass sie so um die 65 Jahre alt sein müsste.
Sie schaut mich ungläubig an, ist regelrecht erschrocken und fragt mich dann, ob sie wirklich schon so alt aussehe. Sie war nämlich erst 54 Jahre jung! Oder hat sie mich vielleicht angeflunkert?

Altersschätzungen werde ich in Zukunft auf jeden Fall vermeiden. Man kann dabei – ungewollt – ziemlich ins Fettnäpfchen treten und eine peinliche Situation heraufbeschwören. Lieber bewerbe ich mich bei Günther Jauch und seinem ‚WWM Spektakel' und werde versuchen, mich dort hochzuschätzen!

Bemerkenswert ist, welche Vielzahl unterschiedlicher Leute in einem Wartezimmer versammelt sind. Wenn ich all die, die ich am heutigen Tage erlebt habe, bitten würde ihr Leben nieder zuschreiben, würde bestimmt ein lesenswerter biographischer Wälzer daraus entstehen.

Als sich der Warteraum zu leeren beginnt, werde ich langsam nervös. Ich frage eine Arzthelferin, wann ich an der Reihe bin. Sie sieht mich erstaunt an und teilt mir mit, dass ich erst am nächsten Tag um 10 Uhr auf ihrem Terminkalender stehe.

Auf dem Nachhauseweg überlege ich, was ich eigentlich beim Arzt wollte. Ich glaube, ich werde alt...
Ansonsten freue ich mich schon auf den nächsten Tag, werde hoffentlich wieder interessante Dinge erleben!

Thorsten Schönberg

Auf dem Wochenmarkt…oder: Wo ist das MHD?

Die Wochenmarktwaren, sie gelten als frisch.
Ob Wirsingkohl, Backwaren, Weintrauben, Fisch.

Zwar prüfen wir sorgsam mit Nase und Händen,
beäugen, beschnüffeln, betasten und wenden,
doch nirgends zu finden, und das ist echt schad` drum,
ein Stempel mit Auskunft zum Haltbarkeitsdatum.

So hofft man auf Händler mit reinem Gewissen.
Als Ausgangspunkt meine ich: Ganz schön beschissen!

Ingrid Brandenburger

Grete Christiansen

Was für ein toller Morgen! Es liegt noch ein bisschen Frühtau in der Luft, der die ersten Sonnenstrahlen bricht, und einen herrlichen Sommertag verspricht. Mutter mochte diese frühen Morgenstunden des Sommers auch so gern.
Mit dem Aufbauen bin ich bald fertig. Stört mich ja keiner. Mein Lieblingsnachbar auf dem Markt, Ludwig, kommt wohl etwas später. Und die Grewes sind ohnehin nie zu einem Gespräch aufgelegt, wenn ich sie nicht dazu herausfordere. Außer einem höflichen „Guten Morgen!" kommt da den ganzen Tag nichts mehr. Komische Leute! Aber Kunden haben sie trotzdem. Nun ja. Es gibt auch Leute, die Distanz und Reserviertheit schätzen.
Kaum zu glauben! Da scheint tatsächlich ein Kunde zu meinem Stand herüber zu eilen. So früh schon! Er kommt aus dem gegenüberliegenden Restaurant und steuert auf mich zu. Nett sieht er aus. Groß, schlank und blond. Ist sicher noch keine dreißig. Er bewegt sich elastisch und federnd. Irgendwie unternehmungslustig.
„Ich hätte gern einen schönen Blumenstrauß für die Dame des Hauses, in welchem ich heute zu Gast bin."
„So früh am Morgen schon? Es ist noch nicht einmal sechs Uhr. Meinen sie nicht, die Gastgeberin schläft noch?"
„Nein, nein. Noch nicht! Wir haben gerade die Hochzeit ihres Sohnes gefeiert, dort drüben, und brechen jetzt erst alle auf, um uns schlafen zu legen."
Schade, dass ich beim Aufbauen nicht mit den Blumen angefangen habe. Nur mein Gemüse liegt zum Verkauf bereit.

„Sehen Sie mal, junger Mann! Wie finden Sie denn diesen Blumenkohl? Er hat nicht nur das Wort Blume im Namen! Er kann in seiner Schönheit auch konkurrieren mit den allerbesten Blumen. Finden Sie nicht?"
„Wie recht Sie haben! Ich bin mir sicher, Rita mit diesem Prachtstück eine Freude zu machen."
„Sagten Sie Rita? Meinen Sie zufällig Rita Ortmann?"
„Ja. Kennen Sie sie?"
„Sehr gut sogar! Seit einigen Jahren verkaufe ich ihre Eier hier auf dem Markt. Tolle Qualität. Von freilaufenden Hühnern auf dem Bauernhof. Richten Sie doch bitte herzliche Grüße von mir aus! Mein Name ist Grete – Grete Christiansen. Rita war erst vor einigen Wochen mit zwei ihrer Enkelkinder bei mir zu Besuch."
Besonders gern erinnere ich mich nicht an den Besuch. Im Nachhinein ist er mir sogar peinlich und löst ein schlechtes Gewissen bei mir aus. Rita und ich tranken Kaffee und haben uns angeregt unterhalten. Den Kindern servierte ich selbstgemachten Fliederbeersaft. Sie tranken auffällig langsam, fast zögerlich von dem Saft und lehnten ein Nachfüllen ab. Am nächsten Tag, als ich auch ein Glas davon nehmen wollte, wusste ich warum: Der Saft war gegoren. Die beiden Kinder waren zu groß, um frei und unhöflich zu protestieren, wiederum aber auch nicht alt und selbstbewusst genug, die Gastgeberin auf ihr Missgeschick hinzuweisen. Also tranken sie tapfer und wahrscheinlich mit Widerwillen ihr Glas leer. Ich muss unbedingt Rita anrufen und mit ihr darüber reden, damit sie ihren Enkeln ausrichtet, wie leid mir mein Missgriff tut.
Rita wird sich freuen über den wunderhübschen Kohl. Welch eine nette Idee, der Gastgeberin nach der Feier am frühen Morgen Blumen, beziehungsweise einen Blumenkohl, mit zu bringen!

Wie schön, wenn der Tag nicht nur mit herrlichem Wetter beginnt, sondern außerdem noch so einen netten Kunden bietet.
Jetzt ran ans Aufbauen! Sonst sind die Grewes noch vor mit fertig! Die Blumen zu arrangieren macht mir immer am meisten Spaß. Mutter mochte das auch am liebsten. Ich hab wohl eine ganze Menge von ihr – sei es nun geerbt oder abgeguckt und nachgemacht. Hermann ist da ganz anders. Ich glaube, so ein schöner Sommermorgen berührt ihn gar nicht. Hat er vielleicht auch noch nicht so häufig erlebt, mindestens nicht auf dem Markt. Auch als Kind und als Jugendlicher war er eigentlich selten mit auf dem Markt. „Hermann kann nicht so früh aufstehen, sonst ist er nachher in der Schule zu müde", sagte Mutter immer. Und wenn es ums Abbauen am Nachmittag ging, wurde er wieder geschont: „Hermann muss für die Schule lernen, damit er sein Abitur schafft."
Wer fragte nach meiner Müdigkeit. Wer nach meinen Aussichten, Abitur zu machen? Immer hieß es: „Grete, kannst du mal eben anfassen?" Oder: „Kommst du nach der Schule, um mir beim Abbauen zu helfen?"
Als ich den Eltern mitteilte, ich wolle nach der Mittleren Reife nicht von der Schule abgehen, sondern wie Hermann Abitur machen, gab es fast einen Aufstand zu Hause. Weder Vater noch Mutter hatten Verständnis für meinen Bildungswillen.
„Was willst du mit dem Abitur? Du heiratest ja doch!" kommentierten sie meine Wünsche.
„Wie stellst du dir vor, wie wir zwei Kindern ein Studium finanzieren können. Und wenn du erst Abitur hast, bleibt es nicht aus, dass du auch noch studieren möchtest. Was soll das alles? Du wirst ja doch heiraten und Kinder bekommen! Wir sind mit Hermanns Ausbildung schon hart an der Grenze unserer Möglichkeiten."

Warum war ich nicht hartnäckiger! Hermann hätte sich bestimmt nicht so dreinreden lassen.
Wie hätte ich aber Abitur machen können? Zum Lernen hatte ich ohnehin zu wenig Zeit, denn ich brachte es nicht über mich, Mutter im Stich zu lassen, wenn sie mit ihrer Gärtnerei und dem Marktstand überfordert war. Ihr Rheuma setzte ihr immer mehr zu. Oft versah sie ihre Arbeit unter Schmerzen und war froh, wenn ich sie nach der Schule ablöste oder in den Ferien fast alles übernahm. Sie liebte ihren Garten und sie mochte die Stimmung auf dem Markt, die Verkaufsgespräche und den Plausch mit den Standnachbarn. Das alles wegen des Rheumas aufzugeben, wäre ihr wohl schwer gefallen. Außerdem brauchten die Eltern das Geld. Hermann hatte sein Studium begonnen. Seine Studentenbude in Kiel, der Lebensunterhalt, die Studiengebühren. Da kam schon einiges zusammen. Allein von Vaters Finanzbeamtengehalt wär das wohl nicht zu finanzieren gewesen.
„Wenn Hermann sein Jurastudium erfolgreich abschließt, wird er eines Tages leichter als wir seinen Kindern ein Studium ermöglichen können. Der Junge wird es einmal besser haben als wir." Der Traum aller Eltern: Die Kinder sollen es einmal besser haben als sie selbst.
Bei Hermann hat der Traum sich, was den Beruf und den Verdienst anbetrifft, erfüllt. Nur hat er eben keinen Kindern Studien finanziert.
Wie wohl die Träume meiner Eltern für meine Zukunft ausgesehen haben? Ehe und Kinder? Was anderes habe ich nie gehört.
So, jetzt steht auch der Blumenstand. Welch eine Pracht! Ich glaube, es gibt nichts Schöneres als Blumen. Die zartrosa Rosen sind noch ganz knospig. Die Kunden werden noch lange Freude daran haben. Zusammen mit dem weißen Schleierkraut sehen sie besonders gut aus. In dieser Kombination werde ich sie verkaufen. Mutter

mochte auch so gerne Blumen. Ich hab tatsächlich viel von ihr. Auch äußerlich. Meine ehemals blonden Haare gehen allmählich in Grau über, wie ihre, als sie die Fünfzig überschritten hatte. Inzwischen mache ich mir auch einen Nackenknoten wie sie, denn für einen Pferdeschwanz habe ich nicht mehr das passende Alter. Ein grauer Pferdeschwanz sähe ohnehin zu merkwürdig aus! Leider hat Mutter mir auch die Veranlagung zum Vollschlanksein vererbt. Ein Trost ist allerdings, dass man dann weniger Falten hat. Ich finde, Mutter hat lange jung ausgesehen. Ein bisschen rundlich ist doch nicht schlecht! Die Augen habe ich auch von ihr: groß und blau. Jasper schwärmte immer von meinen großen blauen Augen.

Die Verbenen und Tagetes stelle ich in die erste Reihe. Wäre gut, wenn sie heute alle verkauft würden. Wenn es jetzt wärmer wird, ist die Pflanzzeit bald vorbei.

Wo war ich stehen geblieben? Ach ja! Hermanns Möglichkeiten, seinen Kindern ein Studium zu ermöglichen: Er kam gar nicht in die Lage, weil er keine Kinder hatte. Hilde wollte keine. Sie hatte einen gut bezahlten Posten in einer Anwaltskanzlei. Da passten Kinder nicht in ihre Planung. Jedenfalls am Anfang ihrer Ehe nicht. Und nachher war es zu spät. Der Wohlstand, den sich unsere Eltern für ihn erhofft hatten, war eingetreten. Aber Enkel hätten sie eben auch gern gehabt.

Die Gladiolen auf der rechten Seite des Blumenstandes sehen ein bisschen steif aus. Ich mag sie nicht besonders. Es gibt jedoch von einigen Kundinnen immer wieder Nachfragen nach Gladiolen. Also baue ich sie nun an. Seit Mutters Tod ist die Gärtnerei nun auch nicht nur von der Arbeit her meine Gärtnerei, sondern auch offiziell – bis auf die fünfzigtausend Mark, die ich noch an Hermann auszahlen muss.

Gerade bemängele ich die Steifheit der Gladiolen, da kommt auch schon die steife Hamann daher. Wieder mit Hut! Das an einem sonnigen Sommermorgen! So kann sie doch gar nicht das schöne Wetter genießen, nicht einen linden Lufthauch am Kopf spüren! Was macht sie? Geht sie vorbei? Nein – sie hat die Gladiolen gesehen.

„Guten Morgen, Grete! Na, du bist schon wieder so früh fleißig!"

Mit welcher Selbstverständlichkeit sie mich duzt! Nur weil sie mich schon als junges Mädchen gekannt hat, nimmt sie sich die Freiheit des Du's noch immer heraus. Ich sollte sie auch einfach duzen, damit ihr ein Licht aufgeht, dass mich diese Vertraulichkeit stört. Wieder tue ich es nicht! Noch weniger sage ich ihr gerade ins Gesicht, dass ich nicht wünsche, von ihr so angesprochen zu werden.

„Deine Tausendschönchen sehen ein bisschen welk aus. Gießt du sie nicht ausreichend?"

Blöde Ziege! Immer hat sie was zu meckern! Wer sagt denn heute noch Tausendschönchen! Das sind Bellis! Und nass genug sind sie auch! Was versteht sie denn schon von Blumen!

Ich weiß nicht, was Vater an dieser Frau finden konnte! So hager war sie früher schon. Sicher war sie stolz auf ihre Schlankheit! In meinen Augen jedoch – und in Mutters auch – war sie nicht schlank, sondern mager. Aber Vater war irgendwie fasziniert. Diese große, schlanke Frau gefiel ihm.

Dass sie sich überhaupt an meinen Stand traut! Nach all dem Leid, das sie über unsere Familie gebracht hat! Soll sie doch ihre Gladiolen kaufen und abhauen! Oder auch keine Gladiolen kaufen! Ich brauch solche Kundinnen wie sie nicht! Es gibt so viele andere, liebe Kunden, und der Umsatz stimmt auch! Was will ich mehr. Bei den netten Kunden werde ich nachher erst mal wieder meine gute Laune auftanken.

Sie kauft tatsächlich zehn Gladiolen und verabschiedet sich mit einem scheinheiligen Lächeln. Und ich? Setzte ich nicht auch ein falsches Lächeln auf? Warum schaffe ich es nicht, ihr so zu begegnen, wie sie es verdient! Und wenn es nur aus Solidarität zu Mutter wäre.

Als die Hamann damals Vaters Kollegin wurde, berichtete er anfangs hin und wieder von ihr. Wie tüchtig sie sei, wie durchsetzungsfähig und resolut. Er machte aus seiner Bewunderung keinen Hehl. Mutter ließ sich nicht anmerken, ob sie seine Schwärmerei kränkte. Dann erwähnte er die neue Kollegin nicht mehr. Wir dachten alle, Vater sei wieder zur Normalität zurückgekehrt. Dass dies die Ruhe vor dem Sturm war - dem Sturm der Leidenschaft des inzwischen nicht mehr ganz so jungen Mannes - ahnten wir nicht. Er fürchtete, sich zu verraten, seine Gefühle preis zu geben, wenn er noch weiter über die Kollegin sprach. Darum wurde sie nicht mehr erwähnt.

Ludwig ist jetzt auch endlich da. Mit gesenktem Kopf und hängenden Schultern steht er unschlüssig an seinem Wagen. Sein braunes Wuschelhaar gibt mir heute keinen Blick frei auf sein sonst immer so freundliches, junges Gesicht mit den braunen Kulleraugen. Ich ahne Schlimmes.

„Meiner Frau geht es wieder schlechter, darum konnte ich nicht rechtzeitig kommen. Ich musste sie erst in die Klinik fahren."

Schön, dass er meine Hilfe beim Aufbauen annimmt. Er ist ein so liebenswerter Marktnachbar. So ungekünstelt, so gerade heraus. Auch jetzt keine falsche Bescheidenheit, dass die Hilfe doch nicht nötig wäre.

„Ach Grete, wenn ich dich nicht hätte! Lieb, dass du mir hilfst. Hanna geht es furchtbar schlecht heute. Ich bin total blockiert im Denken und im Arbeiten, wenn ich mir vergegenwärtige, dass es immer weiter bergab geht mit ihr. Sie ist noch nicht mal dreißig. Soll das nun alles

für sie gewesen sein? Ich mag nicht darüber nachdenken, aber es geht mir nicht aus dem Kopf. Nun bist du da, packst an und gibst mir Ansporn und Kraft für den Tag. Danke!"
Meine Umarmung hat ihm gut getan – nicht nur das Helfen beim Aufbau. Wenn ich doch auch seiner Frau irgendwie helfen könnte!
Da hinten wippt immer noch die weinrote Feder des einzigen Hutes auf dem Markt durch die Blumen- und Gemüsegasse. Jetzt betreibt die Hutträgerin sicher Preisvergleiche. So pingelig wie sie ist, hat sie womöglich Sorge, für ihre Gladiolen zu viel bezahlt zu haben.
Die neue Kollegin wurde von Vater von einer bestimmten Zeit an nicht mehr erwähnt. Das muss wohl in dem Jahr gewesen sein, als Hermann sein Studium in Kiel anfing. Darum hat er nicht so früh wie Mutter und ich Misstrauen gegen Vaters merkwürdige neue Aktivitäten entwickelt.
Wir waren erstaunt, dass Vater sich plötzlich sportlich engagierte. Nicht nur, dass er in den Sportverein eintrat und regelmäßig Leichtathletik betrieb. Auch der Volleyballmannschaft schloss er sich an. Und setzte noch einen drauf: er trainierte die Jugendmannschaft. Mit der Jugendmannschaft machte er Auswärtsspiele, die oft mit Übernachtungen verbunden waren. Auch kurze Freizeitreisen als Betreuer der Jugendlichen nahmen seine Zeit in Anspruch. Außerdem waren die „Kumpels" vom Sport häufig auf Vaters Hilfe angewiesen, wenn sie zum Beispiel umzogen, Familienfeste ausrichteten, tapezieren mussten und vieles mehr, wobei man einen tatkräftigen und selbstlosen Freund brauchte.
In dieser Zeit bekam Mutter ihren ersten Rheumaschub. Zuerst dachte ich, es sei ein Zufall, dass die Krankheit gerade jetzt ausbrach. Inzwischen bin ich aber überzeugt von dem Zusammenhang mit dem Leid, das Mutter zugefügt wurde. Fest steht, dass Mutter sehr gelitten

hat unter der Untreue ihres Mannes und dem ständigen Argwohn gegen ihn. Sie war zutiefst verletzt. Kein Wunder, dass ihr seelisches Leid sich körperlich auswirkte; vor allem, weil sie sich nicht zur Wehr setzten konnte. Sie fühlte sich dem treulosen Verhaltens ihres Mannes ausgeliefert und wurde so leichtes Opfer für ihre Krankheit. Obwohl sie so gekränkt war, stellte sie ihn nie zur Rede. Er war der Mann, mit dem sie alt werden wollte. Da sollte nichts dazwischen kommen! Also tat sie, als ob sie von seinem Doppelleben nichts ahnte. Er sollte wenigstens bei ihr bleiben, selbst wenn sie seine Zeit und seine Zuwendung mit einer Nebenbuhlerin teilen musste.
Wie naiv war Vater, zu glauben, dass Mutter nichts ahnte! Oder war er nur egoistisch, indem er sich selbst ihre Gutgläubigkeit einredete, um keine Entscheidungen treffen zu müssen?
Da wippt nun die andere mit ihrem arroganten Gehabe über den Markt. Sie sollte so viel Anstand besitzen, nicht an meinen Stand zu kommen!
Zu gern wüsste ich, ob Vater Gewissensbisse hatte während der Jahre seines Doppellebens oder Mitleid mit Mutter. Oder war er so abgebrüht, in der Geheimniskrämerei und dem Versteckspiel eher einen spannenden Nervenkitzel zu empfinden? Wie lang ging das eigentlich? Zehn vielleicht elf Jahre? Oder noch länger? Auf jeden Fall zu lange! Wenn nicht seine beiden Herzinfarkte ihn sehr abrupt altern hätten lassen, würde die Hamann ihn wohl noch länger in Anspruch genommen haben. Schlagartig waren Vaters „Aktivitäten im Sportverein" vorbei. Mutter hatte ihn jetzt für sich, den herzkranken, alten Mann. Und noch immer gab es keine Aussprache! Nie gab es die fällige Aussprache! Fünf gemeinsame Jahre waren ihnen noch vergönnt bis zu Vaters letztem Herzinfarkt. Ich glaube, es waren relativ friedliche Jahre, wenn auch die enge Verbundenheit der

frühen Ehe sich nicht wieder einstellte. Wie sollte sie auch bei der Belastung und dem Schweigen!

Es wird Zeit, dass ich den Sonnenschirm aufspanne. Wie stark die Sonne schon wärmt! Mach ich meine Einkäufe bei den Marktkollegen jetzt? Oder warte ich lieber noch mit Käse-, Wurst- und Schinkenkauf, damit mir nichts verdirbt. Die Kollegen mit Lebensmitteln haben Kühlwagen. Dort liegt die Ware besser. Ich will aber nicht versäumen, besonders gute Stücke für heute Abend zu bekommen. Nachher könnte das Angebot schon ein bisschen reduziert sein. Hermann isst so gerne die Mettwurst und den Schinken von Thomsen.

Was Hermann wohl will? Ich war total überrascht, als er seinen und Hildes Besuch für heute ankündigte. Sonst kommt er nie ohne familiäre Anlässe wie Geburtstage oder Weihnachten. Es sei sehr wichtig, hat er mir versichert. Für wen? frage ich mich. Für ihn oder für mich? Das Letzte, was ich von ihm gehört habe, waren Hildes und seine Ausbaupläne ihres Hauses. Brauchen sie womöglich Geld? Wollen sie mich etwa zum Verkauf der Gärtnerei überreden, damit ich Hermann auszahlen kann?

Nie würde ich die Gärtnerei aufgeben! Sie ist mein Leben! Außerdem dient sie meinem Lebensunterhalt. Was denkt er sich nur, mich zum Verkauf zu überreden!

Stopp, Grete! Du weißt doch gar nicht, was dein Bruder will mit seinem Besuch. Aus lauter Angst vor der Situation, die Gärtnerei eines Tages aufgeben zu müssen, malst du den Teufel an die Wand! Aber was will er dann? Was ist so wichtig?

Ich gehe jetzt einkaufen. Vielleicht entsteht ja doch noch etwas Vorfreude auf den Besuch von Hermann und Hilde, wenn ich mich gedanklich mit ihren Essensvorlieben befasse.

„Ludwig, darf ich dich um eine Gefälligkeit bitten? Mein Bruder und meine Schwägerin kommen heute

Abend. Ich würde gern noch ein paar schöne Sachen zum Abendbrot einkaufen."

„Klar doch. Geh nur und lass dir Zeit. Such in Ruhe aus, so oft siehst du die beiden ja nicht. Ich schaff das hier schon."

Es macht mir Spaß, auch einmal als Kundin über den so vertrauten Wochenmarkt zu schlendern. Alles ist noch zur Genüge vorhanden. Ich werde meinen Besuch gut bewirten können. Außerdem muss ich ja nicht bis zum Schluss auf dem Markt bleiben. Ich mach heute einfach ein bisschen früher Feierabend, bringe meine Einkäufe bald in den Kühlschrank und habe genügend Zeit für die Vorbereitungen zum Abendessen.

Das Beladen des Wagens geht immer schneller als der Aufbau am Morgen. Ist ja auch so manches verkauft. Ich schätze dreiviertel der mitgebrachten Ware ist weg. Gut so! Vor allem auch die Sommerblumen zum Auspflanzen.

Die vier Kilometer nach Hause sind schnell geschafft. Ich bin immer wieder froh, einen so kurzen Weg von zu Hause und der Gärtnerei zum Markt zu haben. Als Kinder sind wir diesen Weg mit dem Fahrrad zur Schule gefahren, ich ab der Sexta bis zur Obersekunda und Hermann ab der Sexta bis zum Abitur.

Ich ahne immer noch nicht, warum Hermann und Hilde kommen. Hoffentlich geht es nicht um Erbausgleich! Das würde mich ruinieren.

So, der Tisch ist gedeckt, die Küche wieder aufgeräumt und alles zum Empfang bereit. Ich kann mich in Ruhe ans Fenster setzen, um die Ankunft der Gäste abzuwarten. Es ist sehr merkwürdig für mich, nichts zu tun. Warten ist ein seltsames Nichtstun. Ich mag das nicht. Ich könnte die Zeit zum Lesen oder Blumengießen nutzen. Nicht mehr nötig! Ich höre Reifen auf dem Kies. Ein Auto fährt auf den Hof.

Drei Besucher steigen aus. Wieso drei? Wer ist der Dritte? Ein Mann im mittleren Alter oder doch wohl eher etwas älter. Wen hat Hermann da mitgebracht? Auch während sie auf die Haustür zu gehen, erkenne ich ihn nicht. Ist das die angekündigte Wichtigkeit ihres Besuches? Hat er sich gleich einen Rechtsanwalt mitgebracht als Beistand für Erbauseinandersetzungen?

Aber jetzt, wo der Unbekannte direkt vor mir steht, erkenne ich ihn: Es ist Jasper, unser beider, Hermanns und mein, Freund aus der Jugendzeit. Obwohl er für mich mehr als ein Freund war. Er war meine Jugendliebe. Jetzt steht Jasper vor mir nach all den Jahren der Trennung, sieht mich mit seinem wohlvertrauten, schelmischen Lachen an und nimmt mich in die Arme. Einen kleinen Moment ist es wie früher.

Aber die Jahre liegen dazwischen, drei Jahrzehnte sogar. Wir hatten eine schöne gemeinsame Zeit - eine sehr enge Beziehung - als ich meine Ausbildung in einer Gärtnerei in der Nähe von Kiel absolvierte. Das war die einzige Zeit, die ich überhaupt je vom Elternhaus entfernt gelebt habe. Jasper und ich hatten uns durch Hermann kennengelernt.

Nach seinem Studium entschloss Jasper sich, für ein paar Jahre nach England zu gehen. Nun, aus den paar Jahren sind drei Jahrzehnte geworden. Er erwartete damals, dass ich ihm nach Abschluss meiner Lehre folgte. Mutter ging es aber so schlecht, und ich konnte sie nicht allein lassen. Sie musste das Methotrexat absetzen, weil es ihre Leber angegriffen hatte. Nun setzte ihr das Rheuma in voller Härte zu. Und dann noch Vaters Eskapaden! Ich konnte Mutter nicht im Stich lassen! Wie hätte ich in England mit Jasper glücklich werden können, wenn mich mein schlechtes Gewissen und die Sorgen um Mutter geplagt hätten.

So kam es, dass zwischen Jasper und mir nicht nur eine räumliche Trennung über Jahrzehnte entstand, sondern

zusätzlich Missmut auf beiden Seiten. Er war sehr enttäuscht, dass ich nicht mitkam, und ich, weil er kein Verständnis für meine Entscheidung hatte.
Nicht, dass ich dreißig Jahre gegrollt hätte oder traurig war! Nur am Anfang. Dann hatten mich der Alltag, das Leben, die Anforderungen und wer weiß noch was alles vereinnahmt. Ich habe Jasper einfach verdrängt und vergessen. Sonst hätte ich ihn wohl auch schneller wiedererkannt.
Welch ein toller Einfall von Hermann, ihn zu mir zu bringen! Ich will das Wiedersehen genießen.
Höflichkeitsfloskeln und artige Freundlichkeiten, die Gespräche wollen nicht so recht in Gang kommen. Wir sind wohl alle ein bisschen befangen nach den vielen Jahren. Ich glaube, ich am meisten.
Vor dem Essen bitte ich die Besucher noch in die Veranda zu einem kleinen Umtrunk. Zum Glück übernimmt Hermann jetzt die Gesprächsführung.
„Nun erzähl mal, Jasper, wie ist es dir so ergangen in England. Ich weiß nicht einmal so wirklich, was dich damals dorthin gezogen hat."
„Es ging einfach um bessere Berufsaussichten. London war auch schon vor dreißig Jahren das europäische Mekka des Finanzmarktes und ideal zum Karrieremachen. Anfangs wollte ich nur ein paar Jahre bleiben, aber ich hätte beruflichen Stillstand wenn nicht gar Verschlechterung hinnehmen müssen, wenn ich wieder nach Deutschland gekommen wäre. Außerdem gab es da Magret."
Natürlich gibt es eine Frau! Was dachte ich denn? Ich hab doch nicht erwartet, dass er mir über die Jahre und die Entfernung treu bleiben würde. Warum tut es in dem Augenblick der Erwähnung einer Frau aber dennoch weh? All die Jahre habe ich nicht an ihn gedacht – jetzt sitzt er nach so langer Zeit vor mir, streift ge-

sprächsweise eine Frau, und in mir regt sich Eifersucht. Jedenfalls ein bisschen. Irgendwie merkwürdig!
Ich muss mir eingestehen, dass mir der reifere Jasper heute so gut gefällt wie damals der jugendliche. Seine Figur ist fast noch genau so athletisch wie früher, kein Bauch und keine Rettungsringe. Sicher nicht von allein! So eine Figur gibt es nicht gratis! Ich denke mir, er treibt immer noch so viel Sport.
Schon bei der Umarmung vorhin ist mir wieder bewusst geworden, dass er wesentlich größer ist als ich. Als junger Mann maß er einen Meter und neunzig, und ich glaube, die hat er immer noch. Aber seine Haare sind nicht mehr so schwarz und so voll wie früher. Leicht angegraut und die Stirn etwas mehr freigebend. So wie es bei einem fast Sechzigjährigen durchaus normal ist.
Er erzählt jetzt ein bisschen lebhafter von seiner Zeit in England. Ich kann ihn wunderbar beobachten und genieße, ihm zu lauschen. Seine Ausführungen werden immer wieder durch freundliches Lachen und durch gestikulierende Armbewegungen begleitet. Wie früher!
Ich muss noch schnell ein Gedeck nachlegen, und dann kann ich zu Tisch bitten. Ich hoffe, die Unterhaltung wird nicht zu sehr unterbrochen durch den Platzwechsel! Da aber Hilde und Hermann noch vor der Dämmerung zum Friedhof zu den Gräbern unserer Eltern wollen, sollten wir mit dem Essen nicht zu lange warten.
„Grete, du hast doch bestimmt ein paar Blumen zum Mitnehmen. Ich fand es unsinnig, welche in Hamburg zu kaufen. Die wären ja inzwischen verwelkt. Und du sitzt ja gewissermaßen „an der Quelle."
Ich vermute, die Idee zum Friedhof zu fahren, entstand, um Jasper und mir noch Gelegenheit zur Zweisamkeit zu geben. Das ist mir sehr lieb. Ich habe durchaus das Bedürfnis nach einer Aussprache. Die haben wir vor dreißig Jahren versäumt, weil die unversöhnliche Stimmung uns daran hinderte. Ich möchte heute nach-

holen, was mir damals nicht gelungen war: um sein Verständnis für meine damalige Entscheidung zu Gunsten meiner Mutter zu werben.

„Jasper, ich bin sehr glücklich, dich heute wieder zu sehen. Obwohl ich dich nicht einmal gleich erkannt habe, bist du mir innerhalb dieser Stunden wieder sehr vertraut geworden. Das Leben ist gelaufen wie es gelaufen ist. Ich will auch kein Rad zurückdrehen. Aber ich möchte heute die Chance nutzen, dir zu erklären, wie fest ich an meine Mutter gebunden war, weil ich mich wegen ihrer Krankheit für sie verantwortlich fühlte. Mein Vater hat da völlig versagt. Er hat sogar ihr Leiden durch seine langjährige Beziehung zu einer anderen Frau noch verstärkt. Einer musste Mutter doch beschützen!"

„Jetzt, nach den Jahren des Abstandes, nach dem Verfliegen des früheren Grolls, weiß ich deine Selbstlosigkeit zu schätzen, Grete. Nur damals war ich so gekränkt. Ich schloss aus deiner Absage, dass du mich nicht liebtest. Darum habe ich mich in England auch sehr schnell nach einer neuen Freundin umgesehen. Ich wollte mich bewusst trösten lassen. Das war auch der Grund, warum ich dann nicht mehr auf deine Briefe geantwortet habe. Magret und ich haben bald geheiratet. Wir haben vier gemeinsame Kinder, die natürlich längst erwachsen sind. Und ein erstes Enkelkind hat sich angekündigt, auf das ich mich schon sehr freue. Du siehst, Grete: Mein Leben ist inzwischen ein fest an England gebundenes geworden.

Du solltest mich besuchen kommen!"

Was würde seine Frau sagen, wenn plötzlich eine Verflossene auftaucht. Ich kann ihn nicht einfach besuchen! So gern ich auch wollte! Ich wünschte, ich müsste nicht noch einmal absagen!

„Das geht leider nicht, Jasper."

„Ich ahne deine Bedenken. Du meinst sicher, du darfst die Einladung Magrets wegen nicht annehmen. Sei unbesorgt! Seit auch unser jüngster Sohn das Haus verlassen hat, gab es nicht mehr viele Gründe zum Zusammenbleiben. Wir haben uns vor vier Jahren getrennt – in gutem Einvernehmen und fast in Freundschaft. Sie hätte nichts gegen deinen Besuch einzuwenden."
Nun dann, Grete! Auf nach England!

Ingrid Brandenburger

Am Markt 12

Britta sitzt – welch ein Frevel! – mit dem Po auf dem Rezepturtisch. Vor sich das Regal mit den Porzellanstandgefäßen für die Salben. Im Rücken die kleinen braunen Flaschen für die am häufigsten gebrauchten Tinkturen in der Rezeptur. Seitlich von ihr befindet sich eines der beiden Schaufenster der Apotheke. Da hinter den Schaufensterauslagen Vorhänge angebracht sind, hätte von Britta nur den Kopf sehen können, wenn tatsächlich mal von draußen jemand hierher sähe. Aber wer sollte schon gucken! Der Marktplatz ist wie ausgestorben an diesem frühen Sonntagmorgen.
„Wie lange mag ich hier wohl schon sitzen und nichts weiter tun, als auf den Marktplatz schauen", sinniert Britta. „Dabei gibt es nichts zu sehen! Überhaupt nichts! Keine Passanten, keine Autos und keine Busse wie am Alltag. Wenn zum Schulbeginn, Schulende und allgemeinem Geschäftsschluss viele Busse aus verschiedenen Richtungen nahezu gleichzeitig ankommen und abfahren, hat man den Eindruck, sie nähmen den ganzen Marktplatz ein. Dann ist ein geschäftiges Treiben auf dem gesamten Platz: Menschenströme, überwiegend Schüler, setzen sich in Bewegung, meistens in aller Ruhe, denn die Busse kommen sehr rechtzeitig vor Schulbeginn an."
Britta seufzt. Bis vor zwei Jahren war sie selbst noch dabei gewesen. Jedenfalls in den Wintermonaten. Nach Schulschluss stand sie oft mit anderen Schülern zusammen auf dem Marktplatz, um auf ihren Bus zu warten.
Damals hatte jemand anderes aus dem Fenster gesehen. Aus dem Haus am Markt 25. Heimlich hinter der Gar-

dine. Britta hatte das gespürt. Sie wusste, dass er mit Eifersucht beobachtete, wenn sie mit anderen Jungen sprach und vielleicht auch lachte und scherzte.
„So lange ist das noch gar nicht her", überlegt sie. „Es kommt mir nur so lang vor. Vielleicht weil so viel geschehen ist inzwischen. So ist das immer: Wenn eine Zeit ausgefüllt ist mit Ereignissen, kommt sie einem länger vor. Wie bei einem Urlaub, an dem man täglich an einem neuen Ort ist. Der erscheint in der Erinnerung viel länger als ein gleich langer ohne viel Abwechslung."
Abwechslung hatte Britta in den letzten beiden Jahren wirklich gehabt. Eigentlich waren es eher Ereignisse. Gleich nach dem Abitur hatte sie ihren zukünftigen Mann kennen gelernt. Es folgten Verlobung, Hochzeit und die Geburt ihrer Tochter. Nebenher oder auch hauptsächlich – je nach Betrachtungsweise und Stimmung - die Ausbildung als Apothekerpraktikantin.
Noch immer sind keine Passanten auf dem Markt. Warum kommen die Anwohner denn nicht heraus? Wenn Britta dürfte, würde sie bestimmt das schöne Wetter zu einem kleinen Spaziergang nutzen. Aber sie ist gezwungen, drinnen zu bleiben. Sie hat den Wochenendbereitschaftsdienst übernommen. Sehnsüchtig sieht sie auf den Marktplatz. Sie fühlt sich eingesperrt. Als wenn sie draußen etwas versäumte: Das schöne Wetter, die frische Morgenluft, Bewegung und – wer weiß - möglicherweise eine Begegnung.
Eigentlich fühlt Britta sich sehr wohl in dieser Apotheke. Sie ist hier schnell heimisch geworden. Das kommt ihrer Meinung nach von dem ausgezeichneten Betriebsklima und dem freundlichen Chef.
Wenn nur das Eingesperrt sein nicht wäre!
Sie könnte jetzt die zwei noch anstehenden Rezepturen für Montagfrüh anfertigen, die Mintacol-Augentropfen und eine Sulfonamidsalbe für einen wunden Babypo.

Stattdessen schaut sie weiter auf den menschenleeren Platz, wie gelähmt. Aber ist es nur der Marktplatz, den sie im Blick hat? Ist es nicht viel mehr das hübsche Fachwerkhaus mit den großen Linden auf der gegenüber liegenden Seite? Das Haus am Markt 25? Es gibt gar keinen Grund immer dorthin zu starren! Es kommt ohnehin niemand vor die Tür!
Doch, nun! Die Tür geht auf. Ach, leider nur seine Mutter. Mit dem Besen in der Hand. Sie fegt die Steinbrücke vor dem Haus.
„Ob er wohl übers Wochenende bei seinen Eltern zu Besuch ist?" geht es Britta durch den Kopf. „Früher, als wir noch ein Paar waren, kam er jedes Wochenende. Aber das war wohl eher meinetwegen."
Dass Britta als Praktikantin zu Bereitschaftsdiensten herangezogen wird, ist nicht ganz „lege artis". Ihr Chef sieht in seiner generösen Art, Gesetze und Vorschriften auszulegen, kein Problem darin. Britta mag ihn gern. Mit seinem dunklen Teint und den großen braunen Augen könnte er ein Südländer sein. Italiener vielleicht. Auch die etwas mäßige Körpergröße passt zum Italiener. Sie schätzt ihn auf etwa fünfzig Jahre, hat aber keine der Kolleginnen nach seinem Alter gefragt. Am meisten faszinieren sie sein Charme und seine Liebenswürdigkeit. Dass er allerdings die meisten Kundinnen mit „gnädige Frau" anspricht, empfindet sie nicht als charmant, sondern eher als antiquiert. Sie vermutet, er tut es, weil er ein schlechtes Namensgedächtnis hat. Britta selbst spricht er gern mit Frau Collega an, was sie in ihrer Berufsanfängerrolle als Aufwertung empfindet.
Für einen Teil der Öffnungszeiten überlässt der Chef in seiner großzügigen Auslegung der Vorschriften gern seinen Angestellten die Apotheke – alle keine approbierten Apotheker. Wenn er im Laufe des Tages strahlend ankommt, werden alle freundlich begrüßt. Als

nächstes kommt der Blick in die Kasse. Sehr oft sind es in seinen Augen Rekordumsätze!

„Toll, was Sie wieder geleistet haben! Bravo! Das muss belohnt werden!" Es gibt dann nicht nur den edelsten Kuchen aus der benachbarten Konditorei Hinrichsen, sondern sogar den Kaffee mit Sahnehaube aus dem Café dazu.

Kein Wunder, dass Britta sich hier gleich wohl fühlte. Nur eben heute nicht, weil sie sich allein und eingesperrt fühlt. Gestern Nachmittag hatte sie sich eine Weile auf den Hof in die Sonne setzen können, direkt hinter dem vergitterten Nachtdienstzimmer, wo man die Türglocke hören kann. Neben einen reifen Johannisbeerstrauch, der einem Mieter über der Apotheke gehört. Britta wollte ja nur ein bisschen probieren, aber nach ihrer Sonnenpause war der Strauch plötzlich leer. Dass sie sich nicht beherrschen konnte und fremden Leuten die Beeren weggegessen hat, bedauert sie sehr. Sie sollte sich bei den Mietern entschuldigen! Aber ihr ist ihre Unbeherrschtheit zu peinlich! Sie traut sich nicht. „Man könnte ja Vögel für die Beerendiebe halten!" hofft sie. Ein bisschen erinnert sie ihr ungewöhnlicher Heißhunger an ihre Rollmopsgier vor einem Jahr während ihrer Schwangerschaft.

Wie gelassen ihr Chef reagiert hatte, als Britta unverschuldet, aber leider auch unentschuldigt, zwei Tage zu spät nach ihrer Hochzeitsreise wieder den Dienst antrat! Ihr standen nur zwei Wochen Urlaub zu, aber ihr Mann hatte ohne ihr Wissen eine sechszehntägige Reise gebucht und Britta auch während der Reise nicht darüber informiert. Eine Überraschungsreise eben. In jeder Hinsicht!

Von den Kolleginnen erfuhr Britta, dass allgemeine Verärgerung über ihre Unzuverlässigkeit entstanden war, weil eine von ihnen Brittas wegen ihren Urlaub

verschieben musste. Vom Chef kamen keine Vorwürfe oder Ermahnungen. Er blieb liebenswürdig wie immer. Nur in Brittas junge Ehe war ein Stachel gesetzt.
Es kommt Bewegung auf den Markt. Die ersten Kirchgänger spazieren an der Apotheke vorüber. Britta hat recht mit ihrer Vermutung, denn jetzt hört sie auch die Kirchenglocken, die die Gläubigen herbeirufen.
Plötzlich geht die Tür auf. Eine Kundin! Britta hatte sie gar nicht kommen sehen. Sie muss von rechts gekommen sein, wo Britta den Fußweg nicht einsehen kann, aus Richtung der Konditorei.
„Ich möchte ein Paket Camelia!" bittet die Kundin nach einem kurzen Morgengruß.
„Na schön", denkt Britta. „ dann soll sie ihre teuren Binden bekommen, die in der Apotheke ohnehin teurer sind als in anderen Geschäften. Jetzt kommt noch der Aufschlag für den Bereitschaftsdienst extra dazu."
„Fünf Mark bitte!" Fast bereitet es Britta eine Genugtuung, dass die Frau für ihre Nachlässigkeit, ihre Monatsbinden nicht rechtzeitig besorgt zu haben, diesen Preis bezahlen muss. Aber die Kundin reagiert mit Gelassenheit. Vielleicht kauft sie immer während des Sonntagsdienstes und ist an die Preise gewöhnt.
Britta wird auf Grund der Unterbrechung durch die erste Kundin des Morgens ein bisschen aus ihrer merkwürdigen Nachdenklichkeit und Lethargie gelöst.
Sie macht sich an die Rezepturen. Kleinigkeiten im Vergleich zu denen am Alltag, wo Pillendrehen und Zäpfchen herstellen an der Tagesordnung sind.
Wieder geht die Tür auf. Ein junger Soldat tritt ein. Er zeigt auf den Ständer mit den Fromms Haushaltshandschuhen.
„Einmal, bitte", sagt er.
Völlig arglos fragt Britta: „Welche Größe?" Der junge Mann wird rot und dreht verlegen an seiner Mütze. Dann verlässt er wortlos die Apotheke. Jetzt wird Britta

klar, dass er die „Verhüterli" und nicht Handschuhe von der Firma Fromms wünschte.
Die letzte Nacht war ziemlich ruhig geblieben. Es gab nur eine sehr späte Kundin, auf die ihr Chef sie schon vorbereitet hatte.
„Am besten ist, sie gehen gar nicht erst vor Mitternacht ins Bett. Zwischen elf und zwölf kommt sehr häufig noch Frau Hammerich, eine Patientin mit Einschlafschwierigkeiten. Sie bekommt ihr Luminal! Auch ohne Rezept! Sie ist ganz eindeutig süchtig. Und Sie wollen doch nachts keine Randale!"
Natürlich will Britta keine nächtliche Randale. Schon gar nicht, weil sie die Kunden nachts leider in die Offizin lassen muss. Die vorgeschriebene Verkaufsklappe für den Nachtdienst gibt es wohl, aber unsinnigerweise in der nicht abschließbaren Haustür anstatt an der Apothekentür selbst. So bleibt keine andere Wahl als die Kunden rein zu lassen. So ganz wohl fühlt Britta sich nicht dabei. Sie muss sich eingestehen, ein bisschen Angst zu haben.
Britta nimmt wieder ihren Lieblingsplatz in der Rezeptur ein, ihr Chemiebuch liegt neben ihr. Aber sie schaut nicht rein. Dabei hätte sie jetzt so gut Zeit zum Lernen! Verträumt schaut sie wieder auf den Marktplatz. In Gedanken erlebt sie noch einmal das Spektakel der Johannisgilde, das vorige Woche stattgefunden hat. Hundert oder mehr schwarzbefrackte Mitglieder der noch aus dem Mittelalter stammenden Toten- und Krankengilde mit Zylinder, roter Nelke am Revers und einem Gehstock mit rotem Band versammeln sich vor dem Rathaus in militärischer Ordnung. Dann überqueren sie in Formation den Marktplatz und nehmen Aufstellung vor der Konditorei Hinrichsen, um den alten Herrn Hinrichsen, den Eldermann, mit ehrwürdigen, traditionellen Reden zu begrüßen und ihn zum Umzug durch die Straßen der ganzen Stadt abzuholen. Nach diesem sich

jährlich wiederholenden Ritual setzt sich die Kolonne, angeführt von einem Spielmannszug, in Marsch durch die Straßen der Stadt. Die Bürger stehen am Straßenrand und vor ihren Haustüren und begrüßen und bejubeln die schwarz gekleideten, fröhlichen Männer, die wiederum, ihre Gehstöcke mit den roten Flatterbändern zur Grußerwiderung schwenken. Der Umzug endet am Schützenpark, wo dann drei Tage lang gefeiert wird mit Vogelschießen, um den neuen König zu ermitteln, mit Essen, Trinken, Gesang und vor allem sehen und gesehen werden. Die Gilde ist der jährliche Höhepunkt des Lebens in dieser Stadt.

Brittas Freund hatte nie viel Freude an dem Gilderummel gehabt und sie daher auch nicht begleitet. Er ging lieber mit ihr zum sonntäglichen Tanztee ins Stadt-Café und zu anderen Tanzveranstaltungen. Ob er wohl wieder eine Tanzpartnerin gefunden hat? Überhaupt wüsste sie gern, wie sein Leben jetzt wohl ist.

„Da sitzt er jetzt vielleicht in seinem Elternhaus keine hundert Meter von mir entfernt. Von unserer gemeinsamen Bekannten Uta weiß er, dass ich hier arbeite. Möglicherweise weiß er sogar von ihr, dass ich heute Bereitschaftsdienst habe. Könnte er nicht einfach herkommen und mir erzählen, wie es ihm geht. Und was für ihn unsere Trennung bedeutete."

Es wird lebhafter auf dem Markt, aber auch in der Apotheke. Britta wird nun gefordert. Eine gute Ablenkung gegen Grübeleien über Vergangenes und Versäumtes!

Ein Kunde betritt mit einer brennenden Zigarette die Apotheke. Die Zigarette riecht so merkwürdig und hat trotzdem einen eigenartigen Wiedererkennungswert. Britta wird schlecht von diesem Zigarettenrauch. Dieses Übelsein vom Zigarettenrauch hat sie genau so schon einmal erlebt: Als sie vor einem Jahr mit ihrer Tochter schwanger war, hatte sie sich eine Zigarette angezündet, von der ihr dann sofort schlecht wurde. So hatte sich

das Thema Rauchen während der Schwangerschaft erfreulicherweise ganz schnell von selbst erledigt.
Britta rechnet nach. Tatsächlich: sie ist wieder schwanger. Der Zigarettenrauch und -geruch als Indikator für eine erneute Schwangerschaft amüsiert die ehemalige Raucherin ein wenig – trotz der Tragweite des Ereignisses. Unter diesen neuen Umständen wird sie schon im sechsten Monat sein, wenn das Pharmazeutische Vorexamen ansteht. Wenn alles gut geht! An das daraufhin geplante Studium ist mit zwei Kleinkindern nicht zu denken. So schnell ändert sich die Lebensplanung!
Es sind nur noch zwei Stunden, bis Britta in der Apotheke abgelöst wird und nach Hause fahren kann, um ihrem Mann die Neuigkeit mitzuteilen.

Ingrid Brandenburger

Hof und Handel

1945

„Gutten Tag, kleines Frrollein. Ist dein Mutterr da?" sprach mich als Vierjährige ein fremder, in seiner gutturalen Aussprache unheimlicher Mann auf unserer Hausdiele an. Es war 1945, wenige Monate nach Kriegsende, und ich sollte den ersten Handel meines Lebens erleben. Ich geleitete den Fremden mit seinem Bauchladen und seiner großen Tasche in die Küche, wo meine Mutter mit ihren beiden Hausmädchen das Mittagessen für den großen Bauernhaushalt vorbereitete. Außer ihnen befanden sich noch mein Vater, meine Tante und vielleicht noch die eine oder andere der Flüchtlingsfrauen in der Küche. Ein großes Publikum also für den Eintretenden.

„Scheene Damen, wollen sehen meine gutte Ware. Hab ich doch erstklassige Schuhe und Stiefel. Ganz nei und gutt gearrbeitet. Und errst der Prreis. Alles nurr halb so teier wie in Geschäft!"

„Schon wieder ein Lette", raunte meine Tante meiner Mutter zu. „Der hat mit Sicherheit nur Hehlerware. Seid vorsichtig!"

Diese und ähnliche Bemerkungen sind mir auch aus vergleichbaren Situationen in Erinnerung geblieben. Meistens handelte es sich bei den Händlern um Personen osteuropäischer Herkunft wie Letten, Ukrainer und Russen; manchmal auch Zigeunerinnen (wie man damals sagte), die nur gebrochen deutsch sprachen. Von den vielen im Hause lebenden Personen, den Flüchtlingen, den Hausangestellten und meinen Eltern, hat kaum mal jemand etwas gekauft. Alle waren skeptisch. Wahrscheinlich zu recht.

Heute weiß ich, was ich damals noch nicht wissen konnte: Diese ausländischen „Händler" waren sogenannte „displaced persons", ehemalige Insassen von Konzentrationslagern und anderen Lagern, ehemalige Zwangsarbeiter und andere Personen mehr, die nach Kriegsende aus verschiedenen Gründen nicht in ihre Heimat konnten. Auf vier bis sechs Millionen wird ihre Anzahl geschätzt. Von der englischen Besatzungsmacht eingerichtet gab es im Raum Neustadt in Holstein ein Auffanglager für die „displaced persons". Viele von ihnen stammten aus der Sowjetunion. Heute ist bekannt, dass die Sowjets ihre Landsleute, die in Kriegsgefangenschaft waren oder als Zwangsarbeiter in Deutschland leben mussten, bei ihrer Rückkehr als Abtrünnige und Spionageverdächtige behandelten, wieder wegsperrten, verbannten oder gar töteten. Welches Schicksal diese bedauernswerten Menschen erwartete, war vermutlich gleich nach dem Krieg nicht allgemein bekannt oder hat die Deutschen wohl auch nicht interessiert. Sie waren mit ihrem eigenen kriegsbedingten Elend belastet. Wer von den sowjetischen Zwangsarbeitern oder Kriegsgefangenen von der zu erwartenden Bedrohung in der Heimat erfahren haben sollte, wird nicht unbedingt die Heimkehr angestrebt haben.
In der schweren Nachkriegszeit haben sich aus der Not heraus in den Reihen der „displaced persons" auch marodierende und plündernde Banden gebildet. Die Furcht, Hehlerware angeboten zu bekommen, war berechtigt. Hilfe für diese armen Menschen, die aus Lagern kamen und nun wieder in Lager gesteckt worden waren, und denen bei ihrer Heimkehr nochmal Lager, Verbannung oder Tod drohte, wäre sehr angebracht gewesen. Hätte man die Umstände durchschaut, hätte man mit dem Kauf ihrer Ware oder einer anderen Art zu helfen, Humanität bewiesen.

Freitag
„Sind Fiiische! Friiische Fiiische!" ruft Frau Brunner, die Frau des Heiligenhafener Fischers auf der Diele. Und jetzt noch einmal eine Stufe lauter und höher, weil noch niemand kommt:
„Sind Fiiische! Friiische Fiiische!"
Aha, es ist Freitag! Irgendein Freitag Anfang der fünfziger Jahre. Vielleicht ein Freitag im Jahr 1951.
Wegen der lauten Küchenmaschine hatte niemand die Haustür gehört. Da sie ohnehin nur nachts abgeschlossen wurde und es keine Klingel gab, war es üblich, einfach einzutreten und sich irgendwie bemerkbar zu machen, was Frau Brunner jeden Freitag auf ihre besondere Weise tat. Es sei denn, dass es keine „Fiiische" gab, was saison- oder wetterbedingt zuweilen vorkam.
„Sind Dorsche heute, Frau Ochsen."
Die für uns Holsteiner eigentümliche Sprechweise des Ehepaars Brunner beruhte auf ihrer Herkunft aus Schlesien. Der Krieg hatte die beiden Binnenländer nach Heiligenhafen verschlagen. Und was macht man in einem Ort wie Heiligenhafen? Fischen natürlich und Fische verkaufen.
Brunners belieferten mit ihrem Dreiradwagen, einem Tempo, die Dörfer der Umgebung. Sie fuhren bei uns immer um das Rondell vor der Haustür herum und parkten dort, um ihre Kunden zu bedienen. Herr Brunner wartete am Auto, während seine Frau im Haus die Kunden zusammen rief. Sobald die ersten kamen, zog Herr Brunner die Abdeckplane des Pritschenwagens zurück und zeigte voller Stolz seinen Fang: Dorsche, Heringe und Makrelen lagen auf Eisstücken zum Verkauf bereit. Daneben in kleinen Holzbottichen ohne Eis gab es Rollmöpse, Bismarckheringe und Matjes. Aber auch geräucherte Fische hatten Brunners in ihrem Angebot. Frau Brunner führte die Verkaufsgespräche, wog die Ware ab und kassierte, während ihr Mann sein

Fischsortiment wieder fein arrangierte für die nächsten Kunden. Meine Mutter entschied sich zu meiner Freude für Dorsch. Sowohl Dorsch in Senfsoße als auch Dorsch im Speckmantel gebacken konnte sie vorzüglich zubereiten. Oma Döbler, eine achtzigjährige Ostpreußin in knöchellangem schwarzem Kleid und dunkler Kittelschürze erschien als nächste am Verkaufswagen. In ihrem Leben vor dem Krieg und der Flucht hatte sie in Königsberg Bernsteine geschliffen. Zu den ersten beiden Kundinnen kam noch eine dritte dazu, Frau Rogall, eine ehemalige ostpreußische Bäuerin. Jetzt lebte sie mit ihrem Mann Albert in nur einem kleinen Zimmer unseres Hauses - und das schon seit sechs Jahren. Oma Döbler und Frau Rogall waren die letzten noch bei uns wohnenden Flüchtlinge. Sie kauften Matjes, den sie nach alter ostpreußischer Tradition anrichten wollten, mit Schmand, Zwiebeln und Äpfeln.

Sonnabend und Mittwoch
Ein sehr zurückgenommenes, dezentes Hupen klang von draußen ins Haus, so, als wenn die Hupe nur angetippt worden wäre. Ein geschlossener grauer Lieferwagen fuhr vor und hielt wie der Fischer vor der Haustür. Dann war also Sonnabend oder Mittwoch, die Wochentage des Kaufmanns Rabe.
Bei ihm konnte man alle möglichen Lebensmittel erwerben und auch verschiedene sonstige Dinge des täglichen Bedarfs außer Fisch, Fleisch und frische Molkereiprodukte. Nun, den Fisch lieferte ja der Fischer, Fleisch und Wurst hatte die ländliche Bevölkerung aus eigener Schlachtung und Milch von den eigenen Kühen oder denen des Bauern, bei dem man wohnte. Käse, Sahne und Quark brachte der Schweizer von der Meierei mit, wenn er Milch anlieferte. Obst und Gemüse wuchsen im Garten. Was dann noch fehlte – es konnte kaum noch viel sein - gab es beim Kaufmann Rabe.

Auch er ein Flüchtling, wie Brunners, Döblers und Rogalls. Mit einem sehr ausgeprägten, mir unangenehmen sächsischem Dialekt. Außer den drei schon beim Fischkauf erwähnten Hausfrauen erschien aus dem Altenteilshaus noch meine Tante, die seit Kriegsende mit ihrer Familie ebenfalls auf unserem Hof lebte. Nach ihren Einkäufen gingen die Frauen wieder an die Hausarbeit zurück. Herr Rabe fuhr aber trotzdem nicht vom Hof. Räumte er seinen Lieferwagen auf? Sortierte er wieder seine Waren? Oder machte er irgendwelche Abrechnungen? Nein! Er wartete! Er wartete, weil er wusste, dass sein letzter Kunde, mein Großvater, noch kommen würde, wenn alle anderen sich schon wieder entfernt hätten. Und tatsächlich erschien mein Großvater. Er führte keinen eigenen Haushalt mehr, denn nach dem Tod seiner Frau wurde er von unserer Familie versorgt. Seine Wohnung befand sich im Altenteil, einem Nachbargebäude unseres Bauernhauses. Jetzt, nach dem Weggang der Frauen, glaubte er, seinen Schnaps unbeobachtet kaufen zu können. Er pflegte ihn immer in einem kleinen Zimmer seiner Wohnung zu verstecken. Ich habe meinen Großvater nie beschwipst, geschweige denn betrunken erlebt. Er wird sein Schnäpschen wohl nur als Kreislauftherapeutikum und in Maßen genommen haben. Nur sollte es keiner wissen! Dieses Bemühen, seine kleine Schwäche zu verheimlichen, passte genau zu seiner Eitelkeit. Er hätte jedoch wissen können, dass seine Schwiegertochter, meine Mutter, eine sehr gründliche Hausfrau war, und ihr beim Putzen des kleinen Zimmers die Schnapsflaschen auffallen würden. Noch heute nach mehr als sechzig Jahren und zweimaligem Generationswechsel heißt dieses Zimmer die „Schnapsstube".
Ähnlich ist es mit dem Zimmer, in dem Oma Jette Döbler zuerst mit ihrer Tochter und Enkelin und nach dem

Tod der Tochter nur noch mit der Enkelin gewohnt hat: Es wird bis heute hin die „Jettestube" genannt.

Sonntag
Meine Eltern, mein kleiner Bruder und ich saßen mit unserem Besuch aus Lübeck beim Sonntagsfrühstück im Wohnzimmer mit Blick auf den Hof vor der Haustür. Wir genossen, dass wir seit Kurzem wieder ein Wohnzimmer hatten. In diesem Zimmer hatte nach ihrer Flucht aus Ostpreußen die Flüchtlingsfamilie Kröhn gewohnt. 1950 war sie ins Rheinland gezogen, wo sie Arbeit und eine neue Bleibe gefunden hatte.
Unsere Aufmerksamkeit richtete sich auf das Knattern eines vom Dorfplatz auf unseren Hof zu fahrenden Motorrades mit Anhänger. Selbst am Sonntag gab es einen kleinen Handel auf unserem Hof, wenn man Reparaturangebote dazu zählt: Dann kam Schuster Ehlers aus Putlos auf seinem Motorrad angebraust, denn wochentags musste er in seiner Werkstatt arbeiten. Mit zünftiger Lederkappe und Lederweste war er aus heutiger Sicht kaum sicher genug gekleidet. Sein kleiner schwarzweiß gefleckter Hund saß im Hänger mit neugierig gespitzten Ohren, umringt von eingesammelten kaputten Schuhen und Stiefeln und bereits repariertem Schuhwerk zum Ausliefern. Vielleicht hätte ich die Begebenheit vergessen, wenn es nicht ein Bild davon in meinem Fotoalbum gäbe. Meine Tante und ihr Lebensgefährte (damals ihr sogenannter „Bekannter"), ein Pressefotograf, waren unsere Gäste, als Schuster Ehlers auf den Hof fuhr und vor dem Altenteil hielt. Nur er als einziger Gewerbetreibender parkte dort. Der Lebensgefährte meiner Tante hatte eine Idee: „Meint ihr, der Mann würde sich über ein Werbefoto in den „Lübecker Nachrichten" freuen? Ihr beiden Kinder könntet ihm als Kunden Schuhe zureichen. Das gäbe ein perfektes Bild!"
So entstand das Foto vom Schuster Ehlers, seinen Mo-

torrad mit Anhänger und Hund und meinem Bruder und mir als Statisten, das tatsächlich in der „LN" veröffentlicht wurde und heute noch mein Fotoalbum ziert.

Dienstag
Dienstags kam Arko. Der Verkaufsfahrer von Arko pflegte vor der Küchentür zu halten. Mit weit ausholenden Schritten strebte er auf die Küche zu, steckte den Kopf zur Tür herein und rief mit einem gesangsähnlichen Ton: „Arko bringt Freude ins Haus". Meine Mutter kaufte regelmäßig Kaffee bei ihm, weil Arkokaffee ihrer Meinung nach der beste war. Die Freude stellte sich dann täglich beim Kaffeetrinken ein.

Montag und Donnerstag
Bleiben nun noch die Wochentage Montag und Donnerstag für das Marktgeschehen auf dem Hof: Es waren dies die Tage des Bäckers. Er wendete zuerst seinen Lieferwagen auf dem Wirtschaftshof und hielt dann vor der Küchentür wie der Arkoverkäufer. Der Verkaufsfahrer einer Bäckerei aus Neukirchen belieferte uns regelmäßig mit Brot und manchmal auch Kuchen. Mein Vater hatte zuvor ein bestimmtes Kontingent an Weizen und Roggen an die Bäckerei geliefert. So erhielten wir unsere Backwaren zu einem Vorzugspreis. Nicht nur von Bauern bekam der Bäcker Getreide. Auch einige der Flüchtlingsfamilien aus unserem Dorf konnten beim Ährensammeln genug Getreide zusammenbringen, um dem Bäcker einen Sack voll abzugeben.
Jetzt mach ich einen kleinen Sprung in das Jahr 1960, einen Montag oder einen Donnerstag. Noch immer kam - wie eh und je - der Bäckerverkaufsfahrer Werner vorgefahren.
„Ich hab ein bisschen Pech gehabt", teilt er uns mit, um uns möglicherweise schon vorzuwarnen, dass die Brotlieferung auch mal ausbleiben könne. „Ich bin mit Al-

kohol am Steuer erwischt worden. Eine Gerichtverhandlung steht mir noch bevor. Ich muss wohl damit rechnen, meinen Führerschein für ein paar Wochen los zu werden, sagt mein Anwalt. Das würde für mich den totalen Verdienstausfall bedeuten und für Sie: kein Brot! Es sei denn, ich fände jemanden, der mich solange fahren könnte."
„Meine Tochter hat gerade ihren Führerschein gemacht", antwortete ihm mein Vater. „Vielleicht ist sie ja an einem Ferienjob interessiert."
So kam es, dass ich zehn Jahre nach der Zeit, von der ich bisher erzählt habe, mit dem Bäckerwagen meine erste Fahrpraxis erwarb. Viermal die Woche habe ich Herrn Werner mit seinem Lieferauto zum Brotverkauf über die Dörfer der Umgebung gefahren, zwölf Mark pro Tag verdient und gelernt, ein so großes Auto zu fahren, auf engen Höfen zu wenden und nach Außenspiegeln rückwärts zu fahren, denn die hinteren Fenster und der Rückspiegel waren durch Brotregale verdeckt.

Echter Handel

Außer diesen sich wöchentlich wiederholenden Verkaufsgeschehen gab es auf dem Bauernhof natürlich auch anderen Handel. Meine Mutter hatte in ihrem Küchenschrank einen Becher mit dem sogenannten „Eiergeld", Münzen, die sie von Privatkunden für Eier eingenommen hatte. Manchmal kamen etwas größere Beträge zustande, wenn sie auch Geflügel verkaufte.
Der richtige und eigentliche Handel auf dem Bauernhof aber war der Verkauf von Getreide und Vieh, für den mein Vater zuständig war. Einmal war ich bei einem Viehhandel nicht nur kindliche Beobachterin, sondern auch involviert.

Der Kies auf dem Hof vor der Haustür knirschte von Autoreifen. Mein Vater und ich sahen aus dem Fenster einen VW-Käfer vorfahren.

„Oh, schon wieder Friedrich Franzen!" rief mein Vater ärgerlich aus. „Ich hab ihm schon gestern am Telefon erklärt, dass ich im Moment nichts verkaufen will. Vielleicht kann ich ihm ausweichen, wenn ich schnell durch die Küche zum Hof und Stall hin verschwinde."

Meine Aufgabe war es nun, den Viehhändler Franzen abzuwimmeln.

„Na min Deern", begrüßte er mich. „Is din Vader dor?"

„Nee, Herr Franzen. Er ist wohl auf dem Feld."

„Schoad! Na, ick kiek mol, ob ick em finnen do."

Er fand ihn sehr schnell, weil er ihn schon vor dem Pferdestall abfing. So kamen die beiden dann ins Esszimmer zurück, wo ich über den Schularbeiten saß.

„Claus, hesst di dat överleggt mit de Starken? Ick kunn se just gaud bruken", bedrängte er meinen Vater.

„Nee, nee Fiete. Ick hev di all gistern ant Telefon seggt, dat ick in Oogenblick nix verköpen will. Ick bruk de Starken tun Opstocken von mine Rinderherde."

„Ick will ja man blots twee!"

„Joa, und just de twee sind nödig for mine Herde!"

„Ick pack noch n' Hunderter op."

„Nix to moaken, Fiete. Ick bruk de Starken sülben."

Der Händler bot noch mehr Geld. Mein Vater willigte trotzdem nicht ein. So ging es eine Weile hin und her, bis der geschulte Händler mit einer neuen Taktik anfing: Er wandte sich mir zu.

„Ick kann mi vörstellen, dat du wohl een sporsames Kind büst. Sporst du din Taschengeld för grote Wünsche?"

„Ja, meistens spar ich auf neue Schuhe."

„Und wie süht dat ut? Schaffst du din Deel?"

„So ganz eigentlich nicht. Mutti und Vati steuern dann immer noch den Rest dazu bei."

Jetzt richtete er sich wieder an meinem Vater:
„Nun, Claus! Giv di een Ruck! Dat Angebot vun eben un noch vierdi Mark för din Dochter dotau, för niee Schoh - un wi sünd eens!"
Er bot ihm die Hand. Mein Vater schlug ein. Der Handel galt. Dem letzten Argument von Herrn Franzen hatte mein Vater nichts mehr entgegen zu setzen.

Thorsten Schönberg

Baumarkt

Ein Kindergedicht für große Jungen

Es geht um den Jahrmarkt des erwachsenen Mannes -
den Baumarkt

Oft riecht man von weitem schon
säuerlich das Silikon.

Auf geht jetzt die wilde Fahrt.
Eintritt hab ich mir gespart.

Linke Hand die Fischerdübel,
rechts daneben Blumenkübel.

Ach, was für ein Heidenspaß,
Türzargen nach Sondermaß.

Wenn`s mal draußen schrecklich pisst,
und dir echt nach kuscheln ist,
hilft in diesem Falle nur,
Teppichstraße Flauschvelour.

Weiter geht`s, wird niemals fad
PVC, Klicklaminat.

Schlagbohrer mit Schnellspannfutter,
Überwurf- und Kontermutter.

Hat mich mal der Schalk gepackt,
suche ich den Blickkontakt
zum geschulten Personal.
Das verschwindet jedes Mal.

Weiter geht's mit Wandbelägen,
Autolack und Tischkreissägen.

Immer weiter schnellen Schritts.
Spiegelschrank, Toilettensitz.

Vierkanthölzer, Spachtelmasse.
Schau hier vorn kommt schon die Kasse.

Warten in der Kassenschlange.
„Bitte Mami, noch ne Zange.
Oder vielleicht noch viel besser
ein sehr buntes Teppichmesser."

Bin am nächsten Tag dabei,
denn der Eintritt ist ja frei.

Karin Müller-Wichards

Aunti Maili

Was, das gibt es hier, Hubschrauberflüge? Über die ganze Insel ? Das muss ich auch mitmachen.
Julianne, John, Selma, Peter! Wenn wir uns jetzt sofort entschließen, bekommen wir einen Hubschrauberflug um 14.00 Uhr! Wir müssen zu fünft sein, dann heben sie mit uns ab!
Ich war so begeistert, dass ich sie alle mitriss.
Die Verwandten von Julianne, die zu ihrem Geburtstag angereist waren, hatten so etwas auch noch nie gemacht.
Um viertel vor zwei waren wir auf dem Hubschrauberlandeplatz von Liuhee auf Kauwaii. So ein Glück! Ein bisschen mussten wir noch warten – und da saß sie: groß, breit, massig, mit einem weiten bunten Kleid umgeben, um den Strohhut eine Schleife vom gleichen Stoff.
„Ich bin hier die Empfangsdame – Ich begrüße Euch herzlich auf dieser schönen Insel: gleich werdet ihr abheben zu einem herrlichen Rundflug und ich singe Euch noch ein Lied."
Zur Ukulele sang sie mit engelsgleicher Stimme das Lied von der letzten freien Königin Liuhee und ihrer guten Herrschaft. Nur Peter lauschte nicht hingerissen – der tigerte auf dem Platz herum, rauchend. Aunti Maili rief ihn heran: „Du bist nervös – vielleicht willst du gar nicht mitfliegen? Aber das würdest du bereuen. Hier habe ich etwas für dich, das dich beruhigen wird."
In Windeseile hatte sie von einer Topfpflanze auf der Veranda ein Blatt abgerissen und zu einem Armreif gedreht, den sie Peter über die Hand streifte. „So, damit du auch ruhig genießen kannst."

Und wir genossen: so dicht flogen wir über die grüngrünen Berge. Unbewohnte Weiten, bis in die höchsten Spitzen grün. Smaragdgrün, lindgrün, flaschengrün und farngrün. Wasserfälle stürzten tiefe Schluchten hinab. Und dann waren wir plötzlich wieder am Boden.
Aunti Maili begrüßte uns wieder mit einem Lied. Und weil sie so schön aussah, wagte ich zu fragen, ob ich sie portraitieren dürfte. Ja ich durfte. Die anderen fuhren ins Hotel zurück und Aunti Maili wollte mich später nachbringen. War ja gar nicht so weit weg.
Ich durfte also diese herrliche Frau aufs Papier bannen. „Ich habe gewusst, dass eines Tages jemand kommen würde, um mich zu malen." „Ja, und das bin ich." Nun wurde Aunti Maili müde – ihre Arbeitszeit war zu Ende, sie wollte nach Hause. Ob ich sie noch mal malen dürfe? „Ja gerne – morgen kannst Du wiederkommen." Ich hatte schließlich nur noch fünf Tage auf der Insel. Am anderen Tag unterhielt ich mich mit ihr noch lange: Ein Deutscher war in ihrer Ahnenreihe zu finden. Sie war früher eine Schönheit und hatte als Werbefigur im Fernsehen gearbeitet. Das Geld, das viele Geld – es ist dahin, die Schönheit der Jugend auch - sie wurde Alkoholikerin. Aber dann fand sie zu Gott und weg vom Alkohol. Ob ich nicht so gut sein wolle, uns etwas zu Essen zu holen – da stehe ihr Wagen – ich müsse nur den Schalthebel immer festhalten – sonst sei er ganz einfach zu fahren – Automatic. So holte ich zwei Straßen weiter Hühnchen mit Reis und Cola. Ja, sie hatte eine gute Zeit - aber dann die Armut- da habe sie zu Gott gebetet, er möge ihr eine erhellende Idee geben.
„Was kann ich alles?

Ich kann singen, schließlich habe ich Operngesang studiert.
Ich kann Ukulele spielen.
Ich liebe meine Insel.
Ich liebe fremde Menschen.
Ich bin Aufmerksamkeit gewöhnt.

Ich bewerbe mich als Empfangsdame bei der besten Hubschraubergesellschaft auf Kauwaii." Gesagt getan. Aunti Maili, 64 Jahre alt, zwei Zentner schwer – mit selbstgenähten Kleidern - bekam die Stelle, die es nie gab. Auf Lebenszeit.
Ich hätte ihr so gerne einen ‚tip' – ein Trinkgeld - gegeben, aber ich wusste am ersten Tag noch nicht so recht, ob dies auch angebracht sei.
Am zweiten Tag geschah dann Folgendes. Sie erzählte mir, dass sie einen Traum habe: „Ich möchte so gerne Ita, meine italienische Freundin, in Italien besuchen! Aber immer ist das Geld wieder weg: Windeln fürs Enkelkind und Feste und was man so braucht." Wir mussten Abschied nehmen – wir waren uns so nah gekommen.
Da hatte ich es, die Lösung: ich nahm das Palmenblattgeflochtene Täschchen, das ich mir auf dem Markt gekauft hatte, legte 20 Dollar hinein und sagte: „Darf ich dir den Beginn deines Traumes schenken? Wenn du jetzt die Fluggäste begrüßt und mit deinem Gesang erfreust, ihnen die Flugangst nimmst, werden sie dir gerne einen ‚tip' geben. Jetzt hast du einen Ort und eine Geschichte dazu." Und sie schenkte mir die Ketten mit den Nüssen, die aneinander klappern und dich daran erinnern sollen, dass du nicht über andere schluderst.
Am vorletzten Tag habe ich sie noch schnell besucht – die Geschichte funktioniert.

Aunti Maili, Aquarell

Gesangwettbewerb
Kolorierte Federzeichnung

Traurige Russin
Kohlezeichnung

Hotelgarten
Kolorierte Federzeichnung

Karin Müller-Wichards

Kunsthandwerkermärkte

„Ich will nicht nach Amerika. Ich will aber nicht nach Amerika!"
„Warum denn nicht?" „Ich weiß doch nicht, wie die sprechen!" „Dann fragst Du einfach,' what is this? ' und sie antworten Dir 'this is your nose' oder 'this is my book' und dann lernst Du es allmählich."
Dieter, mein Mann, verbrachte ein Sabbatjahr bei IBM Research im Staate New York und war schon seit drei Monaten in den USA. Wir sollten nachkommen.
Mit Teresa ging das Lernen der Sprache für die Kinder im Handumdrehen. Teresa trafen wir im Töpferkurs in der kleinen Volkshochschule unseres Wohnortes Mahopac, eineinhalb Autostunden nördlich von New York City. Um so schnell wie möglich Kontakte zu schließen, hatte ich mich im örtlichen Bioladen erkundigt. Prima – der Kurs kam zustande, weil wir zu viert dazustießen, Wolfgang, Wiebke, Tina und ich. Und gleich am ersten Abend trafen wir Teresa.
Teresa – jung, lustig, ein bisschen verrückt, ungebunden – italienischer Abstammung, fertig mit ihrem Oboe-Studium in San Francisco, aber ohne Plan, wie es weitergehen sollte. Liebe auf den ersten Blick. Sofort wurde sie unsere Herzensfreundin. Die Kinder liebten sie – und – indem Teresa von ihnen Deutsch lernen wollte, lernten sie in drei Monaten Englisch. Wiebke, vier Jahre alt, mit original ‚New York Accent', Wolfgang, sechs Jahre alt, erzählte ihr Grimms Märchen (mit deutschem Akzent) und Tina, 12 Jahre, sprach mit ihr fließend Amerikanisch. Teresa war unser Guter Engel für diese neun Monate in einer total fremden Welt.
Im April 1986 kamen wir an – im Juni schon waren wir Carolyns (der Kursleiterin) Assistentinnen auf dem

Kunsthandwerkermarkt im Schatten der berühmten Zwillingstürme in Downtown Manhattan. Welche Aufregung! Carolyn – griechischer Abstammung – unheimlich massig, hatte einen Stand für ihre Keramik gemietet. Teresa und ich durften tragen, aufbauen, Carolyn ablösen, für Essen und Trinken sorgen, das Auto parken, Ware nachliefern – eben alles, was die Meisterin nicht selbst machen konnte.

Ein Gewusel, ein Gequirle, eine erwartungsvolle Spannung liegt in der Luft. „Ist der Platz richtig? Oh nein, nebenan ist ja noch ein 'Potter'! Stört das nicht mein Geschäft?" Am Eingang der Zeile gibt es Aufregung: Die Marktaufsicht: „Sie sind mit Ihrem Stand zu weit im Gang – das müssen Sie ändern!" Wir kommen ins Gespräch: Marianne webt und näht Kleider und braucht deswegen eine Umkleidekabine. Sie ist Dänin, lebt aber schon lange in Amerika. „Nein aber auch: trifft man hier auch noch Nachbarn!" Wir hielten manches Schwätzchen mit ihr und ihrem Sohn, der uns auch noch für den WWF anwarb. Und klar, wir wollten uns wiedersehen. Diesmal war kein Kleid für mich dabei, aber im September ist sie wieder in New York auf einem Kunsthandwerkermarkt. Und wenn wir für Carolyns Obstschale Obst kauften, brachten wir unseren neuen Freunden auch etwas mit. Der Tag einer Standbetreiberin ist nämlich ganz schön anstrengend: frühmorgens der Transport – Aufbau – Verkauf – Gespräche führen – Erklärungen geben zu Material, Glasur, Pflege – auf viele Käufer hoffen – bei der riesigen Konkurrenz – ganz schön anstrengend. Der Platz am Fuße des World Trade Centers war mit tausend Ständen gefüllt. Was gab es alles zu entdecken. Viele Töpfer, Weber, Seidenmalerinnen und Sattler – eine unglaubliche Vielfalt.

Wenn Teresa und ich mal Pause machten, bliesen wir Seifenblasen zur Freude aller Kinder.

Teresa, du fehlst mir! Ich habe nur eine Schale von dir,

die mir geblieben ist. Sie steht zur Zeit auf unserem Kamin und erinnert mich an die Zeit mit dir. Es war so schön, dich als Freundin zu haben. Wir haben so viel geredet, so viel Spaß miteinander gehabt, so viel unternommen. Und doch hat uns die Entfernung getrennt, als wir wieder zurück in Deutschland waren. Der Kontakt ist abgerissen. Aber die Schale, die du auf der Ladefläche von Carolyns Transporter formtest, wie du den Tonklumpen knetetest, erst zum Tellerrund, dann immer weiter ohne Wasserzugabe bis zum bauchigen Oval – der getreue Abdruck deiner begabten Hände. Die Oberfläche wird spröde wie Rinde – Rinde eines nie gekannten Baumes. Und der Rand, Teresa, der Rand! So fragil, so ausgefasert, so delikat.

Ein wahres Abbild deines Wesens. Mein Glück, dass du sie mir verkauft hast. Auch wenn ich nicht weiß, wo du bist und wie es dir geht – unser Zusammensein ist eingebunden und eingebrannt in dieser Schale. Musstest du unbedingt das Flugzeugbenzin schlucken, als wir wieder in Deutschland waren? Wärest du uns doch lieber gefolgt.

Aber zurück in der Zeit – im Juni '86 war ja noch alles in Ordnung. Dann kam der Sommer – Besuch in Woodstock und die Geschichte mit Dave. Die erzähle ich ein andermal. Im September dann traf ich Marianna wieder. Dieses Mal hingen zwei handgewebte Kleider an ihrem Stand und sie gefielen mir auf Anhieb. Eines gewebt in Grün und Erdtönen, das andere schwarz aus Baumwolle und Velour. Marianna hatte auch die passenden Halsketten dafür gearbeitet. Auch die musste ich haben. Bloß Geld – daran hatte ich nicht gedacht. Eine Geldkarte hatte ich damals noch nicht, Marianna lud mich zusammen mit ihrem Mann zum chinesischen Essen ein, und wir beratschlagten, wie das Problem zu lösen sei. Ganz einfach: „Ruf Deinen Mann an, er soll schon mal den Scheck ausstellen – wir fahren dich nach

Hause." Das ist Amerika: eineinhalb Autostunden – was ist das schon – doch keine Entfernung, wenn man aus Vermont zum Markt nach New York kommt. Dieter brühte uns einen Tee, hatte Feuer im Kamin gemacht und im Nu hatten wir eine Einladung nach Vermont – zum Weihnachtsmarkt in Mariannas Kirche. Anfang Dezember kamen wir nach sechsstündiger Autofahrt im eisigen Vermont an: Zwanzig Grad minus. Mariannas Haus war ein Traum aus goldgelbem Holz, alles selbst gebaut mit Holz aus dem eigenen Wald, rund und gemütlich. Wir feierten unsere späte Ankunft mit dänischem Aquavit. Meinen fürchterlichen Kater hatte ich erst am Nachmittag des folgenden Tages mit Kamillentee gezähmt. Auf diesem Weihnachtsmarkt nun gab es einen Stand mit geschnitzten Vögeln und während Tina und ich uns berieten, welches Vögelchen wohl das Schönste wäre, sprach uns eine ältere Dame an: „Ach, Sie sind aus Deutschland? Ich stamme aus Österreich. Sie kennen doch sicher Zuckmayer? Ich bin bei der Familie zu Besuch, müssen Sie wissen – wir sind sehr verbunden. Ich bin Frau Zuckmayer sehr dankbar. Ich hab' nämlich den Mann bekommen, von dem sie sich getrennt hatte." Und dann tauschten wir uns noch aus über das Buch, das Zuckmayers Frau von ihrer Zeit in Vermont geschrieben hatte. ‚Die Farm in den grünen Bergen'. Lustig, das hatte ich gerade gelesen, meine Schwester Hanna hatte es mir geschenkt, als wir nach Amerika zogen.

Diese neun Monate – von April bis Dezember – waren ungeheuer ereignisreich für uns alle. In jeder Beziehung. Die Kleider von Marianna habe ich noch mehr als zehn Jahre getragen.

Karin Müller-Wichards

Kunstmarkt, selbstgemacht

„Wenn dir dies Seminar so gut gefallen hat, dann müsstest Du erst mal nach Amerika kommen, da ist es noch viel besser!" Das war in Berlin, ich hatte an einem Seminar teilgenommen mit dem Titel ‚Extreme Bewusstseinszustände'. Es war mir klar geworden, dass Verrücktheit zu mehr Spaß im Leben führt und, wenn ich meine eigene Verrücktheit nicht lebe, delegiere ich sie an andere. Dann lieber selber den Spaß haben. Das war im Juni.

Wie sollte ich meinem Mann beibringen, dass ich fünf Wochen in Portland, Oregon, lernen wollte? Und mehr noch: wovon sollte ich das bezahlen? Zweitausend Mark allein für das Seminar – Unterkunft und Verpflegung nicht gerechnet. Naja, Essen musste ich auch zu Hause. Bleibt noch der Flug. Zunächst einmal verhielt ich mich still. Abwarten, ob der Wunsch bleibt, überlegte, wie ich zu dem Geld kommen könnte. Na, einige Erfahrung hatte ich ja schon gesammelt. Ich kannte auch ein paar Menschen, die eine Arbeit von mir kaufen würden – nun müsste ich mir nur noch meine Bilder vom Herzen reißen und alles organisieren.

Im August stand das Vorhaben fest. „Dieter", sagte ich zu meinem Mann, „ich will nach Amerika."
„Wozu das denn?" „Ich will ein Fortbildungsseminar für Prozessorientierte Psychologie besuchen.
In Portland. Im Februar/ März, da hast Du gerade Semesterferien." „Aber Jens ist doch noch so klein, kann es nicht ein Jahr später sein?" „Nein, ich fühle, dass es jetzt sein muss." „Und wer soll das bezahlen?" „Ich, ich

werde hier bei uns eine Ausstellung organisieren, alle Freunde und Bekannten einladen und Gemälde, Zeichnungen und Seidenmaltücher verkaufen. Und davon kann ich alles bestreiten. Außerdem kann ich ein Ausgabenbuch führen. Jeden Kaffee, den ich mir hier vom Munde abspare, kann ich ja in Amerika trinken. Außerdem wollte ich schon lange mal nach San Francisco – dann hänge ich noch vier Tage an, ja?" „Na gut, wenn es denn unbedingt sein muss."
Nun ging ein Sichten los: Welches meiner Bildern kann ich zum Verkauf freigeben, welche Zeichnungen? Wie stelle ich aus, wen lade ich ein? Wie viel sollen die Seidentücher kosten, wer wird sie wohl kaufen? Muss ich vorher noch das Wohnzimmer streichen? Wie viel Geld brauche ich überhaupt? Meine Vorstellung war: zweitausendsechshundert Mark sollen es werden. Bei achtzig Einladungen würden vielleicht dreißig Leute kommen – nicht alle würden kaufen – aber – Überraschung! Zwanzig völlig unerwartete Gäste kamen und kauften. Meine erhoffte Summe kam zusammen. Schon konnte ich das Seminar und den Flug bezahlen – ein Geldgeschenk von meiner Mutter ermöglichte mir ein ganzes Appartement für mich alleine und vier Tage San Francisco in der Jugendherberge waren auch noch drin. Das Bild, das meine Nachbarin kaufte, stammte noch von der Italien-Exkursion während meiner Studienzeit mit mehrtägigem Aufenthalt in Latsch, Südtirol: der Blick durch Apfelplantagen im Frühjahr auf das Dorf im Tale. Lemmi, unser Musikfreund, wählte das Bild: ‚Wiebke, Flöte spielend'. Meine Mutter und deren Freundin kauften Seidentücher, sogar Goldruderer Frank Schepke mit Frau war gekommen. Es war ein fröhliches Fest. Der wochenlange Aufwand hatte sich gelohnt. Und die genaue Haushaltsführung – man glaubt es ja selber nicht: hundertfünfzig Mark gespart, jeden Monat bis zur Abreise.

Der 'Jumbo' war besetzt mit unübersehbar vielen Reisenden. Ich hatte mich gerade in der hintersten Reihe in meinen unbequemen Sitz gezwängt, als eine Stewardess mich leise fragte, ob ich etwas dagegen hätte, meinen Platz zu tauschen. Wie erstaunt war ich, als ich mich in der 1. Klasse wiederfand mit Liegesitz und Wahl Menü sechs-gängig. So macht das Fliegen Spaß.

Das Seminar brachte mich mit Menschen aus aller Welt in Verbindung. War das aufregend! Es gibt so viele Erlebnisse zu erzählen, so viele Schicksale. So Vieles, was ich über mich selbst gelernt habe, so viel innere Einsicht. Das hat sehr gut getan.
Die Hawaiianerin, die in einer Übung zu mir sagte: „Eines Tages kommst Du auch nach Hawaii", sollte recht behalten, aber erst mal musste ich ja Julianne kennenlernen. Das geschah im darauffolgenden Jahr.
Rainbow Festival
„Ich muss nochmal nach Portland." Dafür konnte Dieter zwar keinerlei Verständnis aufbringen, aber ziehen lassen musste er mich doch. „Ich muss unbedingt hin, um das 'Doughicenter' kennenzulernen. Das ist eine Einrichtung, in der Kinder in ihrer Trauer betreut werden, wenn sie einen nahen Menschen verloren haben durch Krankheit, Unfall, Gewaltverbrechen oder Selbstmord.
An diesem Ort können sie alles ausagieren, umwandeln, durch die verschiedenen Stadien des Verlustes gehen, verständig begleitet von einem geschulten Team. Und wenn die Wutphase durchlebt werden muss, gibt es den Tobe-Keller – alle Flächen sind mit Schaumstoff ausgekleidet.
Darin kann die Wut herausgelassen werden – ohne Verletzungsgefahr. Meine Freunde Hero und Cynthia, die ich aus meiner Fortbildung im Februar kannte, arbeiteten dort.
Ich hatte Cynthia geschrieben – bekam aber keine Ant-

wort. Trotzdem fuhr ich los – irgendwie würde ich sie schon erreichen, manche werden sagen: Typisch Karin. Für die drei Wochen hatte ich mir vorgenommen: eine Woche Center und dann: 'Haus am Meer', wie, das würde sich zeigen. Überhaupt wollte ich so reisen wie früher – mit dem Herzen in der Hand ergibt sich alles wie von selbst – wie mit zwanzig, so mit fünfzig. Naivität hat eben keine Altersbeschränkung. Katharina, die ich in San Francisco kennengelernt hatte, wollte ich auch wiedersehen. In Atlanta, beim Umsteigen, versuchte ich Kontakt mit Cynthia aufzunehmen: eine lange Schlange vor dem Telefonapparat. „Hier ist der Operator, geben Sie die Nummer an." Halbdunkel – ohne Brille, die langsam notwendig wurde, aufgeregt: Verbindung abgebrochen. In meiner Not bat ich einen jungen Mann, mir zu helfen – aber auch er hatte keinen Erfolg. Sorry. Das war abends um 21.00 Uhr. Um 22.30 würde ich in Portland landen. Ohne Nachtlager. Ohne Cynthia. Okay Einsteigen. Es geht weiter.
Todmüde kuschelte ich mich in den schmalen Flugzeugsitz und schickte ein Stoßgebet zu meinem Schutzengel: „Ich schlafe erst mal – kümmere Du Dich um den Rest." Aufgewacht ging ich als Erstes zur Toilette. Auch andere Fluggäste warteten dort. „Sie haben aber einen schönen Pullover an!"   „Danke schön, von Christine Schmidt – auf dem Bordesholmer Lindenmarkt gekauft!" da stand er ja, mein Schutzengel. Nach 'woher' und 'wohin' und 'warum' stellte sich heraus, dass er deutsche Vorfahren hatte und mich nach Portland bringen wollte, wohin auch immer. Tja, das war nun das Problem. Cynthia hatte sich nicht gemeldet. Das Hotel vom letzten Mal nahm keine Gäste ohne Anmeldung auf – so mitten in der Nacht. Die Freunde vom letzten Jahr waren auch nicht mehr da. Mitternacht – meinen Engel mochte ich nicht weiter belästigen. „Ihre Frau wartet doch nun schon – ich schaff das schon – notfalls

schlafe ich im Park – hab meinen Schlafsack dabei." Im Café, das ich noch kannte, brannte Licht. Der jungen Frau am Tresen klagte ich mein Leid: „Kein Problem, ich muss nur noch saubermachen, dann kann ich dich mit zu mir nehmen. Meine Mutter ist auch Deutsche. Morgen nehme ich dich wieder mit in die Stadt und du kannst deine Freunde suchen. Solange kannst du deinen Rucksack auch bei mir lassen." Bis 2.00 Uhr nachts haben wir noch geklönt.
Wie alles weiterging? Geschichten über Geschichten.

Ich bin gerade aus dem 'Greyhound' von Portland nach Eugine gestiegen. Beim Fahrer habe ich mich erkundigt, wie es zum Festival geht, so strebe ich zum Shuttlebus. „Entschuldigung, Moment, darf ich sie etwas fragen?" Eine junge Frau eilt hinter mir her. Auch sie will dorthin. Die halbe Stunde im Shuttle reden wir pausenlos: 'woher', 'wohin', 'weswegen', 'Familie', 'Schicksale', 'Beweggründe'. Im Nu haben wir unsere Leben ausgetauscht. Wir kommen auf dem Festivalgelände an, da hat sie mich schon 'adoptiert': „Du bist meine Schwester. Du kommst jetzt mit zu unserem Verkaufsstand – wir sind jedes Jahr hier und bieten 'Baked Potatoes' an – das ist unser Jahresurlaub." Da sind wir. „Das ist Karin, sie bleibt hier über Nacht. Das ist mein Mann – mein Bruder – seine Freundin. Du bist jetzt Teil der Familie. Wenn du Hunger hast, bediene dich. Wenn hier Feierabend ist, legst du dich bei mir ins Zelt. Und wenn alle Tagesgäste hinauskomplementiert sind, gebe ich dir mein Festival-Armband. Das ist der Ausweis für das ganze Gelände." Sie löst es vorsichtig ab. „So, da hast du es – jetzt kannst du dich hier frei bewegen. Es gibt hier eine große Sauna, die ist toll. Feel free." And I felt free.

Inzwischen war es dunkel geworden. So wanderte ich

ein wenig herum und fand die Sauna. Na, dann mal los. Erst mal Kleider ablegen, duschen. Nun stand ich etwas verloren da. So viele nackte Menschen und alle fremd. Ich stand da – um das große Feuerbecken saßen sie in mehreren Reihen. Während ich überlegte, wo ich mich hinsetzen wollte, standen einige an der gegenüberliegenden Seite auf und verließen das Feuer. Dorthin zog es mich und da saß ich nun in der ersten Reihe – die Füße am Feuer, langsam wurden sie heiß. Halblaut sagte ich vor mich hin: „Das erinnert mich an das Gedicht 'Die Füße im Feuer'." Ein junger Mann beugt sich vor und fragt: „Bist Du Deutsche?" „Ja, wieso?" „Ich habe eben die Sprache erkannt, meine Mutter ist nämlich Deutsche." So lernte ich Tim kennen. Erst im Morgengrauen verabschiedeten wir uns: In zwei Tagen würde er mich abholen. Er war Häuserbauer und hatte in Manzanita, einem Ferienort an der Küste, zu tun. Er musste noch einige Arbeiten an seinem neuesten Haus ausführen.

In Manzanita angekommen stellte er mich seiner Auftraggeberin vor und ich durfte eine Nacht im Gästezimmer des Neubaus schlafen. Am Meer, am Pazifik – wie weiter? Tim musste arbeiten. Er empfahl mir eine Bekannte, Julianne, sie vermietete an Badegäste. Dünen, das brausende Meer, ein breiter Strand mit großen Stämmen Treibholz. Und praktisch gegenüber: Japan. Ich wanderte herum: Seeluft, Wind, Wolken – Blumen am Wegesrand. Warum nicht einen Kranz winden – das gibt so ein heimatliches Gefühl. Ich klingelte bei Julianne – nur ein Mädchen war da – nahm aber den Kranz für die Hausherrin entgegen. Ich fand keine andere Bleibe und ging zurück zu Juliannes Haus: das Haus am Meer, wie in meinem Wunschtraum. Jetzt machte sie selbst auf. „Tim schickt mich, er meinte du hättest ein Bett für mich." „Nein, leider nein, aber vielen Dank für

den Blumenkranz – er ist sehr schön. Und du kommst aus Deutschland? Ich habe Großeltern aus Baden Baden. Wir kamen vom 'Hölzchen auf Stöckchen' und nach einer halben Stunde Geplauder sagte sie:
„Wenn Dich die Unordnung hier nicht stört, kannst du in meinem Büro schlafen. Ich muss arbeiten – aber wir können uns Zettel schreiben – und abends treffen wir uns wieder." Nach drei Nächten und einem weiteren Wiesenblumenstrauß stand auf dem Zettel: „Karin, bleib solange Du willst." Unendlich lange Spaziergänge führten mich auf die Nehrung. Herrlich. Schon wollte ich dableiben: diese Dünen, dieser endlose feine Sand unter hohem Wolkenhimmel erinnerte mich an das Frische Haff in Ostpreußen, dem Sand aus der Kindheit meiner Mutter, die immer sagte: „Nirgendwo habe ich wieder so feinen weißen Sand gefunden." Nach vierzehn Tagen musste ich endgültig Abschied nehmen – der Flieger wartete nicht. Aber ich hatte noch eine Verabredung zum Brotbacken im Bioladen: ich musste ihnen eine Kostprobe meines Dinkelbrotes bringen, mit Knoblauchbutter. „Bleib hier, wir stellen Dich sofort ein! Das ist ja köstlich! So etwas wollen die Menschen hier haben. Es gibt viele Deutsche in der Gemeinde." Am Strand hatte ich ein Abschiedsfeuer entzündet – ein paar Leute hatten zugesagt. Aber schließlich erschien nur Julianne – sie hatte an jedem Strandfeuer nach mir gefragt: „Karin?" Die Sterne funkelten hoch über uns und wir waren uns ganz nah.

Zu Weihnachten schrieb ich Julianne eine Karte – eine Klappkarte mit meiner ‚Schwangeren', die sich im Spiegel anschaut, ein Motiv, gemalt nach einem Foto von mir im achten Monat. Mit diesen Karten wollte ich auch mal Geld verdienen. Lustigerweise machte das Motiv sich aber selbst auf den Weg.
Die Geschichte mit der Lupine: „Jemand hat alle Karten

gekauft." Christine Brugger, die Hebamme aus Neumünster, rief zwei Jahre später bei mir an: „Gibt es von der 'Schwangeren' kein Poster?" „Nein, aber ich könnte ja versuchen, eins drucken zu lassen." „Das wäre schön, ich brauche es nämlich für das neugestaltete Geburtszimmer in Hennstedt-Ulzburg." Ich erkundigte mich nach den Druckkosten in Neumünster: Mindestauflage 200 Stück, Kosten 1600 DM. Wenn ich genügend Leute finde, die mir ein Poster für 60 DM abnehmen, könnte ich das wagen. Ich habe es gewagt. Mit meiner Freundin Deike und dem Original haben wir dabeigestanden, wie dieser Koloss von Heidelberger Druckmaschine gearbeitet hat. Der Druck war bald finanziert, aber mit meiner Geschäftstüchtigkeit ist es nicht weit her: 150 Poster liegen noch bei mir. Man sagt ja 'Klappern gehört zum Handwerk', aber nicht jede Malerin ist tüchtig im Verkauf.

Einladung nach Kauwaii
„Liebe Karin, ich habe die Weihnachtspost zum Beantworten mit in den Urlaub genommen. Die erste Karte, die mir in die Hand fiel, war Deine, das Bild mit der Schwangeren. Ich lade Dich zum 9. September, zu meinem 60. Geburtstag nach Kauwaii ein. Wir feiern im ältesten Hotel der Insel. Es liegt direkt am Meer. Ich reserviere Dir ein Apartment zu einem Vorzugspreis von 700 $. Mein Bruder mit Familie und ein paar Freunde kommen auch. Sei herzlich willkommen, Deine Julianne."
Meine Freude! Es wird wahr! Ich darf um die halbe Welt reisen, Hurra! Bloß – wie finanziere ich das? Wie war das noch mit den Aktien? Ich hatte doch schon davon gelesen: eine Künstlerin, die eine Weltreise machen wollte, verkaufte Tagebuchblätter, die sie auf der Reise anfertigen würde. Und was die geschafft hatte, schaffe ich auch. „Zehn Aktien für das Hotel, 20 Aktien für den

Flug, Essen muss ich auch zu Hause, also los!" Wie soll denn eine Aktie aussehen? Mal überlegen. Ja, von meinen Städtereisen durch Norditalien mit Tina gab es das illustrierte Reisetagebuch: kleine Aquarelle mit Schrift. Einige Kopien daraus sollten die Beispiele sein. Motive aus Venedig, Cinque Terre, das Portrait meiner Tochter. Ein Faltblatt aus blauem Tonpapier bildete den Rahmen. Vorne drauf klebte ich jeweils ein ausländisches Geldstück – Überbleibsel unserer zahlreichen Reisen.
Der Text:
Anteilschein
„Hawaiianische Reise 2002"
Karin Holm
...Hiermit erwerbe ich ein Anrecht auf ein Originalblatt aus dem Tagebuch dieser Reise

Mit der Zahlung von Euro 75 auf das Konto... tritt dieses Anrecht in Kraft. Die entstandenen Arbeiten werden im Oktober 2002 an die Anteilseigner/innen versendet.
P.S. Die farbige Reiseskizze dient zur Vorfreude auf die kommenden Blätter.

Karin Müller-Wichards/ Holm

Wen nun würde ich anschreiben? Alte Freunde, neue Freundinnen, Verwandte – zu der Zeit war ich Teilnehmerin an einer Fortbildung für Trauerbegleiter/innen. So kannte ich vierzig Frauen und zwei Männer. Meine Schwägerin Heike riet mir noch: „Mal ruhig noch ein paar Bilder mehr, die kann ich dann in meinem neuen Kosmetikstudio ausstellen."
Schon einen Monat später war das Hotel gebucht, nach kurzer Zeit der Flug: Hamburg- San Francisco – Lihue auf Kauwaii und zurück. In San Francisco musste ich umsteigen. So konnte ich auch meine Freundin Katharina noch besuchen. Sie wohnte zu der Zeit in einem

ehemaligen Feuerwachturm außerhalb der Stadt. Mit Kolibris im Garten! Und dann, nach mehrstündigem Flug - unter mir der weite Ozean mit Wasserglitzern - endlich auf Kauwaii. Weiter ging es mit der Arbeit: wo ich ging und stand, packte ich mein kleines Malzeug aus und hielt fest, was ich sah. Das hat Spaß gemacht. Und das Meer – so ein Meer hatte ich noch nie erlebt! Riesig weit und warm umspült es die Insel. Kristallklares Wasser in allen Blau- und Türkistönen. Eine Wonne, darin zu schwimmen. Mit Julianne und ihren Freunden fuhren wir zu einer geschützten Bucht, abgeschirmt von den großen Ozeanwellen durch eine lange Steinmole. Beim Schwimmen, plaudernd im warmen Wasser, merkten wir gar nicht, wie wir immer weiter ins offene Meer hinausgetragen wurden. Da schwamm ein Mann auf uns zu: „Wenn Ihr nicht aufpasst, trägt euch das Meer hinaus und ihr kommt erst nach drei Tagen wieder an Land." Na, vielen Dank, da schwammen wir lieber wieder zurück an den Strand.
Das Mietauto war sehr praktisch – nicht abschließbar, insgesamt ein alter Schlorren, aber ein unschätzbarer Vorteil auf der Insel: erstens war es billig, nur zwanzig Dollar, und zweitens für Diebe völlig unattraktiv. Am nächsten Tag lernte ich Luke, den Autovermieter kennen: „Wie bist du denn in dieses Paradies hier gekommen?" „Ach, das ist eine lange Geschichte. Ich war Alkoholiker, hab erst mal mein Familienglück versoffen – bin dann vor den US-Behörden nach Hawaii geflohen, hab nochmal den Führerschein verloren und hatte nur noch ein Schrottauto am Strand als Zuhause. Damals hatte ich noch viele Freunde, auch alles Versager. An meinem 50. Geburtstag hatte ich nicht einmal einen Dollar für ein Bier in der Tasche. Die 'Freunde' waren verschwunden. Es gab keinen Ausweg: ich ging zu den Anonymen Alkoholikern. Kalter Entzug, drei Monate Hölle. Aber sie ließen mich nicht fallen. Rund um die

Uhr wurde ich betreut – alles trockene Alkoholiker im Ehrenamt. Dann hatte ich es geschafft, dachte ich. Meine Ersatzdroge waren Zigaretten, mindestens eine Schachtel am Tag, bis ich eines Tages nicht mehr aus dem Bett kam, lag da, wie gelähmt. Da hab ich ein Stoßgebet zum Himmel geschickt: 'Lieber Gott, hol mich noch einmal aus dem Dreck und ich verspreche Dir, ich werde ein anderer Mensch.' Und jetzt sitze ich hier mit euch, brauche keinen Alkohol, keine Zigaretten, habe diese Autovermietung 'Rent a Wreck' und genieße das Leben."

„Willst du mit zum Markt, Karin?" „Natürlich, liebend gerne." Dort eine riesige Fülle an exotischen Gemüsen, Früchten und Blumen. Das ist ein Motiv: ein Asiate steht vor dunkelroten Riesenblüten im knallroten Poloshirt. Ich frage ihn, ob er Modell stehen würde, im Tausch gegen sein Portrait. „Ja, gerne" und das ist Alfred. Seine Großeltern stammen aus China. Sie waren Arbeitssklaven auf den riesigen Zuckerrohrfeldern von Hawaii. Deswegen sieht er so anders aus als die Urbevölkerung. So male ich im Stehen zwei Ansichten von Alfred und lasse ihm die Wahl - und wenn ich das Originalblatt anschauen will, fahre ich Malu und Ekkehard in Middelburg besuchen.

Von der Reise zurück, breitete ich meine Schätze erst mal bei meiner Mutter im Wohnzimmer aus. Wie sollte ich nun die Blätter verteilen? Ganz einfach: ich machte eine Lotterie daraus. Meine Geldgeber bekamen eine Nummer, die Nummer schrieb ich auf Zettel, warf sie in die Luft – und da, wo sie landeten, zeigten sie den neuen Besitzer an. Nun waren die restlichen Bilder frei für eine Extra-Ausstellung in meinem damaligen Atelier in der Schwabenstraße. Daraus wurde wieder ein schönes Fest mit vielen Besuchern, mit Musik und angeregten Gesprächen. Für Heikes Kosmetikstudio waren immer noch genug Werke übrig, und so wurde diese Aktion ein voller Erfolg. So viel Geld hatte ich noch nie verdient. Und was könnte ich noch alles an Geschichten erzählen! Ihr müsst mich nur fragen.

Karin Müller-Wichards

Fischmarkt in Hamburg

Rom, die ewige Stadt, da wollte ich hin. „Wie?" „Per Anhalter." „Viel zu gefährlich", sagte Gisela, meine Schwägerin, die zu Besuch war. „Nimm doch Interrail." „Viel zu teuer für mich, und außerdem viel zu langweilig." „Aber Deine Eltern können Dir doch Geld geben." „Geben sie ja, aber nur Essensgeld." Ich fand mich mit meinen hundert Mark reich genug, um wochenlang reisen zu können. Ich brauchte nicht viel, und eingeladen wird man unterwegs immer. Die hundert Mark hatte ich auf dem Hamburger Fischmarkt verdient. Mein Vater, ein passionierter Jäger und Hundeführer, hatte wohl alle Füchse auf dem Flotthof zur Strecke gebracht – für zwei Fuchs-Capes, eines für meine Mutter – eines für 'Tante Hanna'. Tante Hanna versorgte meinen Vater immer mit Kaffee und Keksen, wenn er zur Hege und Pflege im Flotthofer Revier weilte. Die zwanzig besten Bälge nähte ich mit der Hand zusammen – als 'Lohn' händigte mir mein Vater sechs, etwas vom Schrot lädierte Felle aus, je mit zehn, elf oder zwölf Mark ausgezeichnet. „Wo kann man solche Ware loswerden?" Armin, mein Bruder, riet: „Auf dem Fischmarkt in Hamburg."

Ich zog also eines Sonntags los, im Gepäck noch ein paar Pastelle, die meine Mutter gemalt hatte: Landschaften, Blumenbilder, Stillleben. Bin ich mit der Bahn gefahren? Sicher nicht – kostet doch Geld! In meinen braunen Wildlederclogs, mit selbst gekürzter Kniebundhose und frischer Bluse angetan, saß ich dann inmitten andere junge Leute mit allerlei Kram. An Standgebühren erinnere ich mich nicht, aber an den Kommentar eines Marktbesuchers: „Ein deutsches Mädchen malt nicht abstrakt." Ich konnte ihn davon überzeugen,

dass er ein Werk von Johanna Holm ersteht. Und wer hätte das gedacht: die Fuchsfelle gingen weg, wie warme Semmeln – auch ein paar Pastelle wechselten den Besitzer. Ich fühlte mich so reich, dass ich sogar noch eine Batik von meiner Standnachbarin erstand.
Prima, nun konnte es losgehen. Nach vier Wochen war ich wieder zurück – mit fünf Pfennigen in der Tasche. Und was hatte ich alles erlebt! Mein Vater hatte mir für die Reise noch einen 'Dolch' geschliffen. Der 'Dolch', das war ein Fahrtenmesser meines Bruders. Gebraucht habe ich ihn nicht, nur einmal zur Sicherheit im Gürtel getragen, nach der unfreiwillig ertragenen 'Zärtlichkeit' eines Gastgebers: „Du bist ganz sicher bei mir, hier ist meine Bundeswehrmarke." Naivität ist auch eine Stärke. Trotz einiger unangenehmer Erfahrungen habe ich immer wieder meinen Gastgebern vertraut. 'Vertrauen ehrt', sagt das Sprichwort. Ohne diese Grundvertrauen kann man eine solche Reise nicht durchführen.
Venedig war mein nächstes Ziel. Dort wollte ich meinen 21. Geburtstag feiern. Im leichten Nieselregen stehe ich an der Straße, irgendwo mitten in den Alpen. Endlich ein Auto. Ein deutsches Kennzeichen – ein junges Paar – vorbei. Ich reiße meine Arme hoch und schreie los vor Enttäuschung. Doch, o Wunder, sie halten. Die Geschwister sind auf einer Spritztour nach Triest. „Was wollt ihr denn in Triest!? Ganz in der Nähe liegt doch Venedig! Das muss man gesehen haben! Außerdem lade ich Euch zu einem Glas Wein ein. Ich habe nämlich Geburtstag." Als wir endlich ankamen, ging der Vollmond über dem Canale Grande auf. Auf unserem Streifzug durch die Gassen landeten wir drei in einer besonderen Trattoria. Der Wein kam aus dem Tonkrug und die Trinkschalen hatten jede einen anderen Sinnspruch, umrankt von gemalten Blumengirlanden. Meiner hieß: 'Beve poco, ma spessa!' Trinke mäßig, aber regelmäßig. Nach ein paar Stunden Schlummer im Pas-

sat Variant trennten wir uns, denn ich wollte weiter nach Florenz. Auch diese Stadt hatte einen Sehnsuchtsklang, und dort saß ich nun auf der Kirchentreppe mit all den anderen jungen Leuten in der Sonne. Irgendjemand spielte irische Folklore auf der Mundharmonika. Bei der Musik schmolz ich dahin. Langsam sank die Sonne, die Menge lichtete sich – ich hatte noch keine Bleibe, aber ich rückte näher an den Musiker heran. Er konnte nur ein Ire sein. Ja, Dave kam aus Dublin. Er war zum Klettern an den Sellapass in den Dolomiten gereist – der Regen hatte ihn aber von dort vertrieben. Er wusste schon, wo man übernachten konnte. Viele Häuser direkt am Arno standen seit dem letzten Hochwasser leer. Zähne putzten wir auf dem Ponte Veccio und dann machten wir uns auf den Weg nach Pisa. „Hummel, Hummel, Mors, Mors!" schrie ich hinter einem Mercedes mit Hamburger Kennzeichen her. Das Ehepaar nahm uns mit und lud uns zum Abendessen in Viareggio ein. In ihrem Vorzelt durften wir übernachten. Am Strand stieß noch der neue Freund von Dave dazu. Er war auf dem Weg von Marokko nach Holland, um seine Strafe wegen Hasch-Besitzes abzusitzen. Er war völlig abgemagert – ich weiß noch, wie ich mich im Vergleich zu ihm richtig fett fühlte.
Den schicken Bikini hatte ich mir in München geleistet: zehn Mark im Sommerschlussverkauf. Als ich dort auf dem Stachus die herumlungernden Jungen zeichnete, wurde ich um weitere zehn Mark gebeten. „Kriegst Du bestimmt wieder! Schick ich Dir nach Hause." Achtzig Mark noch, immer noch viel.
Den schiefen Turm von Pisa bestiegen Dave und ich gemeinsam. Es gibt noch das Foto, auf dem ich den Turm zu stützen scheine. Heute ist er schwer gesichert mit furchtbaren Stahlseilen, damit er nicht umfällt. Ich wollte weiter nach Rom und Dave zurück zur Sella. „Komm doch mit mir zum Klettern!" „Ja, gern, aber erst

muss ich noch nach Rom. Auf dem Rückweg komme ich vorbei."
Orvieto:
Eine herrliche Kathedrale auf der Anhöhe. Der Italiener, der mich mitgenommen hatte, sagte: „Das musst du Dir ansehen! Sie ist noch schöner, als alle anderen." Er lud mich auf dem Marktplatz ab, und schon war ich umringt von einer Jungenclique. „Woher, wohin, willst Du etwas essen? Wie heißt Du?" So viel Italienisch konnte ich verstehen. Und nett fand ich auch, dass sie mich in ein Restaurant einluden. Mist, so viel Essen hätte ich doch nicht bestellt, wenn ich gewusst hätte, dass ich selber zahlen muss. Wieder zwanzig Mark weniger! Na, egal, die Übernachtung kostet ja nichts. „Mama, kann Karin bei uns übernachten?" „No, no, no ! Non e possibile!" In einem Neubau, in den ich wie eine Füchsin in ihren Bau 'einschliefte', war ich windgeschützt. Sogar Besuch bekam ich. Bei Kerzenschein unterhielten wir uns mit Hilfe meines Liliput-Wörterbuches Italienisch – Deutsch, Deutsch – Italienisch und er verstand sogar, dass ich keine Liebesabenteuer suchte, einfach nur auf Reisen war. Sehr lieb sagte er nur: „Buona notte!" Sein Freund, der mich am nächsten Morgen zu einem Ausflug abholte, reagierte verärgert. Der hatte mir unbedingt noch den Trasimenischen See zeigen wollen. Aber zum Küssen gehören zwei. „Warum fährst Du denn überhaupt mit mir?!" Empörung in der Stimme! Ja, meine grenzenlose Naivität hatte mir erlaubt zu denken, es sei aus reiner Menschenfreundlichkeit geschehen!
In Rom wollte ich endlich mal unter einer Brücke schlafen. Es kam ganz anders: ein bisschen wie bei Schneewittchen und den Sieben Zwergen. Meinen roten Seesack mit meinen Siebensachen hatte ich ins Schließfach gepackt und schlenderte unbeschwert durch Rom. Sonne, die Gehsteige voller Touristen, die ihren Kaffee oder

Wein schlürften. In der Nähe des Collosseums tönt es hinter mir her: „Are you Dutch?" Ich drehe mich um und sage: „Yes, I am Deutsch." Solche Missverständnisse führen zu völkerverbindenden Freundschaften. Jedenfalls setzte ich mich zu ihm, sagen wir 'John', denn er war Amerikaner. Nein, unter der Brücke dürfe ich nicht schlafen – viel zu gefährlich. In seiner Pension gäbe es sieben Engländerinnen in einem Zimmer – die würden ihre Betten zusammenrücken. Und so wurde es eine lustige, sehr kurze Nacht. Wir machten mit unserer Fröhlichkeit und unseren Lachsalven einen derartigen Lärm, dass wir um drei Uhr nachts um Ruhe gebeten wurden. Am nächsten Morgen um sieben holte John mich ab und schmuggelte mich hinaus, denn sein Plan war, mit mir zusammen nach Norden zu trampen. Paare kommen besser weg als einzelne Jungen! Der Erfolg kam unerwartet schnell: ein italienisches Paar hielt sofort. „Wir sind von Sizilien auf dem Weg nach Padua, steigt ein." So ein Glück! „Wenn es Euch nichts ausmacht – um vierzehn Uhr machen wir eine Pause von zwei Stunden, wir müssen das Festessen bei unserer nonna mitmachen, die wird 80 Jahre alt. Aber wir fragen, ob Ihr mitfeiern könnt." Es war ein Festschmaus, ein richtiges italienisches Festessen mit allen Gängen: Primi Piatti, Spaghetti, Fisch, Fleisch, Gemüse, Brodo – Nachtisch, Espresso, Liköre. Der Wein floss in Strömen. Und immerzu das fröhliche Plaudern, Schreien, italienisches Durcheinanderreden – herrlich. Nach zweieinhalb Stunden fuhren wir weiter. „Natürlich schläfst Du bei uns! Meine Eltern haben genug Platz!" Es war 22.00 Uhr geworden, als wir endlich ankamen. John hatte sich schon in Vicenza verabschiedet. „Mama, das ist Karin aus Deutschland." Eine Stimmenflut, Aufregung, der Fernseher auf voller Lautstärke. 'Katastrophe' – der sechzehn-jährige Sohn war nicht vom Strand zurückgekommen! Er musste noch abgeholt werden. „Ich glaube,

es passt doch nicht mit der Übernachtung hier, Karin."
„Kein Problem, ich fahre mit Euch nach Rimini und finde schon ein Plätzchen am Strand." So viele Sonnenschirme hatte ich noch nie gesehen. Im Schatten der gestapelten Sonnenliegen schlief ich unter prächtigem Sternenhimmel. Am nächsten Morgen skizzierte ich einen der zusammengebundenen Schirme. 36 Jahre später kaufte Martin Bornholm die Bleistiftskizze auf unserem ‚Bordesholmer Kunstmarkt' bei den Freunden aus Tingsryd, Südschweden.

Ein Blick auf die Europakarte in meinem handtellergroßen Taschenkalender zeigte mir, dass ich ganz in der Nähe von Ravenna aufgewacht war. Gab es da nicht die berühmten Mosaiken mit der Byzantinischen Kaiserin Theodora? Das Bild aus dem Geschichtsbuch stand vor meinem inneren Auge. Im Morgensonnenschein trampte ich hin. Die Mosaiken waren wirklich sehenswert, sehr eindrucksvoll: 1500 Jahre alt! Am Nachmittag hatte ich mich sattgesehen – jetzt wollte ich zu Dave. Im italienischen Wagen wurden wir überholt: rotes Kennzeichen, war das nicht ein Däne? Mit dem müsste ich fahren, dann käme ich in einem Rutsch ans Ziel. An der nächsten Tankstelle setzt der Italiener mich ab. Nein! Da stand ja das Auto mit dem roten Kennzeichen! „Entschuldigen Sie, fahren Sie nach Norden? Ja? Würden Sie mich mitnehmen?" So kamen wir mitten in der Nacht in Brixen an. Er war Geschäftsmann aus Belgien und musste Pause im Hotel machen. Ich aber durfte auf dem Marktplatz in seinem Auto übernachten. Nach dem Frühstück würde er mich bis zur Abzweigung nach St. Ulrich mitnehmen.

Die Bergsteiger waren noch am Feiern in der Hütte, als ich auf dem Sellapass ankam. Sofort wurde ich als Kletterkameradin von Dave akzeptiert und in die Gruppe englischer Kletterer aufgenommen.

Mit meinen Clogs konnte ich ja nun schlecht klettern,

aber im Nu hatte Dave ein paar Stiefel organisiert und los ging der Unterricht. 'Boulder Problems'. Genau gucken, immer mit drei Gliedmaßen am Felsen kleben. Abseilen – ein Kinderspiel. Das Wetter stabil. Wir kletterten auf die mittlere Zinne. Im Morgengrauen heißt es losgehen, den Schuttkegel ersteigen bis zur Felswand. Und dann stetig himmelan. Schwindelfrei bin ich. Aber, 'the overhanging wall': Oh, Oh. Die linke Hand in den Felsspalt – eine Faust machen und nun hochziehen. Auf winzigen Felsvorsprüngen Halt finden – und nun noch den überhängenden Felsen überwinden. Dave: „Los Karin, Du kannst es!"
Beim zweiten Versuch rutsche ich wieder ab. Wir sind schon ziemlich hoch – zurück: niemals. Aber die Knie zittern doch, als ich wieder nach einem Meter abrutsche – zum Glück ist der Felsabsatz hier breit genug. „Los, Karin, nochmal! Ich ziehe das Kletterseil ganz fest an, Du schaffst das!" Zum Glück bin ich ein wenig in Dave verliebt. Das hilft. Und so überwinde ich das Hindernis. „Bravo Karin, gut gemacht!" lobt Dave. Uff. Und nun noch die Traverse. Es gibt auch ein Foto von dieser Stelle. Senkrechter Fels – ich stehe auf drei cm großen Vorsprüngen, und so geht es hinter Dave her, über, na – sechs bis acht Meter an senkrechter Felswand. Haken sind eingeschlagen. Ich bin gesichert, muss aber meinen Karabiner lösen, wenn ich am Sicherungshaken vorbei geturnt bin. Dann heißt es wieder volle Konzentration bis in etwa zwei Metern der nächste Haken kommt. Ein fantastisches Gefühl so zwischen Himmel und Erde, aber auch aufregend. Dann kommen wieder einfachere Kletterpassagen. Plötzlich sind wir oben. Welch ein Hochgefühl! Und diese Aussicht! Nur nicht lange ausruhen und auskühlen! Ein Gipfelfoto, ins Gipfelbuch eintragen und wieder absteigen mit abseilen. Beim Abstieg passieren die meisten Unfälle. Ab und zu sieht man die Todestafeln. Wir kommen heil herunter. Am

Abend gibt Dave mächtig mit mir an: den Schwierigkeitsgrad sechs hat Karin bewältigt! Und das beim ersten Mal Klettern! Meine letzten zwanzig Mark hatte ich in Dave's Kasse eingezahlt. Davon wurde ich mit verpflegt: morgens gab es immer Rührei mit Zwiebeln und Tomaten mit Brot. Sehr lecker. Er war verliebt in eine ferne Dänin und so herrschte Freundschaft zwischen uns. Abends wurde berichtet, Routen, Erlebnisse, es wurde gezecht und gesungen – eine Woche Sorglosigkeit unter Freunden. Einmal sagte Dave: „Das darf ich meinem Vater gar nicht erzählen, dass ich mit einer Deutschen in einem Zelt schlafe." Dann waren Dave's Kletterfreunde aus Irland angekommen. In der Nacht musste ich Dave mit meinem Schlafsack zudecken – er war zu besoffen, um in seinen zu kriechen und es schneite. Ich kam bei Jim unter. Am nächsten Morgen fuhr ich noch mit zur Marmolata – aber mein Geld war alle, und abhängig wollte ich nicht sein. Also aß ich einen Teller Spaghetti für 1,60 Mark, kaufte noch eine Tafel Schokolade als Wegzehrung und machte mich auf den Heimweg. Um elf Uhr am nächsten Tag war ich wieder in Gadeland.

Vier Wochen, die strahlen immer noch in einem ganz besonderen Glanz. Ich glaube, ich bedanke mich noch nachträglich bei den Füchsen, die ihr Leben lassen mussten. Und bei meinen Eltern, die mich ziehen ließen. Eines Tages rief jemand aus Hamburg bei meiner Mutter an, ob es diese Johanna Holm gäbe. Ja, diese Malerin hat gelebt.

Karin Müller-Wichards

Die Schweden kommen

„Guck mal, Tina, ist die nicht schön? So schön rund. Und die Farbe: wie ein Amsel Ei. Und in der Hand liegt sie gut. Und der Tülle sehe ich an, dass sie gut gießt und nicht tropft. Guck mal, wie der Deckel gehalten wird – so habe ich das noch nie gesehen. Willst Du die nicht haben?"
„Aber die ist doch viel zu teuer! Siebenhundert Kronen für das bisschen Ton. Das kann ich auch selber töpfern!" so Tina. „Ich bezahle sie von meinem Kunstkonto, für so etwas ist es ja da." Endlich einmal konnten wir hemmungslos shoppen gehen, meine Tochter und ich. Wir waren für eine Woche in Schweden – in unserem Häuschen - und konnten so viele Flohmärkte, Löppes und Läden besuchen, wie wir wollten. Hier stöberten wir in der Galerie in Växjö in Südschweden nach einer Teekanne. Ein Paradies voll schöner, handgearbeiteter Gegenstände von Künstlerinnen und Künstlern, Kunsthandwerkerinnen und Kunsthandwerkern. Was gab es alles zu sehen, gefertigt aus Glas, Papier, Stoff, Leder, Holz, Ton und Metall. Bildteppiche, geschnitzte Skulpturen, getriebene Messingschalen, Keramik – ach, so Vieles mehr, wie ich es gar nicht aufzählen kann.
Die Teekanne zog uns wieder in ihren Bann: gutes Design, gekoppelt mit guter Funktion. Mit schöner Glasur: matt, samtig, türkis. Ein wirklich einmalig schönes Stück. Bloß der Preis. Immerhin ist sie zerbrechlich. Bedenke: könntest Du aus einem Tonklumpen eine solch schöne Kanne formen? Dazu braucht man doch drei Jahre Lehrzeit an der Töpferscheibe, Glasurkunde, Brennofen, Werkstatt. Erfahrung, Erfindergeist, Durchhaltevermögen und Fleiß. Das alles hat doch seinen

Preis. Du brauchst Erfahrung, Materialkunde, Geduld gehört dazu, mit Enttäuschung musst Du umgehen, schließlich gibt's auch schon im Brennofen Scherben. Halblaut besprachen wir all diese Aspekte, nicht ahnend, dass Lothar Krenz alles verstand. Endlich hatte ich Tina überzeugt und wir wollten bezahlen. Der Schwede an der Kasse war Deutscher! So eine Überraschung ! Lothar war der Metall-Kunsthandwerker mit den feinen Messingschalen. Er war mit seiner Familie in den fünfziger Jahren nach Schweden ausgewandert. Sein Vater war als Facharbeiter angeworben worden. Und hier standen wir nun mitten in Schweden und sprachen Deutsch. Lothar erzählte uns:

„Ich bin Mitglied der Gruppe 21 aus Tingsryd. Wir betreiben diese Galerie, um unser Handwerk zu verkaufen. Jeder hat einmal Dienst im Laden und heute bin ich dran. Wie ist es eigentlich in Deutschland mit den Preisen, wie viel würde so eine Kanne dort kosten?"

„Ich denke, mindestens ebenso viel, wenn nicht mehr, wie sollte es auch anders sein? Zu den Produkten kommt der Vertrieb, der Transport, Verpackungsmaterial, Arbeitszeit. Und die Künstler müssen ja noch davon leben! Also, ich sage 'preiswert'. Ich habe auch schon versucht, mit meiner Arbeit Geld zu verdienen – das ist gar nicht so einfach. Einmal hatte ich bei uns in Diemarden bei Göttingen einen Markt organisiert. Meine Freundin steuerte die handgesponnene Wolle bei, pflanzengefärbt. Ich hatte Batiken angefertigt. Es war ein schönes, gelungenes Fest. Der Verdienst hielt sich in Grenzen und dann: als ich Kirsten mit dem Bauernbett und der Wolle wieder nach Hause bringen wollte, 'Rumms' verschwand mein Verdienst in den splitternden Scheinwerfern des blöden Autos, das vorher da nicht gestanden hatte. Trotzdem, das ganze Fest bleibt in schöner Erinnerung. Es bleibt auch deswegen in Erinnerung, weil wir uns so lange darauf vorbereitet hat-

ten. Auch die Kinder hatten mitgemacht und freuten sich auf den Markt, sie wollten doch auch etwas verkaufen."
„Wie ist es denn mit Ausstellungsmöglichkeiten in Deutschland? Wir würden gerne neue Märkte erschließen. Vielleicht ergibt sich ein Austausch? Vielleicht können Sie sich mal umhören? Sie sehen ja unsere große Bandbreite. Hier in Schweden trennen wir auch nicht so scharf zwischen Kunst und Kunsthandwerk. Zum Schluss lud er uns in seine Werkstatt in Tingsryd ein – eine größere Messingschale sei gerade fertig geworden, ob ich sie mir ansehen wolle. Und so besuchten wir Lothar zu Hause.
Die Schale habe ich gleich gekauft, dem Kunstkonto sei Dank. Noch heute, finde ich sie genauso schön wie damals. Sie fängt auf unnachahmliche Weise die Sonne ein und macht mich unweigerlich fröhlich. Viele Jahre hat sie bei meinen Eltern Freude verbreitet. Jetzt habe ich sie geerbt.
Ich versprach Lothar, mich einmal in Bordesholm umzuhören. Zwei Jahre später: die Adresse war die Galerie am See mit Christine Hankel und Jons Drawert. Christine, die Organisatorin des Pfingstmarktes an der Linde, hatte Erfahrung in allem und fing Feuer. Sie nahm alles in die Hand und schon bald hieß es „Die Schweden kommen!"
Im Gemeindehaus an der Linde waren die Bilder von Martin Bornholm ausgestellt, die Bildwebereien von Agneta Lind, Möbel von Uwe. In der Galerie am See konnte man die Keramik von Margareta Borgehed käuflich erwerben, die Messingschalen und Leuchter von Lothar Krenz, die Objekte von Staffan Lind und die Skulpturen von Björn Gjäderas. Mikaela Hölbling war mit Schriftfahnen in der Klosterkirche vertreten.
Wir nahmen die Künstler in unsere Häuser auf und verlebten herrliche Stunden mit ihnen. Aus Gästen wurden

Freunde. Der Birkenholzstuhl, den ich für meinen Galeriedienst geschenkt bekam, erinnert mich ständig an diese Zeit. Dann erfolgte eine Gegeneinladung.
„Karin, mach doch auch mit, Du hast doch einiges Material." In Windeseile wurde eine neue Gruppe gebildet. Als „Bordesholmer Kulturschnecke" reisten wir nach Tingsryd. An zwei Orten bauten wir unsere Ausstellung auf – mit Malerei, Zeichnungen, Objekten, Patchwork Bildern und Schmuck. Wie in Bordesholm, gab es auch in Schweden einen offiziellen Empfang in der Gemeinde, es gab schöne Feste, es gab aber auch Spannungen innerhalb unserer Künstlergruppe, und die „Kulturschnecke" überlebte nicht.
In Ryd gab es eine Überraschung für mich: diesen Ort kannte ich doch. Hier hatten wir 1976 schon mal gestanden und über den See geschaut. Hier hatten wir entschieden:
„Die Hütte in Bohult ist doch die richtige für uns", ein Häuschen direkt am See mit Holzherd und Kamin.
Einige Jahre später traf ich meine Kunsthandwerker-Freunde in einer Ausstellung in Schweden wieder. Dabei lernte ich Marianna kennen. Bei ihr konnte ich mein gesticktes Erzählzelt in der Scheune aufhängen. Im Jahr darauf war ich mit dem gestickten Tagebuch auf sieben Stoffbahnen vertreten. Ich werde demnächst mal wieder nach Stensjöäng reisen und nachschauen, was meine Tücher machen, mit den gestickten „grauen Gedanken". Die habe ich vor drei Jahren an dem verwaisten Sägewerk aufgehängt, damit die Stoffbahnen in Wind und Wetter vergehen.
Epilog
Ich glaube, Tinas Teekanne hält immer noch, weil sie behandelt wurde wie eine Freundin: bei jedem Umzug sorgsam eingepackt, nicht zu oft benutzt, nur zu besonderen Teestunden. Achtsam und ohne Hast. Mit liebevollen Augen betrachtet und mit ein wenig Stolz darü-

ber, dass sie schon über zwanzig Jahre hält. Mit ihr wird freudiges Wiedersehen gefeiert, und auch, wenn sie altersbedingt schon ein wenig nachgedunkelt ist, vielleicht sogar schon eine Ecke abgeschlagen, ist sie noch kostbarer geworden. Die Erinnerung an die Schwedenreise bleibt immer strahlend frisch.

Thorsten Schönberg

Über den Verkauf eines Pullovers auf dem **Flohmarkt**

Bedeutet ein Käufer ein zartes Interesse,
so zeigt der Verkäufer tieftrauernde Blässe,
und wird sich nach außen hin so präsentieren,
als ging der Verkauf ihm grad voll an die Nieren.
Betont noch mal eindringlich, dass er nicht müsse
und hofft so, der Käufer zieht folgende Schlüsse:
Das jedwedes Handeln wär äußerst respektlos
und obendrein zusätzlich sinn- und auch zwecklos.

Der Käufer hingegen beginnt abzuwinken
und hofft selbstverständlich auf Preise, die sinken.
Beginnt dem Verkäufer zu signalisieren,
man würde im Winter viel lieber krepieren,
das hieße, man würde noch viel lieber sterben,
als dort diesen Pulli von ihm zu erwerben.
Es sei denn, es ließe sich um dieses „Teilchen"
noch feilschen!

So handeln sie, feilschen, bis letztlich entschieden,
bei welchem Niveau sind denn beide zufrieden.

Regina Gay

Das Geld liegt auf der Straße

Liegt das Geld wirklich auf der Straße? Immer wieder hört man von sehr pfiffigen Geschäften, und schon ist man versucht, diesem Spruch Wahrheit zu bestätigen.
Hatten Ger und Pia diesen Spruch im Kopf? Zumindest hatten sie nicht den Eindruck, diese Aussage passe zu ihrer Situation. Seit einem Jahr verheiratet, lebten sie in einer kleinen, einfachen, aber heimeligen Wohnung. Pia studierte noch und Ger ging einer nicht übermäßig einträglichen Arbeit nach. Auch von den Eltern war keine Unterstützung zu erhoffen.
Extras waren ein großer Luxus in ihrem Alltag. Wo liegt denn nur das Geld auf der Straße? Wo nur? Gemeint ist ja nicht, dass es dort wirklich liegt, sondern dieser Ausspruch gilt meist, wenn jemand mit einer guten Idee ein einträgliches Geschäft machen kann.
Da heißt es doch ebenso: Not macht erfinderisch. Also waren Ger und Pia auf der Suche nach einer guten Idee. An Zeit und Talent hatte es keinen Mangel bei ihnen. Nach langem Grübeln entstand zum Ende des Winters die zündende Idee der Ostereier. Ja, sie könnten Ostereier bemalen und sie auf dem Markt verkaufen.
Schon am selben Abend verwandelte sich ihre Küche in eine Werkstatt voller Farben und Lacke. Vorher hatten sie kleine Holzeier gekauft, in die sie kleine Metallösen zum Aufhängen hineinschraubten. Dann ging es an die Bemalung. Jedes Ei bekam eine Grundfarbe, die eine Weile trocknen musste. Die ganze Küche hing voller Eier und wehe, sie klebten aneinander, dann war die Schönheit sofort sehr beeinträchtigt. Der kleinste Luftzug wurde mit einem riesigen Aufschrei quittiert.

Nachdem die Grundfarben getrocknet waren, ging es an die Muster. Aber auch hier galt, immer schön eine Farbe nach dem Trocknen der vorigen. Das erforderte Geduld, wenn das Ergebnis ansprechend werden sollte. Osterwerkstatt den ganzen März hindurch. Bald war es ihnen, als sähen sie nur noch bunte Eier. Aber gepackt von ihrem Vorhaben arbeiteten sie mit Elan dem Ziel entgegen.

Diese Eier sollten nun am Sonnabend, eine Woche vor Ostern, auf dem Markt in Kiel verkauft werden. Da hätten die Käufer noch genug Zeit, sich daran zu freuen, war ihr Gedanke.

Gesagt, getan! Früh am Morgen wurden die Eier in Kartons gepackt, ein Klapptisch fand in ihrem VW-Käfer Platz, dazu ein paar Zweige mit einer großen Milchkanne, um die Kunstwerke optimal präsentieren zu können. Zuerst ein wenig kritisch angesehen, fanden die Marktnachbarn dann ihre Idee ganz originell. Klar! Bunte Eier, die nicht entzwei gehen konnten, da würden sie ihre Forsythienzweige ja noch viel besser an den Mann bringen können.

Hoffnungsfroh standen Ger und Pia nun hinter ihrem Markttisch und waren sehr gespannt, wie das Geschäft anlaufen würde. Würde überhaupt ein Käufer Interesse an den Eiern haben? Würde ihr geplanter Preis akzeptiert werden, oder müssten sie etwa noch handeln? So ganz alltäglich war diese Situation nicht für sie, aber sie hatten so lange dafür gearbeitet, nun mussten sie nur noch den Verkauf hinter sich bringen.

Gerade ein wenig eingerichtet als Markthändler, tauchte etwas auf, womit sie nicht gerechnet hatten. Der Marktmeister erschien und fragte nach ihrem Standschein. Nein, nicht jeder kann so mir nichts, dir nichts einfach auf dem Markt verkaufen. Dafür braucht es eine Genehmigung. Dazu muss der Stand bezahlt werden. Oh, Schreck! An so etwas hatten sie gar nicht gedacht. Was sollte nun werden mit ihrer Geschäftsidee? Da half alle Fürsprache ihrer Marktnachbarn nicht, sie mussten ihren Stand bezahlen. Das aber erschien ihnen viel zuviel. Es ging doch am Ende alles von ihrem Verdienst ab! Nein, das Geld lag eben doch nicht auf der Strasse!

Mit diesem gehörigen Dämpfer packten sie unter den Mitleidsbekundungen ihrer neuen Kollegen ihre ganzen Herrlichkeiten ein, stopften alles wieder in ihren Käfer und zogen los.
Da, auf dem Weg nach Hause, kam ihnen plötzlich eine neue Idee! Wozu brauchten sie denn überhaupt den Markt und diese ganze Bürokratie? Konnten sie nicht all ihre Verwandten und Bekannten abklappern und ihnen ihre kunstvollen Eier verkaufen? Schließlich braucht doch jeder Haushalt ein wenig Dekoration zu Ostern.
Natürlich! Ja! Und so fuhren sie los, um all diese kleinen Kunstwerke an den Mann zu bringen. Mancher ihrer Freunde und Verwandten mag ein paar Eier mehr gekauft haben, als er wirklich wollte, denn diese Idee musste honoriert werden.
Da diese Ostereier nun wirklich sehr stabil waren, kann es heute, fünfzig Jahre später, noch passieren, das Ger und Pia an den Osterzweigen ihrer Freunde ein Ei entdecken, dass sie an ihre frühe Geschäftsidee erinnert.
Ist der Handel nun gelungen, so stellen wir fest: manchmal liegt das Geld wirklich auf der Straße!

Regina Gay

Marktpassion

Manchmal war sie nahe daran zu verzagen. Sie hatte es sich nicht ausgesucht, mit ihren vierzehn Jahren immer wieder losziehen zu müssen, um Lebensmittel zu erbetteln. Ihre Eltern waren mit den beiden jüngeren Geschwistern über die grüne Grenze von der sowjetischen Besatzungszone nach Schleswig-Holstein gegangen, um sich dort nach einer Lebensperspektive für die Familie umzusehen. Sie war mit drei weiteren Geschwistern bei der Großmutter in Doberan untergebracht worden. Eine kleine, enge Wohnung, die neue Schule, das Leben in der Stadt – aber ihr fehlten die Eltern und ihr fehlte das vertraute Zuhause auf dem Land, wo sie nach Herzenslust auf dem Hof und in den Ställen herumtoben konnte.

Wie lange diese Situation anhalten würde, war ganz ungewiss. Sie mussten das Beste daraus machen. Die Großmutter gemeinsam mit den Kindern.

Not gab es, wo man hinsah. Der Krieg war endlich vorüber, hatte aber überall seine Spuren hinterlassen. Hier lebten sie nun mit der Großmutter, die sie nur von gelegentlichen Besuchen kannten. Der Mangel war mit den Händen zu greifen. Immer wieder hatten sie nicht genug zu Essen. Sie kannten gar nicht mehr das wohlige Gefühl des Sattseins.

Da sie die Älteste war, fühlte sie sich verantwortlich: Immer wieder schwänzte sie die Schule und zog mit ihrem kleinen Rucksack los, um Lebensmittel zu erbetteln. Mit der Zeit kannte sie schon die Häuser, in denen sie Erfolg hatte. Am besten war es außerhalb der Stadt, wo die Menschen Gemüse- und Obstgärten hatten.

Auch wenn sie auf dem Rückweg schwer daran trug, diese Hamsterschätze waren hoch willkommen.

Hatte sie da schon ihre Gaben geschult, die sie als Erwachsene zur Passion machen sollte? `Geschäftstüchtig war sie schon immer`, sollte es später heißen. Aber zunächst waren es ja keine Geschäfte, sondern es ging nur darum, Essen zu erbitten.

Als sie die Schule beendet hatte und endlich mit der Großmutter und den Geschwistern zu den Eltern in den Westen ziehen konnte, lernte sie Geflügelzucht. Mit dieser Lehre setzten sich ihre ländlichen Wurzeln durch.

Nachdem sie als junge Frau einige Jahre im Breisgau gelebt hatte, zog es sie wieder in den Norden, in die Lübecker Bucht. Hier konnten die Menschen auf dem Land ihr Mecklenburger Platt verstehen, hier am Meer wehte die gleiche Luft, wie in ihrer Heimat. War der Himmel hier womöglich auch höher? Es kam ihr jedenfalls so vor. Gemeinsam mit ihrem Mann und den Kindern zog sie auf einen kleinen Resthof. Und nun war guter Rat teuer. Womit sollte das Geld verdient werden? Irgendeine Lösung würde ihr schon einfallen. An Unterkriegen-lassen war gar nicht zu denken.

Sie kauften sich einen gebrauchten Volvo Combi und mästeten Schweine. Alle vier Wochen wurden zwei Schweine geschlachtet und so zogen sie mit Wurst und Schinken auf den Wochenmarkt nach Travemünde. Zuerst hatten sie den Schinken in der Ostzone räuchern lassen, weil dort alles günstiger war. Da brachten sie dann auch gleich einen Sack Korn mit und einen großen Eimer Honig, um ihn dann in kleinen Gläsern abgefüllt, zu verkaufen. Dieser Handel über die Grenze hinweg war bald nicht mehr möglich, und so mussten hier Nischen gesucht werden. Kartoffeln kaufte sie zentnerweise, wog ein bis zwei Kilo Beutel ab, die Badegästen wie auch Einheimischen völlig genügten.

Jeden Mittwoch und Samstag war sie morgens in aller Frühe in Travemünde, um ihren Stand aufzubauen. Am Abend davor wurde das Auto gepackt. Alle Waren hinein bugsiert, den Sonnenschirm, der auch bei Bedarf als Regenschirm diente, und zu guter Letzt einen kleinen Tapeziertisch. Viel stellte sie nicht auf diesen Tisch, sondern holte das meiste aus den Tiefen ihres Kofferraums hervor, wenn danach gefragt wurde. Sie selber saß hinten an der aufgeklappten Ladefläche, rund und stabil, dem Idealbild der Marktfrau entsprechend.
Längst war sie als Unikum auf dem Markt bekannt, hatte ihre Stammkunden, deren Vorlieben und Wünsche sie kannte und mit denen stets ein ausführlicher Plausch gehalten wurde.
Jahrzehntelang verkaufte sie Eier, ohne je ein Huhn gehabt zu haben. Schlachteten sie nicht, so kaufte sie Wurst auf dem Schlachthof und verkaufte sie auf dem Markt. Auch das mit der Wurst klappte bestens - ganz ohne Schwein.
Den Kunden reichte das Gefühl, dies alles sei aus eigener Herstellung. Wurde sie überhaupt je danach gefragt, oder suggerierte sie das mit der unprofessionellen Art ihres Marktstandes? Das Einzige, was Bio war, waren die unbehandelten Äpfel aus ihrem Garten und im Frühjahr der Rhabarber. Kürbis und Rote Beete machte sie für ihre Kunden ein. Ebenso kochte sie Marmelade und Quittengelee in ihrer chaotischen Küche und versah die Gläser mit Etiketten, auf denen stets die längst verbotene Bezeichnung `Marmelade` stand. Das sollte nun seit neuestem `Brotaufstrich` heißen. Dazu hatte sie keine Lust. Sollte sie sich etwa nach solchem Blödsinn richten? Sie, die sowieso gerne ein wenig am Rande der Legalität agierte? Kam ein Marktkontrolleur, so schob sie ganz lässig eine Decke vor ihre Brotaufstrich - Marmelade. Sie hatte für sich das gute Gefühl entwickelt, dass dieser ganze Handel völlig in Ordnung sei, und so

musste sich alles dem Ziel des Geldverdienens unterordnen.

In machen Jahren mästete sie Gänse und Enten, ließ sie schlachten und rupfen, um sie dann vor Weihnachten auf dem Markt zu verkaufen.

Grundsätzlich ließ sie keinen Kunden zu sich nach Hause kommen, der Anblick ihrer heruntergekommenen Wirtschaft hätte den Kunden den Appetit verdorben, wäre also geschäftsschädigend gewesen. Das wusste sie wohl.

Da machte sie lieber mal eine Extratour zum Ausliefern. Noch als Achtzigjährige besorgte sie sich zwei Ferkel und mästete sie mit Säcken alten Brotes vom Bäcker. Kostenlos sozusagen. Natürlich für den Markt. Ohnehin war alles, dessen sie habhaft werden konnte, für den Markt vorgesehen.

Alle zwei Jahre entschwand sie für eine vierzehntägige Kreuzfahrt auf der Queen Mary II. Großzügig lud sie dazu ihre Tochter ein und schwärmte anschließend vom Captains Dinner und der traumhaften Atmosphäre an Bord.

Ihren Kunden auf dem Markt erzählte sie nichts von ihrer Traumreise. Das war einfach zu privat.

„Warum tust du dir diese ganze Arbeit mit dem Markt an?", wurde sie immer wieder gefragt. Ihre Antwort war stets dieselbe: „Wenn ich das nicht mehr tue, dann bin ich tot!" Und auch dieses Mal hatte sie richtig kalkuliert.

Einen Tag bevor sie starb, trieb sie nur der Gedanke um, womit sie für den nächsten Markttag ihren Volvo Combi beladen sollte.

Regina Gay

Mister Frosti

Mister Frosti arbeitet bei einer Handelskette, die ihre mit bunten Gemüsebildern geschmückten Autos durch die Straßen – vornehmlich Land- und Dorfstraßen - der Republik schickt. Überall sind diese Autos gegenwärtig. Ich stelle mir vor, diese Autos werden, einem rollenden Gefrierschrank gleich, jede Woche neu beladen. Nach einem bestimmten Plan fährt der Fahrer in einem Gebiet Haus für Haus an.
Hier geht man nicht in ein Geschäft, um Ware zu kaufen. Nein, hier kommt der Verkäufer mit seiner Ware in das Haus. Schon allein deswegen spielt bei diesem Handel die Person des Verkäufers eine spezielle Rolle. Da diese Arbeit nicht besonders einträglich zu sein scheint, wechseln die Verkäufer relativ oft. Das schadet dem Geschäft, denn dadurch, dass sie die Vorlieben einzelner Haushalte kennen, können sie noch gezielter ihre Ware anbieten.
Kann ich die Mr. Frostis, die im Laufe der Jahre an meine Tür kamen noch einzeln in meinem Gedächtnis abrufen? Nein, das kann ich nicht.
Aber der Vorige stellte sich so einprägend vor, dass ich an ihn, obwohl er diesen Job nur kurz machte, eine gewisse Erinnerung habe.
Er kam an die Tür mit einem Auftreten, als ginge es um eine Eroberung, mit den Worten:
„Ab jetzt will ich Sie begleiten!" Als ginge es um die Begleitung für das Leben. Woraufhin ich total erstaunt mit einem Schmunzeln fragte:
„So, so. Sie wollen mich jetzt begleiten?" Da war es für ihn an der Zeit einen Rückzieher zu machen:

„Nein, nein, nur als Mr. Frosti." Da war ja wieder alles geklärt.
Fortan versuchten alle im Haus seinen Besuchen auszuweichen. Von nicht-da-sein bis nichts-kaufen-wollen – reich war die Palette des Ausweichens, denn er war zu aufdringlich.
Der nächste Mr. Frosti ist ganz das Gegenteil. Auch er ist bemüht eine persönliche Beziehung aufzubauen. Er zeigt Bilder von seinen Kindern, kommentiert meine Frisur, aber dann geht es los.
Obwohl ein Katalog es möglich macht, die Waren vor seinem Kommen auszuwählen und ihm nur noch die Bestellung aufzugeben, geht es jetzt erst einmal mit dem Anbieten los. Je nach Jahreszeit. Im Sommer ist es das Eis in allen Variationen, zu Weihnachten die Ente oder Gans und immer wieder fragt er nach, ob alles andere noch vorhanden sei. Und nun werden die Waren aus dem mitgebrachten Körben angeboten. Mal sind es Plastikschalen, mal ganze Sätze von Gläsern. Da heißt es dann bei der Ablehnung, „Ach so, Gläser haben Sie ja." Auch gibt es Wein und besondere Kekse, alles zum Sonderpreis.
Nachdem ich das alles dankend abgelehnt habe, komme ich mir schlecht vor. Leichter wäre es, Geld in einen Hut für einen Straßenmusikanten zu legen.
Woher nur kommt mir die Formel, mit der ich all die Sonderangebote für immer ablehne, ohne unhöflich zu sein?
Nach der Bestellung der gefrorenen Ware verschwindet Mr. Frosti in den Tiefen seines eisigen Arbeitsplatzes. Auch hier hat er wieder mein volles Mitgefühl. Wie grausig kalt ist das! Unangenehm im Sommer wie im Winter.
Dann landet alles auf meinem Küchentisch mitsamt der Rechnung. Zum Abschied bekomme ich feierlich einen signalfarbenen Aufkleber für meinen Terminkalender,

um ja nur an sein nächstes Kommen erinnert zu werden.
Bis in drei Wochen! Nein! Wie oft soll ich es ihm noch erklären? Solch ein Minihaushalt braucht erst in sechs Wochen Nachschub. Darauf höre ich, dass er doch ohnehin vorbeikomme. „ Nein, ich mag Sie aber nicht immer wegschicken" ist mein Hilferuf. Jetzt habe ich mich als weiche Käuferin geoutet.
Und nun frage ich mich, war das immer so bei den Händlern, die an der Tür verkauften? Früher kamen sie in die Dörfer mit Kurzwaren, Backwaren; und jegliches Hofzubehör wurde auf diese Art gehandelt. Oft waren das Personen, die lange Jahre ihre Kunden kannten und von ihnen längst mit einem Spitznamen bedacht wurden.
Für mich ist es leichter, einen Laden ohne etwas gekauft zu haben zu verlassen, als Mr. Frosti deutlich zu sagen, dass ich weder heute noch in drei Wochen etwas von seinen Waren und auch gar nichts von seinen Sonderangeboten benötige.

Regina Gay

Sadza

Schon wieder klebte ihnen die Kleidung am ganzen Körper und die Sonne hörte nicht auf, ihre Strahlen in diese vor Trockenheit ächzende Landschaft zu schicken. Seit einigen Wochen waren die beiden jungen Leute nun schon in Zimbabwe. In einer Klinik in Bulawayo war er Famulus in der Kinderheilkunde und sie arbeitete als Krankengymnastin in demselben Krankenhaus. Das alles hatten sie von langer Hand geplant. Noch einmal hinaus aus der Großstadt, in der sie beide ihre Ausbildung absolviert hatten. Andere Gegebenheiten in einem anderen Land kennen zu lernen, das sollte ihren Horizont erweitern.

Ein kleines rotes Auto, das ihnen ein Freund besorgt hatte, machte sie mobil, und so konnten sie sich in ihrer Freizeit die nähere und weitere Umgebung ein wenig ansehen. Rechts gesteuert natürlich. Ohne Klimaanlage. Wenn sie unterwegs waren, dann mussten die hinteren Fenster, weit hinunter gekurbelt, für ein wenig Abkühlung sorgen.

Immer wieder einmal hatten sie an einem dieser landesüblichen Marktstände angehalten, auf denen geschnitzte Tiere, Holzschalen und alle möglichen Arbeiten aus Holz angeboten wurden. Neu war das für sie, fremd, dass die Händler ihnen hinterherliefen und vor lauter Eifer, ihnen etwas zu verkaufen, sie auch anfassten. Dann hörten sie von allen Seiten:

„Good price, very good price!" Wie sollten sie sich da nur in aller Ruhe entscheiden? Schier gar nicht endend schien das Angebot zu sein. Wieder und wieder wurden neue Tiere aus den hintersten Ecken hervorgeholt und ihnen präsentiert.

Sie träumten von einer großen Giraffe. Egal, wie die nun in das Flugzeug gehen würde. Daran dachten sie noch nicht. Eine große Giraffe, die so natürlich wie möglich aussehen sollte.

Je öfter sie an diesen Märkten anhielten, umso vertrauter wurde ihnen der besondere Kosmos dieser Stände. Die erwartungsfrohen Gesichter mancher Händler, während wieder andere sich gar nicht ablenken ließen, sondern in aller Ruhe die geschnitzten Tiere mit schwarzer Schuhcreme einrieben, damit die Käufer von Ebenholz träumen konnten. Immer wieder hörten sie: „Good price, very good price!" Manchmal ganz monoton gerufen und wieder ein anderes Mal von auffordernden Gesten unterstützt.

Da sie etwas ganz Spezielles vor Augen hatten, ließen sie sich nicht von einigen besonders heruntergekommenen Händlern dazu verleiten, schlicht aus lauter Mitleid zu kaufen. Auch das konnte passieren.

Nein, irgendwann in dieser Zeit in Zimbabwe würde das mit ihrer Traumgiraffe schon etwas werden. Da waren sie sich ganz sicher.

Eines Tages bekamen sie das Angebot, auch noch für zwei Wochen aushilfsweise an ein Krankenhaus, zwei Autostunden entfernt, nach Nusch zu gehen. Von hier aus waren sie mit einem erfahrenen Mediziner viel in der Umgebung unterwegs. Die drei setzten sich am Rand der Dörfer in den Schatten eines großen Baumes, hängten eine Waage in seine Äste und warteten. Überhaupt schien es ihnen, als wäre Warten eine besondere Tugend in Afrika. Alle warteten geduldig und wiederum erwartete man geduldiges Warten.

Saßen sie also eine Weile unter diesem Baum, so kamen die ersten Mütter mit ihren Säuglingen auf dem Rücken oder auf der Hüfte. Nur so wurden die Kinder hier getragen, denn immer mussten die Hände zum Arbeiten frei bleiben.

Eine Frau nach der anderen kam an, pellte ihr Kind aus und sah sich in Ruhe an, was nun geschah. Die Kinder wurden gewogen, untersucht und, wenn nötig, geimpft. Den Frauen war diese Art der Sprechstunde nicht fremd, und sie waren froh über die ärztliche Versorgung, die in ihrem Land keine Selbstverständlichkeit war. Hier half das Englisch der jungen Leute nicht viel. Die Stammessprache war für die Verständigung mit den Müttern vonnöten.

In einiger Entfernung hatten sich inzwischen neugierig die Männer unter dem Schatten eines anderen Baumes niedergelassen. Diese Gelegenheit musste von dem Mediziner genutzt werden. Unter dem Gekicher der Männer wurden nun die Frauen über Aids und Geburtenkontrolle aufgeklärt. All diese Informationen gelangten nur über die Frauen zu den Männern.

Auf einer dieser Touren hielten sie wieder an einem Marktstand an. Ganz unauffällig, als wollten sie nur schauen und nicht kaufen, besah sich das junge Paar die kunstvollen Schnitzarbeiten. Bei einer Giraffe war ihnen der Hals zu kurz, bei einer anderen der Rücken zu steil. Und was waren das denn für komische Ohren? Mit der Zeit hatten sie, nachdem sie so viele Giraffen in der Natur gesehen hatten, einen Kennerblick entwickelt. Und immer noch war es ganz klar: es musste eine Giraffe sein!

Aber diese hier! Was war mit dieser? Vorsichtig stießen sie sich an. Einer von ihnen ging weiter, tat, als sähe er sich andere Tiere an, um dann noch einmal zurückzukommen. Das war die reinste Tierschau. Sie hatte so etwas als Kind zu Hause mit Pferden erlebt. Aufregende Körungen waren das gewesen.

Aber dies hier war für sie beide ein Abenteuer.

„Good price!" tönte es im Nu, als der Händler sah, dass sie an seinem Stand auffällig lange verharrten. Darin

waren die Händler geübt. Sie hatten die Gesichter und Gesten der weißen Touristen genau studiert.
Diese Giraffe! Was kostet diese Giraffe? Eine Weile ging es hin und her mit dem Preis. Der Händler spürte, dass sie nun fest entschlossen waren, und automatisch schnellte seine Forderung in die Höhe. Nein, das war ihnen doch zuviel Geld. Sie wandten sich von diesem Handel ab und gingen zu ihrem Auto. Bedauernd zwar, aber sie gingen. Wild gestikulierend kam der Händler hinter ihnen her, zupfte an dem Bayern-München-Trikot des jungen Mannes und machte ihnen deutlich, dass er dieses Trikot für die Giraffe haben wollte.
Na, warum denn auch nicht? So lange hatten sie schon gesucht und diese Giraffe war wirklich ein sehr gelungenes Exemplar. Mit bloßem Oberkörper nun eine Weile im Auto zu fahren, war doch gut möglich bei diesen Temperaturen. Hinzu kam, dass ausgerechnet dieses Trikot die ganze Seligkeit des Händlers zu sein schien. Also denn! Nach all dem Hin und Her zog der junge Mann das Trikot über seinen Kopf, gab es dem begeisterten Händler und nahm die zwei Meter hohe Giraffe glücklich in den Arm. Nun wurde sie erst einmal in aller Ruhe bestaunt, um dann mit großer Vorsicht hinten in ihrem Auto gelagert zu werden.
Im Nu war diese Giraffe zum Kleinod der beiden avanciert. Sie tauften sie Sadza, nach dem traditionellen Maisbrei, den es täglich in der Kantine des Krankenhauses gab. Natürlich einen afrikanischen Namen für ein afrikanisches Tier.
Kaum eine Woche stand Sadza nun in dem Zimmer des jungen Paares, dessen Flug nach Deutschland unmittelbar bevorstand. Wie kommt die Giraffe nun heil in das Flugzeug? Und noch wichtiger: wie auch heil wieder hinaus? Von Freunden hatten sie gehört, dass man ähnlichen Schnitzereien für den Flug den Hals absägen musste. Nein, auf gar keinen Fall wollten sie das ma-

chen. Da erwies sich plötzlich ein Freund als hilfreich. Er organisierte, dass Sadza in voller Größe, eingepackt in die Isomatten ihrer neuen Besitzer, den Flug nach Europa heil überstehen konnte.

Der Anblick, den sie bei ihrer Heimkehr in Berlin mit einer Holzgiraffe unter dem Arm boten, ließ unversehens über die Gesichter der Passanten ein Lächeln huschen.

Und nun stand sie schon eine Weile in ihrer Wohnung neben dem Schreibtisch, an dem der junge Mann für sein Examen lernte. Plötzlich vernahm er, bei aller Ruhe, in die dieser Raum getaucht war, ein Pochen. Immer deutlicher wurde dieses Pochen. Nein, die Nachbarn schlugen keine Nägel in die Wand. Das war es nicht. Dies war ein anderes Pochen. Ein leises sozusagen. Aber wer pocht leise? Gemeinsam fahndeten sie nach der Ursache, bis sie zu dem Schluss kamen: dieses Geräusch kommt aus dem Inneren ihrer Giraffe. Ein afrikanischer Holzwurm hatte sich als blinder Passagier mit nach Deutschland einschleusen lassen.

Dagegen gab es Medizin im Baumarkt. Kaum geheilt musste wieder ein Heilmittel für Sadza aus dieser speziellen Apotheke her. Bei einem Umzug hatte einer der vielen Helfer die Giraffe nicht stabil genug hingestellt. Sie fiel um und brach sich den Hals. Nein! War das schlimm, denn ausgerechnet davor hatten ihre neuen Besitzer sie doch unbedingt verschonen wollen. Aber alles Jammern half nicht. Der gute Leim musste helfen und seitdem steht Sadza nun, immer dezent fixiert, mit einer zarten Narbe, nach fünf Umzügen, in einer ostkanadischen Stadt und erinnert an Afrika.

Regina Gay

Schachern

Das Gezänk der Möwen war für Anna nichts anderes, als schöne Musik. Ihre Lieblingsmusik. Denn am Meer war sie zu gerne. Oft sagte sie, sie sei am Meer so, wie sie glaube, gemeint zu sein.
Hierher war sie gekommen, um sich von ihrer Krankheit zu erholen. An das Wasser zog es sie jeden Tag. Hier konnte sie neue Kräfte sammeln, konnte denken und dem Kommen und Gehen des Wassers lauschen, und den Seevögeln zusehen, wie sie den Flutsaum beständig nach Nahrung absuchten.
Ganz neu war für sie diese Ruhe und das Leben am Watt, denn in den letzten Jahren hatte sie sich der Liebe zur wilden Küste im Osten des Landes hingegeben. Ganz begeistert war sie von der Region.
Aber hierher an die Nordsee war sie zum Genesen gegangen. Mit jedem Tag spürte sie, wie wohltuend die Ruhe dieser Watten Landschaft auf sie wirkte, wie aufmerksam sie die Dinge, die um sie herum, am Boden und in der Luft geschahen, wahrnahm. Zauberhafte kleine Treibholzstücke hatte das Meer aus den Ästen der Fichten gestaltet. Wie kleine Geister sahen diese Gestalten aus, mit denen ihre blühende Fantasie auf Reisen ging. Und was war mit den Muscheln? Unendlich viele Muscheln gab es hier. Herzmuscheln und Schellmuscheln hatte das Meer bei wilden Stürmen in Herbst und Frühjahr an den Strand geschwemmt.
Bei Ebbe konnte man hier kilometerweit gehen. Allein zwischen Himmel und Watt. Sie genoss dieses gedankenverlorene Gehen. Doch eines Morgens wurde sie jäh von einer hohen, krähenden Stimme aus ihren Träumen gerissen.

Am Rand des Priels stand eine Gruppe von drei Gestalten. Von hier kam die Stimme. Eine Frau stand mit den Händen in den Hosentaschen neben zwei Jungen in Badehosen. Dem Kleineren, der voller Entdeckerfreude eines Fünfjährigen war, machte das Wasser offensichtlich Spaß. Er trug eine grasgrüne Badehose, die alles, was er sagte, noch in seiner Pfiffigkeit zu unterstreichen schien. Der größere Junge, vielleicht war er neun, wurde fast gestört von den Vorstößen des Kleineren, der seine Freude am Wasser entdeckt hatte und nun mit dem Handeln begann.

„Was krieg ich dafür, wenn ich jetzt untertauche?" Und schon hatte er seine kleinen Hände zusammengelegt, die Arme von sich gestreckt, als wollte er sofort einen Kopfsprung machen. Hin und her hüpfte er im knietiefen Wasser und immer energischer wurde sein Handeln. „Was krieg ich dafür? Ein, nein zwei Euro!?"
Der größere Junge ließ sich nun langsam auf das Handeln und die Begeisterung des Kleinen ein, während die Mutter gar nichts damit zu tun hatte.
Inzwischen war der kleine Junge von dem Hüpfen im Wasser so nass, dass das Eintauchen keiner Belohnung mehr bedurft hätte. Aber es machte ihm, der offensichtlich als Einziger dieser Gruppe Lust hatte ins Wasser zu springen, so einen Spaß zu handeln und nun wollte er mit aller Macht für seine Heldentat belohnt werden.
„Was krieg ich nun? Ein oder zwei Euro? Nein zwei!"
So tönte die helle Stimme hinter Anna her, als sie längst weiter gegangen war.
Da kreuzte plötzlich eine Erinnerung aus der Kindheit auf. Sie sah sich vor dem Fachwerkhaus auf dem Hof in Westfalen. Vor wenigen Wochen war ihre Familie hierher gezogen. Ihr Vater sollte dieses Gut verwalten. Noch lebte die Vorgängerfamilie mit ihren fünf Kindern hier. Anna hatte sich mit den Töchtern angefreundet und vereinzelte mit ihnen Pflanzen im Garten, wofür

ein Lohn von einem Groschen festgesetzt worden war. Ein Groschen!
Einem der Mädchen war das zu wenig. Als sie ihre Arbeit beendet hatten und vor dem Haus den Vater der Mädchen trafen, beschwerte sich diese und sagte, sie fände, wir müssten wenigstens zwei Groschen bekommen. Kaum hatte sie das ausgesprochen, da landete auch schon eine saftige Ohrfeige als Antwort auf ihrer rechten Wange. Diese spürbare Wucht und auch Wut hätte Anna so gerne nicht miterlebt.
Heute, als sie den kleinen Jungen handeln hörte, fiel ihr diese Begebenheit wieder ein. Da ging es schon für ein Vergnügen um ein oder zwei Euro. Welch eine Inflation.

Regina Gay

Der Autoverkäufer

Was ist das nur mit den Autoverkäufern?
Was ist ihr Geheimnis?
Sie alle umgibt eine Aura des scheinbar Unwiderstehlichen. Vom Scheitel bis zur Sohle sind sie so adrett gekleidet, als wollten sie eine Gala besuchen. Und es gehört dazu, dass ihre Haare, nach der neuesten Mode geschnitten, natürlich heute auch gegelt sind. Untadelig ihr Äußeres also.
Ihr Auftreten ist das eines siegessicheren Eroberers, ja, sie sind gewillt, alles daran zu setzen, um ein Auto zu verkaufen und dazu noch dem Käufer zu vermitteln, er hätte sein Traummodell zu einem sagenhaft günstigen Preis erworben.
Wenden wir uns noch kurz dem Arbeitsplatz dieser Herren zu, von denen man den Eindruck hat, sie würden für diesen Handel schon mit fünfzig Jahren aus dem Verkehr gezogen. Alle sind sie jung und dynamisch.
Ihr Arbeitsplatz ist meist ein akkurat aufgeräumter Schreibtisch, der nie den Eindruck entstehen lässt, der letzte Verkauf sei noch nicht abgewickelt worden. Nein, diesem Käufer, der ihnen jetzt gegenüber steht, gilt ihre uneingeschränkte, geschulte Aufmerksamkeit.
Meist sitzen sie in dem Glaskasten eines Autosalons. Salon, dieser Name ist Programm. Die Modelle, die hier stehen, sind ebenso herausgeputzt, wie alles rundherum. Man könnte sich in ihnen spiegeln. Und inmitten dieser Prachtmodelle auf gefliestem Boden steht ebenso herausgeputzt der gestylte Verkäufer, um seine Modelle an den Mann zu bringen.
Dafür muss man geboren sein.

Natürlich werden diese Verkäufer geschult, um ihrer Firma den größtmöglichen Gewinn einzuhandeln, aber ganz ohne Talent werden sie keinen Erfolg haben.
Bei dieser Betrachtung wollen wir ihr Fachwissen nicht außer acht lassen. Nein, sie müssen auch dem versierten Technikfreak das Wasser reichen können, denn es wäre geschäftsschädigend, würden sie ihre Verkaufsmodelle nicht mit all ihren Finessen von Innen und Außen kennen.
Kaum betreten wir einen Autosalon, haben unsere Absicht, ein Auto zu kaufen geäußert, wird uns schon, ehe wir Genaueres sagen, ein Platz und ein Getränk angeboten. Somit haben wir `schwupps` vergessen, dass wir in einem großen Schaufenster sitzen.
Der erste Part der Verhandlungen ist das Präsentieren und das Erklären. Hat der Verkäufer die Bedürfnisse des Kunden erkannt, hat er ein leichtes Spiel.
Dann wird der Verkäufer sich im Nu auf unsere Wünsche einstellen. Das auch zu tun, wenn er sie nicht teilen kann, ist seine Kunst. Jetzt kann er zeigen, was er an Verkaufsstrategien gelernt hat, und was noch wichtiger ist, was er davon beherrscht.
Es gibt für den Käufer einige Methoden, darauf zu reagieren. Alle Schnickschnacks, die ihm als zwingend notwendig dargestellt werden, kurzerhand abzulehnen. Aber dann müssen wir als Käufer aufpassen, dass wir ihn bei Laune halten. Denn er ist nicht nur Verkäufer, er ist auch Mensch, und zuviel Ablehnung seiner guten Vorschläge kann auch er nicht vertragen.
Besonders beliebt ist bei den Verhandlungen die Bemerkung „Den fahre ich auch." Da liegen wir richtig, denn das kann nur Gutes bedeuten, wenn dieser versierte Herr von dem Auto begeistert ist.
Es kann auch passieren, dass er uns plötzlich einen tiefliegenden Kofferraum als geeignet anbietet, den man nur durch einen Zwischenboden mit der Stossstange

plan machen kann. Nicht alle seine Vorschläge werden den Käufer überzeugen. Das weiß er auch und dennoch setzt er alles an Überzeugungskraft ein.

Und wie war das mit dem hässlichen Grau unseres Wunschmodells, das zudem noch im Innenraum mit einem verwaschenen Rot gepolstert war? Vorsichtige Einwände wurden mit einem unwiderstehlichen Lächeln und der Bemerkung pariert: „ Das ist doch eine `eische` Farbe!" Und gehen die Türen so ungewohnt schwer, was wir, nun vorsichtig geworden, bemerken, so wird gesagt: „Bei diesem Modell sitzt alles ein bisschen stramm!" Sätze wie: „Nein, das ist doch nichts für sie, da würde ich ihnen aber etwas ganz anderes empfehlen." Oder: „Gönnen sie sich doch dieses Modell, das wird sie begeistern. Da wird das Autofahren zum reinsten Vergnügen!" All diese Sätze sind zum Betören gut.

Es ist ein Vergnügen, wenn man zu zweit ein Auto kauft und der eine in die Rolle des Beobachters schlüpfen kann. Und dennoch wird man sehen, dass der Verkäufer auch diese Person nicht aus seiner Aufmerksamkeit entlässt, sondern immer auf der Hut ist, charmant Einwände zu parieren.

Bei einem unserer Autos, dessen Scheiben hinten stark getönt waren, konnte ich mir den Einwand nicht verkneifen: „Dies ist ja wie in einem Bestattungsauto." Das war so unpassend, dass dem Verkäufer für einen Moment der Humor abhanden kam.

Nun aber wird es Ernst. Jetzt geht es um die Kosten. Bei der Inzahlungnahme eines gebrauchten Autos ziehen sich die Augenbrauen unseres versierten Herrn erheblich zusammen. Der Käufer aber ist sich sicher, dass sein jetziges Vehikel so schlecht nun auch nicht ist. Sätze wie: „Dann übernehmen wir noch die Anhängekupplung", stiften hier wieder Einvernehmen.

Auch das Nummernschild wird wunschgemäß mit dem richtigen Buchstaben versehen.

Nach einigen Tagen kommen wir, um das neue Auto abzuholen und werden begrüßt wie gute Bekannte. Eine ganz kurze Einführung und schon sitzen wir in diesem Traumauto, das ungewohnt riecht, uns noch nicht vertraut ist, aber alles ist leichter, viel moderner und plötzlich fragen wir uns, „Wie konnten wir unser altes Auto nur so lange fahren?
Ein freundliches Verabschieden, ein galant überreichter Blumenstrauß, und alles andere läuft so hinter den Kulissen, als hätten niemand über Geld gesprochen, geschweige denn, gezahlt.
Zurück lassen wir einen zufriedenen Verkäufer, der seinem Vorgesetzten wieder ein Häkchen vorweisen kann auf der Liste seiner verkauften Autos.
Und wir legen einen Kavaliersstart hin, der uns als übermütige Anfänger in diesem Traummodell ausweist.

Regina Gay

Neuanfang?

Vor einigen Tagen war Anna wieder dort, wo einst ihre Großeltern lebten. Auf dem Hof in der Uckermark, an dessen Feldwegen im Juni die Akazien blühen, die mit ihrem Duft verschwenderisch die Nase verwöhnen.
Sie hatte keine Erinnerungen, nur unendlich viele innere Bilder, die durch das Erzählen ihrer Eltern und Großeltern – immer und immer wieder – entstanden waren. Die wenigen Fotos, die es noch gab, rundeten Annas Vorstellungen von dem ab, was da für die Familie seit 1945 in der DDR versunken war.
Jetzt, mit dem Abstand von vielen Jahren, kamen Anna all die Begegnungen wieder vor Augen, die sie mit Klaus, ihrem Mann, erlebt hatte, als sie sich darum bewarben, das Gut wieder zu bewirtschaften. Ihr fiel ein, dass ihr erster Gedanke den alten Eltern galt. Konnte sie ihnen das antun, so weit fortzuziehen? Bei allem Reiz, etwas Neues aufzubauen, bewegte sie doch die Entfernung von Familie und Freunden. Nein, begeistert war sie anfangs nicht von der Idee.
Die erste Besuchsreise mit Klaus dorthin fiel ihr ein. Während der stundenlangen Autofahrt hatten sie das Für und Wider dieses Vorhabens gegeneinander abgewogen. Wie sah es dort heute aus? Wie in der näheren Umgebung und wie in dem Dorf? Anna erstarrte, als sie die Ställe und Häuser in dem Einheitsgrau sah, die scheinbar ohne Konzept auf dem Hof verteilt waren. Diese Tristesse übertrug sich auf sie.
Der erste Mensch, den sie trafen, war ein Mitarbeiter der LPG, die für ihre Büroräume bis vor Kurzem das Gutshaus genutzt hatte. Sollte sie fragen, ob sie in das Haus gehen könne? Mit ihren Bildern im Kopf ging sie

die breite Treppe hinauf. Hier waren früher bei Familienfesten die Gäste fotografiert worden. Und immer wieder gab es Fotos von der Urgroßmutter mit ihren sechs Söhnen. Königin Luise wurde diese Urgroßmutter genannt, denn sie, die früh verwitwet war, regierte den Hof und die Söhne mit strenger Hand. Als Patronin der Kirche wie auch als erfahrene Schafzüchterin erfüllte sie ihre Pflichten. Ganz sicher, dachte Anna, hatte diese Frau sich oft alleine gefühlt.
Anna stand im Esszimmer, das in all den Erzählungen nur Saal genannt worden war. So groß ist dieser Raum gar nicht, dachte sie. Was würden ihre Vorfahren sagen, die hier ihre Feste gefeiert hatten, wenn sie die heutige Dekoration sehen würden? Große Fahnen mit Hammer und Zirkel standen an den Wänden. Die gängige Devise war hier: „Ohne Gott und Sonnenschein bringen wir die Ernte ein." In diesem Raum, erfuhr Anna, wurden Ehrungen für verdiente Landarbeiter vorgenommen, wenn das gesteckte Ziel erreicht worden war. Alles im Namen der SED. Obwohl sie nicht ahnte, wie viele Menschen in der LPG beschäftigt waren, erstaunte sie sehr, dass ein großer Bus bereitstand, die Arbeiter auf die verschiedenen Felder zu fahren. Ja, das hatte sie schon gehört, dass besonders viele Menschen auf diesen Betrieben beschäftigt wurden. Unglaublich, dachte sie, denn zu Hause ersetzten immer öfter Maschinen die Arbeit von Menschen.
Nach der Wiedervereinigung übernahm der Staat die Verwaltung und die Verwertung der Betriebe in der ehemaligen DDR. Eine Behörde, die Treuhand, wurde eingerichtet, um die Übernahme- oder Pachtangebote der Wiedereinrichter gegeneinander abzuwägen.
Immer wieder waren intensive Beratungen, lange Telefonate und Berechnungen nötig, ehe das Pachtangebot nach Berlin geschickt werden konnte. Das war der erste Schritt bei dem Vorhaben, das Gut zu

pachten. Anna kam es vor, als sei dies alles gestern gewesen. Die Feldfrüchte, die sie anbauen wollten, mussten benannt werden. Ebenso musste entschieden werden, welche Tiere in welchem Umfang gehalten werden sollten. Und das Wichtigste war die Frage, wie viele Arbeitsplätze sie schaffen würden. Immer noch fühlte Anna, wie hin- und hergerissen sie damals war. Wollte sie das alles? Erinnerte sie sich je in Arbeitsspitzen auf ihrem Hof soviel Energie in irgend ein anderes Projekt investiert zu haben, geschweige denn, einige Tage wegen wichtiger Gespräche fort gewesen zu sein? Immer wieder ging es in die Uckermark oder nach Berlin. Nachdem Anna und Klaus vor Ort Gespräche führten, waren sie zuerst bei dem Vorsitzenden der LPG angemeldet. Noch heute erstarrte sie, wenn sie an diese Atmosphäre dachte. Warum musste man hier gepolsterte Türen haben? Wurden in diesen Räumen große Geheimnisse besprochen? Der LPG Vorsitzende saß hinter seinem Schreibtisch, während Anna und Klaus, vier Meter entfernt, am Ende eines langen Tisches saßen. Distanz auf der ganzen Linie, schoss es Anna in den Kopf. Wie Bittsteller fühlte sie sich. Natürlich war dieser Mann schon von der beabsichtigten Bewirtschaftung informiert. Warum zeigt er solch ein feindseliges Verhalten? Was sind seine Beweggründe, dachte Anna. Ja, fiel es ihr ein, wenn die LPG aufgelöst wird, dann würde dieser Mann sicher seinen Job verlieren. Wollte sie das? Wollte sie hier mit Klaus arbeiten in dem Gefühl, diese Menschen verdrängt zu haben? Nach diesem Gespräch gingen Anna und Klaus weiter durch das Dorf, um mit dem Verantwortlichen für die Tiere zu sprechen. Er erwartete sie schon. Da hatten sie richtig vermutet, der LPG Leiter hatte ihn sofort informiert. So funktionierte das hier also. Dieses Gespräch war angenehmer, denn diesem Mann war nach all dem Umbruch gleichgültig, wer sein zukünftiger Chef werden würde. Wichtig war ihm sein Arbeitsplatz.

Anna erinnerte sich, dass sie nach diesen Gesprächen bei jungen, erfrischenden Leuten im Dorf geschlafen hatten, deren Mutter jahrelang die Gräber ihrer Vorfahren im Dorf gepflegt hatte. In der Gastwirtschaft dieser Frau hatten Anna und Klaus nur kurz gesessen, und schon war im ganzen Dorf bekannt, wer diese Menschen aus dem Westen waren.

Am nächsten Tag stand ein Gespräch mit dem Verantwortlichen für die Felder an. Anna kam es vor, wie ein Handel. Obwohl dieser Handel nicht hier, sondern in Berlin entschieden wurde. Dieser Mann sagte, er könne ihr Anliegen verstehen, er würde es an ihrer Stelle ebenso machen, aber er deutete auch an, dass er sich ebenfalls als Pächter bewerben wollte.

Wieder zurück in Schleswig-Holstein. Seitdem dieses große Projekt anstand, kreisten die meisten Gespräche um dieses Vorhaben. Anna nahm den unternehmerischen Reiz wahr, den dieses Projekt für ihren Mann bedeutete. Es war für ihn eine große Herausforderung, die er engagiert anging. Immer wieder waren Reisen nach Berlin zur Treuhand nötig. Zähe Verhandlungen auch hier.

Ein wenig freute sich Anna, noch einmal ganz neu zu gestalten. Aber womöglich ganz unwillkommen zu sein bei einem Teil der Dorfbevölkerung, bremste ihre Abenteuerlust sehr. Dieses Gefühl trieb sie um, obwohl es sie nicht abschreckte, in dem östlichen Teil Deutschlands, nahe der polnischen Grenze zu leben. Mit dieser Region war ihre Familie lange fest verbunden.

Immer enger wurde der Kreis der Bewerber um den Betrieb. Inzwischen wussten Anna und Klaus, dass sie in enger Konkurrenz mit einem anderen Wiedereinrichter standen. Da ihnen auch bekannt war, dass dieses ein Saatzuchtunternehmen war, das einen wesentlich höheren Bedarf an Mitarbeitern hatte als sie, und die Errichtung von Arbeitsplätzen eine ganz besondere Priorität bei dem Zuschlag haben würde, schwanden ihre Hoffnungen. Die letzte Entscheidung zu ihren Ungunsten war zwar bitter, aber nachvollziehbar.

Diese Region mit ihrem Akazienduft im Juni bleibt für Anna immer voller Geschichten. Geschichten um ihre Vorfahren und die vielfältigen Begebenheiten um ihre Bewerbung als Wiedereinrichter, gemeinsam mit ihrem Mann. Nach der Wende.

Thorsten Schönberg

Ursprünglich schrieb ich ein Gedicht über den **Aktienmarkt**. Ein extrem kurzes Gedicht, welches lautete:

Befindet der DAX sich in Brachlage,
fehlt ganz offensichtlich die Nachfrage.

Doch dann hab ich weiter nachgedacht und heraus kam ein Gedicht über das größte Schneeballsystem, das ich kenne… Der Anfang könnte Euch bekannt vorkommen:

Der Aktienmarkt

Befindet der DAX sich in Brachlage,
fehlt ganz offensichtlich die Nachfrage.

Doch schwingt sich der DAX ganz im Gegenteil
in Höhen hinauf ganz verwegen, weil
die Nachfrage sich aus der Gier oft speist,
was zusätzlich den Herdentrieb beweist,
dann wissen doch alle im Grunde:
Den Letzten, den beißen die Hunde!

Thorsten Schönberg

Außerirdische Einblicke

Am besten soll es sein, man tut es sofort. Ansonsten verblassen die Erinnerungen viel zu schnell. Zurück bleiben nur Bruchstücke. Fragmente, die sich nicht wieder zu einem Ganzen zusammensetzen lassen. Deshalb habe ich immer einen Block und einen Stift auf meinem Nachtschrank liegen. Und wenn ich nachts oder am frühen Morgen mal wieder erwache und die Erinnerungen an meinen Traum sind noch so frisch, wie es mein Morgenkaffee einige Minuten später auch hoffentlich ist, dann schreibe ich ihn nieder, meinen Traum.
Gerade ist es wieder so weit. Es ist vier Uhr morgens und das Licht meiner Nachttischlampe blendet mich fürchterlich…doch wat mutt dat mutt! Die Eindrücke sind noch alle beisammen.
Gerade war ich noch Commander eines Raumschiffes, entsandt von einem fernen Planten. Und als Commader trat ich vor den Ältestenrat. Ich sollte ihnen berichten und ich war bereit dazu. Es brannte mir quasi unter meinen außerirdischen Fingernägeln, die bei meinem Volk allerdings an den Ohren sitzen. Die Ohren wiederum waren an unseren Bäuchen zu finden und die Bäuche ihrerseits befanden sich an den Oberarmen… aber… lassen wir das…genug der Anatomie.
Vielmehr wollte ich, der Commander, vor dem Ältestenrat referieren.
„Commander, wir haben sie entsandt, damit sie uns näheres über die Bewohner des blauen Planeten darlegen können", sprach der Vorsitzende, der allerälteste des Ältestenrates. Umgehend setzte ich an, um von meiner Mission zum blauen Planeten, der Erde, zu be-

richten. Ich war gewillt, die Eigenarten und Gebräuche der dortigen Bewohner zu schildern.

„Also", begann ich mit meinen Ausführungen, „man schickte mich auf diese Reise, um uns einen Blick auf die Bewohner des blauen Planten zu ermöglichen. Die am Weitesten entwickelte Spezies, die ich dort fand und die in einem straff organisierten und somit äußerst effizienten, staatsähnlichem Gebilde lebte, war die rote Waldameise. Jedoch gewährte man mir dort keinen Zugang. Allerdings gewährte mir die Spezies, die sich selbst für am weitesten entwickelt hielt, der Mensch, einige spannende Einblicke. Eine Eigenart der Menschen ist es beispielsweise, sich an öffentlichen Orten zu treffen, sogenannten Märkten. Da gibt es Märkte, die in Menschenzeiteinheiten gemessen, jede Woche stattfinden." Meine Lippen, die vom bisherigen Vortrag scheinbar ein wenig trocken geworden waren, machten mir ein Weitersprechen schwer und deshalb griff ich zu einem Glas mit außerirdischem Wasser und führte es zu meinen außerirdischen Mund, der im Übrigen unter der rechten Achselhöhle zu finden war. Ich trank einen kleinen Schluck und strich mir mit der rechten Hand eine vorwitzige Haarsträhne an meinem Hintern zurecht, bevor ich weiter ausführte: „An diesen wöchentlich stattfindenden Märkten, sogenannten Wochenmärkten, gaukeln die Betreiber von Marktständen den Besuchern vor, sie könnten dort im Tausch gegen kleine runde Metallstückchen oder einfallslos bunt bedruckte Papierschnipselchen Nahrungsmittel erwerben, die von den Betreibern selbst im näheren Umland und unter Berücksichtigung von klimaschonenden Erzeugungsmethoden angebaut und geerntet wurden. Jedoch erwerben die Marktstandbetreiber ihrerseits die Nahrungsmittel überwiegend auf Märkten, nämlich Großmärkten.

Aber auf dem blauen Planeten gibt es eine Reihe weiterer interessanter Märkte. Einige finden in Menschenzeit gerechnet nur etwa drei bis vier Mal im Jahr statt. Hierbei handelt es sich um Jahrmärkte. Auf diesen Jahrmärkten scheint es vor allem darum zu gehen, die Geschicklichkeit der Besucher zu schulen. Dort werden Bälle auf Dosen geworfen, Pfeile auf Luftballons und es wird mit primitiven Waffen auf Plastikrosen geschossen. Dieses „Plastikrosen schießen" wird oftmals von der männlichen Volksgruppe ausgeübt, um im Erfolgsfalle die erlegte Plastikrose einem weiblichen Individuum zu überreichen und somit den Wunsch und die Bereitschaft zu Fortpflanzung zu signalisieren. Auch werden auf Jahrmärkten diejenigen, die nicht zum Führen eines Fahrzeuges im Stande sind, in kleine Miniaturwägelchen gesetzt und dürfen in einem eigens abgesperrten Bereich ihre Fahrkünste schulen…allerdings mit mäßigem Erfolg, wie mir scheint, denn unter der dröhnenden Musikkulisse kommt es dort sekündlich zu Auffahrunfällen und Frontalzusammenstößen.

Jedoch den außergewöhnlichsten Markt findet man nur einmal im Jahr, den Weihnachtsmarkt. Der Weihnachtsmarkt ist eine Art Fetischmarkt mit enger Verwandtschaft zur Sado-Maso-Szene. Denn wie auch in dunklen Kellern der SM-Szene üblich, huldigt man auf Weihnachtsmärkten einer Person, die in einem lächerlichen Kostüm auftritt, jedoch anstatt der sonst üblichen 9-schwänzigen Peitsche eine Rute aus Zweigen drohend in der Hand hält. Einmal im Jahr können die Anhänger des sogenannten Weihnachtsmannes ihren Fetisch offen ausleben. Sie brauchen sich ihrer Neigung nicht zu schämen. Man kann sie etwa an ihren vom Punsch rot gefärbten Nasen und an den roten Mützchen, die sie ständig tragen, erkennen. Das ganze mündet zum Schluss in einer erniedrigenden Zeremonie, in der die erwachsenen Menschen die kleinen Menschlinge unter üppig mit Kitsch behangene Bäumchen platzieren und sich dort an den stotternden Vorträgen ihrer Gedichte ergötzen. Eigenartig für mich ist auch der Fakt, dass elf Monate im Jahr, die kleinen Menschlinge davor gewarnt werden, von älteren einsamen männlichen Menschen Geschenke anzunehmen und sich dafür im Gegenzug auf ihren Schoß zu setzen."

Und dann wachte ich auf. Ich wischte mir mit dem rechten Handrücken über meine tropfnasse Stirn. Und ich war heilfroh, dass meine Stirn nicht mehr an meiner Kniescheibe saß!

Thorsten Schönberg

Maria

Wo war Maria nur? Unruhig blickten seine Augen von links nach rechts. Doch er konnte sie nicht entdecken. So sehr er sich auch bemühte, sie war nicht zu finden. Gerade noch war er voller Vorfreude, als der Marktstandbetreiber ihn aus der Kiste mit dem anderen Kohlrabi holte und auf dem Verkaufstresen positionierte. Günther war sein Name…Günther der Kohlrabi. Und Günther war bis über beide Blätter in eine lateinamerikanische Schönheit verliebt. Maria, eine mit einer wundervollen Kurve ausgestattete Banane aus Costa Rica. Anfangs noch ein wenig grün, aber selbst da fühlte sich Günther schon zur ihr und ihrem rassigen Temperament hingezogen. Und gerade heute wollte er es wagen und sie ansprechen, jetzt wo sie golden gelb leuchtete und sie dieser eine kleine braune Leberfleck auf der linken Seite zierte.
„Meine geliebte Maria, wo ist sie nur?" dachte Günther laut.
„Günther ist verlieeebt, Günther ist verlieeebt",
kicherten die Knubberkirschen hinter ihm und wollten fast nicht mehr verstummen. Doch Günther hörte schon nicht mehr zu, wenn sich die Häme der anderen über ihn ergoss. Viel mehr konzentrierte er sich darauf, Maria wiederzufinden. Heute wollte er sich ihr offenbaren und nicht so enden, wie einst sein Großvater, der sich nie getraut hatte, seine große Liebe Helene, ihres Zeichens Feldsalat aus Brandenburg, anzusprechen. Er wollte es seinem Großvater nicht gleichtun, der über diesen Kummer ein alter holziger Kautz wurde. Nein, Günther träumte davon, mit Maria gemeinsam in ir-

gendeiner Küche, in irgendeiner Obstschale ein glückliches Leben führen zu können.

„Hast du vielleicht Maria gesehen?" wandte sich Günther an die Hollandgurke direkt neben ihm.

„Vergiss doch diese Maria…so schön ist die nun auch wieder nicht", erwiderte Jan, die Hollandgurke.

„Ach du hast doch keine Ahnung", sprach Günther verärgert und legte nach: „ Du weißt doch gar nicht, was schön ist. Du kennst doch nur gewächshausoptimierte Schönheiten aus Holland und kannst eine natürliche Schönheit nicht mehr von einer künstlichen unterscheiden."

„Ach, papperlapapp" entgegnete Jan und ergänzte oberlehrerhaft:

„Auch andere Bananenstauden haben schöne Töchter, such dir doch `ne andere Maria.

„Okay", dachte sich Günther, „ war fast klar, dass mir der keine Hilfe sein würde."

„Die Gurke versteht dich nicht, Günther. Die war noch nie verliebt", mischte sich Angelo, die italienische Wassermelone, ein und sprach weiter: „ Ich würde dir gern weiter helfen, aber ich bin erst nach dir aufgebaut worden. Ich hoffe du findest deine Maria, sonst endet es womöglich in einer Tragödie wie bei meinem Vetter Maurizio und seiner Julia."

„Wieso? Was ist denn passiert?" wollten die Knubberkirschen, wie immer maßlos neugierig, wissen.

„Nun", hob Angelo an, „ mein Vetter war unsterblich in Julia, eine Orange verliebt. Er war verrückt nach ihrer Orangenhaut. Doch sie wurde vor seinen Augen erst gehäutet und dann in einer Saftpresse zu frischem O-Saft-to-go püriert und aus Kummer darüber nahm sich mein Vetter das Leben. Er rollte auf dem Verkaufsstand einfach noch vorn, sprang und knallte aus knapp einem Meter Höhe auf den Bordstein. Zu seinem gebrochenem

Herzen gesellten sich nun die gebrochene Schale und ein gebrochenes Genick."

Betretenes Schweigen machte sich in der Runde breit.

Als erstes fing sich Angelo wieder und meinte: „Günther, frag doch mal die neuen, die spanischen Strauchtomaten, die sind, glaube ich, als erstes aufgebaut worden. „Okay", murmelte Günther, „einen Versuch ist es wert. Hola Muchachos, habt ihr meine Maria gesehen?" Doch die Neuen blieben stumm. „Versteht ihr mich denn…wisst ihr irgendetwas von Maria?" Doch die einzigen Äußerungen, zu denen sich die stolzen Spanier hinreißen ließen waren:

„Viva Espania", und „Freiheit für alle Strauchtomaten!"

Deprimiert warf Günther seinen Kopf in den Nacken und ein lautes

„Mist", entfuhr ihm.

Seine letze Hoffnung war der französische Spargel. Doch Günther stockte zunächst, denn wann immer er versucht hatte, mit Spargel Henry ein vernünftiges Gespräch zu führen, hatte dieser seine hochnäsige Arroganz nicht verbergen können. Aber es musste sein…Henry war seine letzte Chance.

„Henry, sag mal, weißt du etwas über den Verbleib von Maria, der Banane aus Costa Rica? versuchte es Günther in einer etwas hochgestochenen Manier dem eingebildeten Spargel zuliebe, um ihn dazu zu bewegen, sich seines Problems anzunehmen.

„Oh Mon Dieu!" setze Henry in unverwechselbar französischem Akzent an. „ Ihr Deutschen habt doch wirklisch kein Ahnung von Haute Cuisine. Ein Kohlrabi und ein Banan passt doch nsicht zusammen in ein Gerischt."

Henry murmelte noch einige französische Begriffe, von denen Günther sicher war, sie würden mal wieder sein Aussehen beleidigen.

Doch urplötzlich verstummten alle. Ein Kunde drängte sich an den Verkaufsstand und allen war klar, jetzt würde es jemanden erwischen.
„Sind die Wassermelonen denn wirklich frisch. Es ist ja nicht gerade Saison für Wassermelonen…", wollte der Kunde vom Marktstandbetreiber wissen, der sich gerade mit dem Rücken zum Verkaufsbereich befand. „ Für Obst und Jemüse ist immer Saisong",
antwortete der Marktbeschicker und drehte sich um. „ Tschuldigung" , ergänzte er noch und: „ Ick hatte Hunger", ersuchte er den Kunden um Nachsicht, denn er hielt eine halb angegessene Banane in der Hand…

Thorsten Schönberg

Schwarz

Die beiläufige Äußerung jener Bekannten brachte mich zum Nachdenken. Ins Grübeln über einen speziellen Teilaspekt von Schwarzmarkt, nämlich der sogenannten Schwarzarbeit. Wir saßen gerade zu viert in einem Lokal. Wir, das waren meine Frau und ich, dazu ein Bekannter und dessen Frau.
Im Verlauf einer bis dahin an Belanglosigkeit kaum zu überbietenden Unterhaltung teilte uns die Frau des Bekannten mit, sie wolle sich demnächst die Haare schwarz färben lassen…
Wie war dies nun zu verstehen? Wollte sie uns wissen lassen, dass ihre Haare ihren Farbton ändern sollten oder wollte sie uns wissen lassen, dass sie ihre Haare quasi „an der Steuer vorbei" frisieren lassen wollte. Nun, sie wäre ganz sicher dabei in guter Gesellschaft. Denn Schwarzarbeit erscheint uns heutzutage als Kavaliersdelikt. Und während ich diesem Gedanken völlig verfiel und unseren Sprachgebrauch nach Begriffen betreffend der „Schwarzarbeit" durchleuchtete, wurde mir vieles plötzlich klar. Es wurden schon ganze Schwarzbauten hochgezogen, finanziert aus schwarzen Kassen. Und folgte man solchen Gedankengängen, wäre dann nicht Schwarzmalerei möglicherweise ein Umstand, bei dem ein Handwerker abends im Schein eines Baustrahlers das Wohnzimmer des Nachbarn gegen Bares verschönert? Und würde die Äußerung: „ Ich sehe für meine Zukunft schwarz!", gar bedeuten, man selbst überlegt, die Aufnahme eines versicherungs-und steuerpflichtigen Arbeitsplatzes zu verweigern und wäre somit das schwarze Schaf der Familie, also derjenige, der die geringsten Abgaben an den Staat abführt? Und vor

diesem Hintergrund, wie sind da Begriffe wie: Schwarzwald, Schwarzes Meer und Schwarzbrot zu verstehen? Ist jemand, der sich der schwarzen Magie verschrieben hat, möglicherweise einer, der auf Kindergeburtstagen kleine Zauberkunststückchen gegen Barzahlung, aber selbstverständlich ohne Quittung, aufführt? Wird grüner Tee von verbeamteten Feldarbeitern geerntet, während der schwarze Tee von gänzlich unorganisierten Hausfrauen bei Nacht gepflückt wird? Sind schwarze Löcher im All von NASA-Mitarbeitern etwa nach Feierabend installiert worden?
Ich ging im Geiste gerade die scheinbar unendliche Liste von Begriffen bezüglich der Schwarzarbeit durch: schwarze Witwe, schwarzer Humor, Schwarzwälder Kirschcremetorte, Schwarzwurzeln...als mich die Stimme der Kellnerin aus meinen geistigen Untiefen wieder zurück an die Unterhaltungsoberfläche zerrte. Ich bestellte ein Heißgetränk und antwortete samt einem Lächeln auf ihre Frage, wie sie mir meinen Kaffee servieren dürfe, mit: „ Natürlich schwarz!"

Thorsten Schönberg

Die Flippers und Korn

„Was soll denn die CD von den Flippers kosten, junger Mann?"
„Sieben Euro!"
„Na hören sie mal, finden sie das nicht übertrieben teuer?"
„Nö."
„Aber auf dem Flohmarkt werden doch solche Sachen viel günstiger verkauft...so für`n Euro oder so."
„Also wenn sie unbedingt was für`n Euro haben wollen, kann ich ihnen für die CD noch `ne Plastiktüte für`n Euro dazu geben."
„Aber das ist doch total übertrieben junger Mann. Wie kommen sie bloß auf solche Preise?"
„Ich habe Unkosten."
„Sie sind mir ja ein ganz Ausgeschlafener, was?"
„Eigentlich nicht, denn Flohmarktverkäufer stehen in der Regel sehr früh auf."
„Nee, ich meinte das mit den Unkosten. Sie sind doch kein DAX-Unternehmen, dass mit Unkosten kalkuliert...so mit Gewinn- und Verlustrechnung und so. Welche Unkosten könnten sie denn schon haben, wo doch keine Standmiete erhoben wird?"
„Ne Flasche Korn!"
„Wieso Korn? Tüddeln sie sich immer einen an, wenn sie auf dem Flohmarkt stehen?"
„Nee nee, nicht für mich sondern für meinen Schwiegervater."
„Und was hat jetzt plötzlich ihr Herr Schwiegervater mit der ganzen Sache zu tun?"

„Naja, ich hab mir von ihm den Tapeziertisch geliehen, und wenn ich den zurück bringe, dann drück ich ihm als Dankeschön die Pulle in die Hand."
„Dann verlangt ihr Schwiegervater also, nur weil er seinen Tapeziertisch zur Verfügung stellt, eine Flasche Korn von ihnen?"
„Also verlangt ist zu viel gesagt…eher erwartet."
„Na sie haben mir ja einen feinen Herrn Schwiegervater."
„Ja, er lässt es mich eben immer spüren, dass ich ihm nicht gut genug für seine Tochter bin. Und deshalb versuche ich ihn ständig irgendwie milde zu stimmen."
„Mit Korn?"
„Nee, mit Mitbringseln aller Art. Damit gaukel ich ihm immer vor, dass es uns gut geht."
„Wieso vorgaukeln…geht es ihnen nicht gut?"
„Nee, seit dem ich arbeitslos geworden bin."
„Da wird doch aber ihr Herr Schwiegervater Verständnis haben, oder?"
„Um Gottes Willen! Das darf mein Schwiegervater niemals erfahren. Schließlich geht es um seine Tochter…und seine sechs Enkelkinder."
„Was sechs Kinder?"
„Ja…damals…als ich den Job verloren hatte…sie kennen doch so was.
Wenn es einem wirtschaftlich nicht mehr so gut geht, dann rückt man ja menschlich näher zusammen…und meine Frau verträgt die Pille so schlecht und Kondome finde ich so unpersönlich."
„Mein Gott, sie Armer! Und jetzt versuchen sie wahrscheinlich ihre Familie mit Verkäufen auf dem Flohmarkt über Wasser zu halten…ich verstehe."
„Genau, der Schwiegervater denkt, es ist bloß Hobby…aber wir brauchen das Geld dringend."
„Also in Gottes Namen geben sie mir die CD samt Plastiktüte und dann bekommen sie von mir 10 Euro als

Spende für ihre Familie …besser als eine anonyme Spende, die in dunklen Kanälen verschwindet."
„Oh, das ist aber wirklich freundlich von ihnen. Gott möge sie segnen."
„Danke lieber Schwiegersohn, dass du auf den Stand aufgepasst hast. War denn was los in der Zwischenzeit?"
„Nicht wirklich, Schwiegervater…da hat nur so` n Idiot die CD von den Flippers haben wollen. Und dem hab ich mit `ner rührseeligen Geschichte gleich noch Geld für `ne Flasche Korn aus dem Kreuz geleiert…für heute Abend…beim Skat!"

Thorsten Schönberg

Freie Marktwirtschaft

Was bereits viele Menschen auf Wochenmärkten bemerkten, genau wie ich, als ich gestern an meinem Wochenmarktstand stand:
Ausnahmslos alle Marktstandbetreiber betreiben Handel. Soll heißen,
diese durchtriebenen Betreiber würden für kein Geld der Welt ihre Waren einfach so verschenken. Niemals! Durch den Verkauf, versuchen sie ständig ihre Interessen durch Waren zu wahren. Und das einzig Ware wäre Geld. Sich diesen Waren zu verwehren, wäre dem wahren Sparfuchs ein Leichtes, würden nicht die Markstandbetreiber ihre Waren mit einer solchen Finesse, einer großen Prise, anpreisen. So gelingt es ihnen spielend, ihre Waren preisverdächtig als preisgünstig, natürlich inklusive Gewinn, einzupreisen, anzupreisen.
Und so stand ich dort beim Gemüse und hatte den Salat, denn ich konnte den Verlockungen des gelockten Verkäufers nicht locker widerstehen. Oft bringe ich meiner Frau Rosen...-Kohl-rabi würde ich aber auch benötigen, nötigte den Verkäufer, kein unnötiges Geschwätz an den Tag zu legen, sondern zu handeln. Er selbst hielt aber vom Handeln nichts und äußerste äußerst aussagekräftig: „ Ich treibe zwar Handel, handele also, aber gehandelt wird bei mir nicht, alles Festpreise!" Ich wiederum dachte mir: „ Du handelst mir doch keinen Ärger ein und obendrein würde ich doch 1 A klasse handeln mit Handelsklasse A, obwohl mir sehr bewusst war, dass wer A sagt auch meistens B wird sagen müssen." Also sagte ich B...nämlich: „ Be-eilen sie sich bitte. Ich habe noch Termine." Ich kam nämlich nicht darüber hinweg, auf dem Hinweg zum Markt an einer leeren

Gaststätte vorbei gegangen zu sein. In der Fensterscheibe hing ein Zettel mit der Aufschrift: Freie Marktwirtschaft zu verpachten. Und ich mochte die freie Marktwirtschaft, als sie noch nicht frei war. Oft saß ich dort beim Bier, das dort nicht verschenkt, aber ausgeschenkt wurde. Und ich vermisse das Gefühl, welches jenes zuerst Eingeschenkte, dann Ausgeschenkte, mir zwischen meinen Schenkeln schenkte….nämlich Druck. Denn Druck hatte immer etwas von Heimat für mich. Zu Hause bekam ich auch stets Druck, wenn ich herumdruckste und nichts über mich und die Marktwirtschaft erzählen mochte.

Thorsten Schönberg

Gebrauchtwagenmarkt

Nun waren sie also alle beide fort...sowohl als auch! Und wenn sie mich fragen würden, welches von beiden mir mehr fehlt, eher das „Sowohl" oder doch eher das „Auch", sie bekämen dann von mir als Antwort: „ Es waren beides meine kleinen Lieblinge...sowohl meine Freundin, als auch mein Auto."
Bis zu dem Tage, als meine Freundin, der ich unglücklicherweise mein Auto lieh, dieses zu Schrott fuhr. Das waren das Ende meines Wagens und der Beginn des Endes der großen Liebe zu einer Frau.
Okay, dem Wagen war nicht mehr zu helfen...Totalschaden! Doch die Beziehung hätte man retten können. Es wäre einfach gewesen. Nachdem mir meine Freundin gebeichtet hatte, dass sie den Wagen in einen unansehnlichen Haufen Altmetall verwandelt hatte, stieg die Seele aus meinem Körper empor, verharrte rücklings unter der Zimmerdecke und blickte auf meinen Körper hinab. Mein Körper hätte dann so etwas sagen sollen wie: „Oh Liebling, wie furchtbar. Hoffentlich ist dir nichts passiert...das ist doch die Hauptsache. Mach dir keine Sorgen um den Wagen, das ist nur altes Blech...und was ist schon altes Blech im Vergleich zu einer so wunderbaren Frau wie dir!"
Doch meine Seele schwebte unter der Zimmerdecke, und wie soll eine seelenlose Hülle solche Worte von sich geben. Stattdessen spitzte die Hülle die Lippen und es verließen Worte den Mund. Worte wie: „Wie kann man nur so dämlich sein und den Vorwärts- mit dem Rückwärtsgang verwechseln. Der Wagen war mir das Liebste auf der Welt...du hast mir das Liebste auf der Welt zerstört...du hast mein Leben zerstört!"

„Und du gerade unsere Beziehung!" fauchte sie und ging...Und so war ich beides los...Wagen und Freundin.

Einige Tage später, nachdem meine Seele genug vom Voyeurismus hatte und wieder in mich hineinfuhr, wurde mir klar: Ich war allein und nicht mehr mobil.

Also machte ich mich auf die Suche. Das Internet bietet für beide Probleme genug Plattformen, und als ich mich dort umsah, fand ich ganz erstaunliche Parallelen: Sowohl bei Autos als auch bei Frauen kommt es oft in allererster Linie auf das Baujahr an. Es sollte gut zum Besitzer passen. Obwohl nur das Baujahr nicht immer aussagekräftig ist. Manche machen rundum noch einen ganz guten Eindruck. Bei anderen hingegen reicht oft schon eine gründliche Schaumwäsche und in Ausnahmefällen hilft eine professionelle Lackaufbereitung. Doch ein weiterer wichtiger Aspekt für beides wäre die Verkehrstauglichkeit und die Verkehrssicherheit. In diesem Zusammenhang spielt ganz gewiss auch die Laufleistung eine größere Rolle. Außerdem sind hierbei die möglichen Vorbesitzer nicht außer Acht zu lassen. „Aus erster Hand" zieht eben. Mir gefällt im Übrigen besonders der Gedanke, dass mein neues „Sowohl" als auch mein neues „Auch" vorne mit zwei großen Airbags versehen ist und hinten rum über reichlich Knautschzone verfügt.

Natürlich muss man aber noch viel mehr bedenken. Steht man mehr auf sportliche Modelle oder mehr auf den verlässlichen soliden Typ ohne viel Schnick-Schnack. Im Übrigen gilt es auch die Kosten im Blick zu behalten, denn manche Modelle sind nicht nur in der Anschaffung sondern auch in der Unterhaltung sehr teuer.

Und siehe da, ploppt hier nicht gerade ein unheimlich interessantes Angebot auf? Mal sehen, ob sich daraus etwas für mich ergibt...

Thorsten Schönberg

Die passende Geschichte

Eine Wette zu gewinnen ist nicht immer ganz leicht. Die meisten von uns gehen deshalb auch nur Wetten ein, die sie mit fast einhundert prozentiger Sicherheit gewinnen werden. Zumindest glaubt man beim Abschluss einer Wette an diese Sicherheit. Doch woher nimmt man diese Zuversicht? Woher habe ich nur diese Zuversicht genommen, als ich mich auf diese Wette einließ?
Nun, ich saß vorgestern mit Klaus zusammen. Bei ihm zu Hause in seiner Kellerbar tranken wir das eine oder andere Bierchen und kamen ins Diskutieren. Alles drehte sich darum, dass es heutzutage möglich erscheint, fast alles gegen Bares zu verkaufen. Da wurden schon Kartoffeln mit dem scheinbaren Antlitz von Elvis zu Geld gemacht, aus einer Packung Erbsen jede einzeln verkauft oder auch ein offenbar von Fußballtrainer Jürgen Klopp zunächst im Munde durchgewalktes und anschließend ausgespiehenes Kaugummi zum Kauf angeboten... Zustand gebraucht.
Das brachte Klaus auf die absurde Idee, seine kleinen fiesen Dinger könne er ebenfalls locker verkaufen. Hauptsache wäre doch, eine passende Geschichte parat zu haben. Dem stimmte ich zu. Jedoch sprach ich ihm die Fähigkeit ab, sich eine solche passende Geschichte auszudenken. Wenn es überhaupt jemandem möglich wäre, selbst ekelerregendste Dinge zu verkaufen, dann ja wohl mir. So ergab ein Wort das andere und unsere Wette war geboren. Deshalb stehe ich heute auf dem Flohmarkt und halte Ausschau nach Opfern. Opfern, denen ich meine Geschichten präsentieren kann. Da kommt auch schon mein Opfer denke ich, als ein Mann mit scheinbar gerade erst erworbenem Tennisschläger

an meinem Tapeziertisch vorbei schlendert. „Junger Mann", spreche ich ihn an. Und tatsächlich…er hält. „Sie sind mir scheinbar ein sehr großer Tennisfan und deshalb möchte ich ihnen hier und heute folgendes unschlagbares Angebot unterbreiten: Ich biete ihnen hiermit exklusiv die abgeschnittenen Fingernägel von Boris Becker an, derer er sich direkt nach seinem ersten Wimbeldon-Erfolg noch in der Kabine eigenhändig entledigt hat."
„Und woher soll ich wissen", raunzte mich der Tennisfan an, „dass es sich dabei tatsächlich um die Beckerschen Fingernägel handelt?" Okay denke ich, den hab ich an der Angel. Denn nicht nur durch die passende Geschichte lassen sich Dinge verkaufen. Nein, man muss auch den dankbaren Empfänger ausmachen können. Menschenkenntnis ist also ebenso wichtig. Im Keller bei Klaus hatte ich diese Zuversicht jedenfalls, als er lautstark und auch leicht angetrunken verkündete, er könne seine beiden Schneidezähne, die er im Luftzweikampf eines Fußball-Kreisligaspieles verloren hatte und seither in einer alten Tupperdose aufbewahrte, zum Kauf anbieten. Und wie es unter Angetrunkenen guter alter Brauch ist, steigerte ich das Ganze und formulierte es zu folgender Wette: Ich wettete, dass es mir auf dem samstäglichen Flohmarkt auf dem Kirchengelände gelingen würde, noch ehe Klaus seine beiden Schneidezähne verkauft hätte, abgeschnittene Fingernägel von mir unters Volk zu bringen. Einzig die passende Geschichte müsse man parat haben. Wetteinsatz zwei…ach was sag ich: sechs Kasten Bier!
Doch zurück zu meinem Opfer. Er hat sich auf ein Gespräch mit mir eingelassen. Genauso machen es doch auch diese Telefonmarketing-Typen. Wenn man sich mit denen, wenn auch nur aus reiner Höflichkeit, ein wenig unterhält, dann wacht man am nächsten Morgen auf und hat entweder eine neue Internetflat oder seinen

alten Handyvertrag aufgestockt. Deshalb lasse ich nicht locker und präsentiere den zweiten Teil meiner Verkaufsgeschichte:
„Wenn sie mal daran schnuppern würden. Die riechen jetzt noch nach original Wimbledon-Fingerschweiß!" antworte ich.
„Sie sind ja total pervers", beschimpft mich der Tennisfan, wirft mir einen verächtlichen Blick zu und zieht von dannen.
„Okay", denke ich „pervers ist also das Stichwort. Ich muss also einen Perversen finden." Da machen meine Augen auch schon fette Beute. Ein Mann steht dicht hinter einer Frau, die sich am Nachbarstand niederkniet, um in einer Bücherkiste zu stöbern. Und ich beobachte den Mann dabei, wie er von oben in ihren Ausschnitt giert.
Mit einer kumpelhaften Handbewegung versuche ich ihn heranzuwinken: „Hey sie....ja sie...kommen sie doch mal kurz rüber."
Er kommt. „ Ich habe für sie hier ein einmaliges Angebot, ein Angebot für echte Kenner." Ich krame die Seltersflasche ohne Etikett hervor und führe mein Angebot weiter aus: „ In dieser Seltersflasche ist das Original Badewasser von Heidi Klum. Wenn sie sich diese Seltersflasche selbst übergießen, dann ist es, als läge Heidi nackt auf ihnen. Und wenn sie sich dann auch noch selbst mit diesen Nägeln, original Fingernägel von Heidi Klum, den Rücken zerkratzen, dann ist es, als hätten sie gerade wilden und hemmungslosen Sex mit Heidi."
Doch leider ernte ich anstelle meines Verkaufs nur mehrere Scheibenwischer und mein vermeintlicher Perversling tickt die kniende Frau mit folgenden Worten an: „ Komm Hilde. Hier sind nur Verrückte unterwegs."
Okay...Fehlschlag. Aber noch gebe ich nicht auf. Da kommt auch schon der nächste Kandidat. Er trägt ein

Bild. Ein Gemälde, auf dem scheinbar die Titanic abgebildet ist. „Hören sie mal Kaptain", spreche ich ihn an. „ Haben sie zufällig Interesse an den geborgenen Fingernägeln des ersten Offiziers der Titanic?"

„ Ehrlich gesagt… ja", nehmen meine verwunderten Ohren zur Kenntnis. „ Aber leider…ich habe eben erst mein letztes Geld ausgeben und deshalb kann ich ihnen diese interessanten Artefakte nicht abkaufen. Ich habe nämlich eben gerade zwei Schneidezähne von Queen Elizabeth käuflich erworben. Wussten sie, dass man ihr die Schneidezähne gezogen hat, damit sie bei offiziellen Anlässen nicht in die Verlegenheit kommt zu lächeln."

Und aus der Ferne sah ich, wie über den Köpfen der Menschen die Siegerfaust von Klaus heraus ragte.

Thorsten Schönberg

Indianer Jones

Was treibt Menschen eigentlich als Käufer auf Flohmärkte?
Nun, es gilt doch meistens Folgendes: Die Jagd nach dem ultimativen Schnäppchen! Quasi ein Indianer-Jones-Spiel für Kleinstädter und Dörflinge...
Dabei träumen diese Jäger davon, unter einem armseligen Haufen Trödel einen Goldklumpen aufzustöbern. Einen Goldklumpen in Form eines bislang unentdeckten Picassos beispielsweise. Und das, obwohl doch der Indianer Jones aus Kleinkummerfeld kaum in der Lage sein dürfte, einen original Picasso von der Strichmännchen-zeichnung des sechsjährigen Leons zu unterscheiden. Aber vielleicht ist der Picasso dieses Mal ja auch die Sommersandalette eines Markenschuhherstellers aus Kornwestheim für nur zwei Euro. Und sollte sich auch dieses vermeintliche Schnäppchen als Fälschung oder Irrtum entpuppen, so bleibt dennoch die Hoffnung, durch diesen Kauf eine gewisse Berühmtheit
erlangen zu können. Nämlich dann, wenn der Jäger nach dem Tragen der Sommersandalette ohne Socken, seinen Hautarzt wegen der Rötungen und des Juckreizes aufsucht, der Arzt einen Abstrich ins Labor gibt und der Jäger am Ende vielleicht als Namensgeber fungieren darf für einen bis dato völlig unbekannten Stamm eines Fußpilzes: dem Fussus-Pilzus-Indianus-Jonsus!

Thorsten Schönberg

Eine Tapeziertischlänge

Aufgeklappt ein Tapeziertisch,
dieser wird gleich reich bestückt:
Aus Metall geformt ein Zierfisch,
damit wird die Welt beglückt.

Alte Vasen, alte Schuhe
und am Boden stehend lockt
Omas alte Wäschetruhe.
Weiter noch wird aufgestockt.

Altes Buch und alte Tasse
ausgebreitet, dekoriert.
Wechselgeld in Tupper-Kasse
ganz korrekt und wohlsortiert.

Findet man ein altes Leben
unter dem was dort entbehrt?
Und wenn ja, was willst du geben,
was ist dir ein Stückchen wert…

Die Autorinnen und Autoren

Elisabeth Albert, aufgewachsen auf einem Bauernhof blieb ich dem Umfeld viele Jahre treu. Dann gab ich meinem Leben eine Wendung: Ich wurde Ärztin und begann, die Welt zu bereisen. Beides findet sich in meinen Texten wieder.

Jürgen Baasch, geb. 1945, war bis 2004 Bürgermeister in Bordesholm. Neben seinen zahlreichen ehrenamtlichen Tätigkeiten leitet er seitdem Seminare in Plattdeutsch und Kurse zur Biographie erstellen.

Ingrid Brandenburger wurde 1941 auf dem Bauernhof ihrer Eltern in Ostholstein geboren, wo sie aufwuchs und ihre Prägung fand. Als Erwachsene lebte sie in Kiel oder im Kieler Umland.
Nach ihrer Berufstätigkeit in einer Apotheke und später im Pharmaaußendienst genießt sie jetzt ihren Ruhestand.
Aus dem Wunsch, ihrer vier Kinder und vier Enkel die Familiengeschichte und Familientradition nahe zu bringen, entstand die Lust zum Schreiben.
Seit einigen Jahren widmet sie sich noch einem weiteren Hobby, der Acrylmalerei.

Regina Gay wurde 1944 in Pommern geboren und lebt, nach etlichen Umzügen in der Kindheit, seit 1968 in Annenhof. Die Suche nach Schreibanleitung führte sie in einen Biographiekurs bei Jürgen Baasch, an dessen offener Schreibgruppe sie weiter teilnimmt.
Zusätzlich besucht sie Schreibworkshops am Meer .

Karin Müller-Wichards, Karin Müller-Wichards, geborene Holm, verheiratet, fünf Kinder, malt, stickt, näht, pilgert. Weitere Informationen unter
www.karinholm.com

Torsten Schönberg
Thorsten Schönberg wurde 1965 in Neumünster geboren und ist dort auch immer noch wohnhaft.
Von Beruf ist er Maler und Lackierer. Schriftstellerisch schlägt sein Herz besonders für kleine, spaßige
Gedichte. Daher rührt auch seine Verehrung für Heinz Erhardt. Aber auch lustige Kurzgeschichten, wie sie im vorliegenden Buch zu finden sind, bereiten ihm viel Freude.

Detlef Tanneberger, geb. 1949.
Seit seinem Eintritt in den Ruhestand schreibt er kurze und auch längere Heimatgeschichten.

Heinz Zemke, Jahrgang 1940, geboren in Pommern. Bankkaufmann.
In Annenhof, Molfsee, Flintbek und 40 Jahre mit der Familie in Bordesholm wohnhaft. Vor zwei Jahren Umzug in die Nachbargemeinde Wattenbek.
Viele Hobbys wie z.B. Fußball, Schiedsrichterei, Tennis, Motorradfahrten und Shanty Chor sind bleibende Erinnerungen.

In der Reihe Bordesholmer Edition erschienen:
Stand: Februar 2016

Bd. 1: Das Grab auf der Insel
Der erste Bordesholmkrimi
von Jürgen Baasch, Lydia Glaubke, Charlotte Günther,
Ines Reich und Hartmut Wiedling
ISBN 978-3-8448-0006-7   172 Seiten   Preis 9,90€

Bd. 2: De Borsholmer Jedemann
Hugo v. Hofmannsthal sien Stück,
in`t Plattdüütsche sett vun Jürgen Baasch
ISBN 978-3848-21806-6   128 Seiten   Preis 8,90€

Bd. 3: Das Licht
und andere Erzählungen
von Jürgen Baasch, Kirsten Frahm,
Viktor Vogt und Hartmut Wiedling
ISBN 978-3848-22711-2   136 Seiten   Preis 8,90€

Bd. 4: Krimidinner
Kriminalroman
von Hartmut Wiedling
ISBN 978-3848-21971-1   260 Seiten   Preis 14,90€

Bd. 5: Schmalsteder Beifang
Der zweite Bordesholmkrimi
von Jürgen Baasch, Silvia Biener, Charlotte Günther,
Diana Kühl und Hartmut Wiedling
ISBN 978-3-8482-2419-7   164 Seiten   Preis 9,90€

Bd. 6: Murmelspiel und Schabernack
Alltagsgeschichten aus unserer Nachkriegskinderzeit
Biografische Reihe, Hrsg. Jürgen Baasch
ISBN 978-3848241415   168 Seiten   Preis 10,90€

Bd. 7: Biografische Splitter
Biografische Reihe, Hrsg. Jürgen Baasch
Erzählungen
ISBN 978-3-7322-3098-3 138 Seiten Preis 9,90€

Bd. 8: Doppelbilder - Vier Paare, acht Geschichten und ein Gastspiel
9 Erzählungen
von Hartmut Wiedling
ISBN 978-3842-34211-8 136 Seiten Preis 8,90€

Bd. 9: Ein Haus wird Hundert
Geschichten zur Geschichte
von Franz Rohwer
ISBN 978-3732-25457-6 88 Seiten Preis 8,50€

Bd. 10: Lotosblüte
Der dritte Bordesholmkrimi
von Jürgen Baasch, Kirsten Frahm, Charlotte Günther,
und Hartmut Wiedling
ISBN 978-3732-28658-4 176 Seiten Preis 9,90€

Bd. 11: Rezepte für die faule Hausfrau
Kleines Kochbüchlein ohne Anspruch auf Michelinsterne
von Durannimo von der Wied
ISBN 978-3732-28628-7 52 Seiten Preis 3,90€

Bd. 12: Letztes Jahr
Satirischer Endzeitroman
von Hartmut Wiedling
ISBN 978-3-7322-8940-0 156 Seiten Preis 9,90€

Bd. 13: Krimiwanderungen
Auf den Spuren der Bordesholmkrimis
von Jürgen Baasch, Kirsten Frahm, Charlotte Günther,
und Hartmut Wiedling
ISBN 978-3-7357-5979-5 52 Seiten Preis 4,90€

Bd. 14: Wenn Papa lange wegfährt
Ein Bilderbuch für Kinder
Von Kristina Dohrn
ISBN 978-3-7357-2308-6   24 Seiten   Preis 13,90€

Bd. 15: Odile
Erzählung
von Hartmut Wiedling
ISBN 978-3-7357-1940-9   84 Seiten   Preis 7,90€

Bd. 16: Klosterbrut
Gesellschaftspolitischer Zukunftsroman
von Hartmut Wiedling
ISBN 978-3-8370-8979-0   208 Seiten   Preis 10,90€

Bd. 17: Die Seminaristin
Der vierte Bordesholmkrimi
von Jürgen Baasch, Kirsten Frahm, Charlotte Günther,
und Hartmut Wiedling
ISBN 978-3-7357-7074-5   184 Seiten   Preis 9,90€

Bd. 18: Lichtungen
Gedichte und Kurzgeschichten
Von Martin Schmusch
ISBN 978-3-7347-5811-9   92 Seiten   Preis 7,90€

Bd. 19: Nordlicht
Heimatgeschichten
Biografische Reihe
Herausgegeben von Jürgen Baasch
ISBN 978-3-7357-7572-6   180 Seiten   Preis 9.90€

Bd. 20: Vier Männer
Tragikomisches Bühnenstück
von Hartmut Wiedling
ISBN 978-3-7392-2747-4   78 Seiten   Preis 5,90€

Bd. 21: Von Mensch & Tier, Musikern und Gottesdienern
77 Limericks von Michael Struck
77 Bildericks von Dieter Stolte
ISBN 978-3-7375-1943-4   78 Seiten   Preis 9,90€

Bd. 23: Halleluja Sakra
Das Muthenberger Missgeschick mit den Gebeinen
Eine historische Mühbrooker Heimatgeschichte
von Detlef Tanneberger
ISBN 978-3-7357-5643-5   236 Seiten   Preis 11,95€

Bd. 24: Giftwasser
Der fünfte Bordesholmkrimi
von Jürgen Baasch, Elmer Schmidt und Henning Thomsen
ISBN 978-3-7392-0249   208 Seiten   Preis 9,90€

Bordesholmer Edition
Eine Reihe für Autoren von Bordesholm und Umgebung
Herausgeber: J. Baasch und H. Wiedling
Bordesholmer.edition@yahoo.de